U0915553

2020中国短篇小说精选

主　编——王　蒙
分卷主编——黄　平

短篇小说

辽宁人民出版社

图书在版编目（CIP）数据

2020中国短篇小说精选 / 黄平分卷主编. —沈阳：辽宁人民出版社，2021.1
（太阳鸟文学年选 / 王蒙主编）
ISBN 978-7-205-10026-1

Ⅰ. ①2… Ⅱ. ①黄… Ⅲ. ①短篇小说—小说集—中国—当代 Ⅳ. ①I247.7

中国版本图书馆CIP数据核字（2020）第235764号

出版发行：辽宁人民出版社
地址：沈阳市和平区十一纬路25号　邮编：110003
电话：024-23284321（邮　购）　024-23284324（发行部）
传真：024-23284191（发行部）　024-23284304（办公室）
http://www.lnpph.com.cn
印　　刷：辽宁新华印务有限公司
幅面尺寸：170mm×240mm
印　　张：14.75
字　　数：227千字
出版时间：2021年1月第1版
印刷时间：2021年1月第1次印刷
责任编辑：高　丹
装帧设计：丁末末
责任校对：冯　莹
书　　号：ISBN 978-7-205-10026-1
定　　价：58.00元

太阳鸟文学年选
编辑委员会

分卷主编

对抗虚空：当下短篇小说一瞥

黄 平

集中阅读今年短篇小说的契机，是林建法老师的委托与辽宁人民出版社的约稿。自1998年以来，辽宁人民出版社以“太阳鸟文学年选”为品牌，每年推出最佳中篇小说、短篇小说、散文等年度选本，已有二十余年。这套选本所构成的当代文学文库，某种程度上成为了当代文学的活化石与地形图。林建法老师对于中短篇小说等的编选，多年来体现出编辑大家的文学眼光。遗憾的是，因身体原因，林建法老师今年夏天委托我代为编选2020年度的短篇小说。荣幸之余，也深感责任重大。这个夏天我翻阅了今年来的主要文学期刊、选刊，大致有了本文讨论的篇目（目录按照2020年发表时间排序）。虽然是年选，但出版方考虑到为编校印刷环节留出足够的时间，约定的编选时段是从2019年11月到2020年10月。我的阅读也就集中在2020年的前十个月，考虑到截稿时间，也错过了大多数10月份出版的期刊。时间上有些破碎，而我个人的阅读趣味也是比较偏执的，不敢说以我的眼光，能够选出“最佳”的小说。故而，编选之初，我将最佳的短篇小说，理解为有代表性的短篇小说。我想借着这次编选，看看能不能找到下面这两个彼此关联的基本问题的答案：当下的短篇小说主要在写什么？我们为什么在当下阅读短篇小说？

对于第一个问题，一个朴素的回答，就是短篇小说将存在的经验转为文学。这里面包含着我们对于经验的省思，也包含着我们与经验之间的紧张。经验不能被理解为生活的表面，正如文学不能被理解为对于生活的记录：假设有一部摄影机二十四小时不间断地跟拍一个人，其所生产的不是艺术，而是一堆杂乱的令人昏昏欲睡的碎片。文学之为艺术，不是记录生活，而是对于生活的形式化，也即对于生活的重新结构。拿起笔写作，永远是一种带有英雄主义色彩的行为，文学不仅仅是像镜子一样反映生活，文学首先意味着和生活的搏斗。我们必须将生活打碎，重新结构一个世界；就像生活在打碎我们，重新结构出一个陌生的自己。

这也许能够解释，为什么一篇表现都市爱情“炫灿”的假象与现代人的虚空的小说，作者弋舟在创作谈中要讨论文学的力量。爱情，或者现代人认为的人与人之间最亲密的关系，在《鼠辈》中呈现为一场虚构，这种对于虚构的渴望隐藏着对于真实的渴望，这是尼采以来的现代精神的根本病灶。是“信”还是“疑”（落实在小说中是作为隐喻的朱维铮先生《音调未定的传统》一书），宰制着现代人的精神境遇，也考验着现代小说的形式强度。在薛舒小说《后弄》中，我们的存在下落到一个不堪的、沉闷的、压抑的境地。小说中的“窗口”是一种想象机制，“想象”能否将我们超拔而出？在艾伟与哲贵的小说中，都套用着虚构之虚构：在艾伟的《最后一天和另外的某一天》中，是小说中的话剧；在哲贵的《仙境》中，是小说中的越剧。而小说人物无论最终是穿透还是沉湎在虚构之中，都对虚构背后的东西有一种强烈的渴望，那是一种在虚构中无法落座在现实中无法被言说的东西。而在梁鸿的《迷失》中，一位女作家迷失在自己的虚构中，这场虚构是一场梦。梦中人对梦的真实性感到怀疑，但最终现实中的所谓现代生活（小说中的标志是“契约”）比梦更不可信任。小说透露着浓烈的对于“真实”的渴望，而在无处不是虚构的世界上，什么又是真实的？在徐则臣的《虞公山》中，少年主人公吴极试图与虚无斗争，他相信满嘴故事的跑船父亲的话，他们本来姓“虞”而不是“吴”（“无”?）。最终，他选择挖开坟墓寻找家谱，最终确证了父亲的话，这个满嘴荒唐言的父亲，原来一直在讲述着历史的真相。小说结尾儿子整理着父亲的遗容，他似乎看清楚了真实的父亲。黄孝阳的《县城报告》，在对于县城/童年往事的回忆中，渐渐浮现出一桩混杂着初恋、死亡、不平等的被埋没的惨剧。小说结尾，已经成为作家的“我”对于虚构有一种愤怒，当一起长大的朋友改写《明湖居听书》来恶俗地戏谑时（《明湖居听书》和《县城报告》的主人公都叫王小玉），“我”对此直接爆粗口。最终，这种与虚空的纠缠，在邱华栋的小说中获得了寓言性的展示。小说对于逃遁的展现（将建文帝带离即将沦陷的都城那神乎其神的绳技），构成了小说的本体。写作本身就是逃遁，但主人公最终直面战场，以死亡感受存在的真实。在这个意义上，小说的结尾又构成了一次颠倒：

> 我呆呆地站在那里，我早就看不到他们了。
>
> 我知道建文帝一定逃出了南京城。许久，我感到手里紧绷的绳子忽然一松，眼看着从斜刺里的黑暗中，那绳子猛然地弹缩回来，像一条死去的长蛇没了生气那样掉落下来。
>
> 我慢慢地把绳子一圈一圈拉着，收在自己的手里，然后放进背囊。我笑了，建文帝从此逃出了生天，我的任务完成了。
>
> 我转身向那火光冲天的内城而去。
>
> 在那里，燕王的士兵正在杀伐，而鲜血在泼洒，兵器在格击，火焰在燃烧。我的使命完成了。即使死亡在等待着我，我依然向那个方向返身而去。

文学的力量正在于此，我们能够在多大程度上以写作战胜虚无？就青年作家的写作而言，孟小书的《舞者》以三个独立的故事串起三位舞者，这三位舞者各自际遇不同，但贯穿始终的是都想成为另一个人，都想寻找到确定性的东西，如第一个故事的主人公所言“我就想知道这辈子能不能干成一件事”。而林森的《去听他的演唱会》，貌似是一篇怀旧小说（无论是主人公的前女友，还是作为一代人青春偶像的张学友，都是怀旧的象征），但实则参差对照地表现出当下的虚空。文珍、班宇、王占黑的小说都在努力回应这种虚空，文珍的《刺猬，刺猬》和她以往的创作相似且更为饱满地以深情写虚空，在一个情感枯竭的时代，浓烈的情感本身就有强烈的先锋性，文珍可能是这个时代将“浪漫”奋不顾身地张扬到极致的作家，如同她这篇小说所言：“有些人对人世的爱就是过于充沛且不知悔改。”而近年来爆得大名的班宇，在《夜莺湖》中显示出更为成熟的艺术才华。这篇小说沿用着班宇熟稔的结构，日常的世界表现“我”和前女友吴小艺、现女友苏丽的感情史；消逝的世界围绕着1994年某工厂解散时厂里文艺队的最后一场演出及事故（坠下舞台的《苏丽珂》歌手也叫苏丽）。小说结尾处，两个世界在回忆中交叠在一起，作家尝试以消逝的寓言把握历史的废墟。而我们能否重返历史废墟，感受到历史非连续性表象下的连续性，从虚无中打捞我们存在的尊严？可堪对照的是王占黑的写作，作为“九〇后”作家，王占黑扭转了“八〇后”文学到“九〇后”文学的承接。长久影响“八〇后”文学的青春文学叙事，那种空洞自恋的内部经验，随着王占黑这样的“九〇后”作家出现就此终结。《潮间带》这篇新作和王占黑以往的写作旨趣相似，在平静的叙述下深情地凝视着上一代的失败者。最终，我们来到项静的《壮游》，在这篇小说中没有人在行动，但最终却是一场壮游。如杨庆祥对于这篇小说的评价：小说开始不过是一场被安排的“旅游”，但是却渐渐在刘月清老人这里变成了一种历史性的“壮游”。刘月清这一代人，曾经在另外一种社会语境中，真切地感受过创造历史改造社会的快感和主人意识。在这里，刘月清的壮游就不仅仅是吉根和门罗笔下的中产阶级家庭妇女的逃离，这些中产阶级家庭妇女因为缺少某种历史的记忆，使得她们的逃离带有个人历险的性质，而在刘月清这里，因为历史性的对话并没有中断，她的逃离变成了“壮游”，充满力量且具有重启的功能。

当然，尽管以上的作品各有动人之处，就短篇小说的整体而言，我们也不得不直揭短篇小说的危机。短篇小说在当下面临的严峻挑战是，如何确立短篇小说在当代精神生活中的位置。就小说的发表与流传而言，原有的文学生产机制是否能足够有效地对接今天的读者？作为传统读者，我对短篇小说的浏览还是立足于文学期刊，但是我知道比如“豆瓣”等平台对青年读者的影响力很大，像班宇、王占黑等三十岁左右的作家首先在“豆瓣”上成名。就小说的艺术手法和当代情感结构的关系来说，这方面的问题有很多，我觉得一个突出的表现就是短篇小说还是“慢”，小说的节奏怎么提速，还需要进一步思考。速度感已经是现代社会的标志，这里面当然有资本追逐更高利润所带来的“加速社会”的问题，但短篇小说已经不能用传统的“慢”来对抗当下的“快”，只能火中取栗，以快制快，想象一种特别的形式来承载今天的写作。在当代作家中，这一点做得比较好的是王小波。王小波包括短篇小说在内的写作节奏非常快，但不是一条直线高速而去的消耗，而是往复循环，在高速度中完成缓慢的雕刻。

我们为什么要在当下阅读短篇小说？不知道上面这一年来的作品能否给出答案，我本人无法代同行回答，最终的评价永远来自读者。但如果这个问题可以自问自答的话，我的回答比较朴素：就在于我们能否在文学中体验到自身的存在。今天我们重读《荷马史诗》或《红楼梦》，这些作品都不仅带我们返回特洛伊或大观园，也带我们来到2020年的生活面前，伟大的作品永远都是当下的作品。文学永远使人彼此相通，而不是一种成就自我的技艺。

2020年10月

于华东师范大学

鼠辈

◎弋　舟

“他的另一半儿走了，于是，他迅速地膨胀起来。这其实不难理解，他变成了一个胖子。”

“不难理解？”

“当然，这不是一加一等于二的那种逻辑，”她说，“本来结了伴儿的家伙，落了单，所以就忧郁成了一个肥仔——其实，这也跟一加一等于二差不多吧。”

我们第一次交流更像是个搭讪，大家都有些没话找话的意思。当然，跟酒精也有点儿关系。聚会的东家已经喝高了，老黄他摘下自己胸前挂着的玩意儿，挨个儿向不同的朋友分赠了好几圈。

“瞧瞧，这是块地道的战国玉。”老黄说。可大家伙儿即便都有些酒意，也都不傻，还是能分辨出那玩意儿绝非是件古物，纵然不明就里，但谁都看得出那不过是个电子产品。它的屏幕发着蓝光。于是，纷纷又给老黄挂回到胸前。

“他胖了多少斤？”我问。我断乎不会关心一个莫须有的胖子到底胖到了什么程度，但我得把话接下去。这也是一加一等于二的那种逻辑吧——别让一个主动跟你搭讪的、微醺的女人冷了场。

她将手机伸到我眼前，“喏。”

我看到一只体形短粗的啮齿动物。“他？”

“没错，瞧瞧吧，这是他现在的样子，没称过，不过我可以让你看看他之前的样子。”

“一只老鼠？”

“仓鼠。”她纠正。

“噢，仓鼠，可不还是个鼠辈嘛。”我本来想要说的是“鼠类”，结果说出口的却是“鼠辈”。这让本来中性而客观的科学分类，变得有点儿像情绪化的嘲讽。

“他把她带走了，他现在重度抑郁。”

要承认，我有着惊人的理解力，听话听音，至少，我从她的这句话里，听出了三个角色，并且，性别各异。

“他，是谁?”我问。

此刻，我认为她并不需要具备和我一样惊人的理解力，也能明白我是在问什么。这个搭上的讪，是被她所主导的，她理应把握内在的纹理与结构。

“雪糕，”她迟疑了一下，“尽管他是个小伙子，我们还是把他叫雪糕了，他特别白。”

我想她是会错意了，决定不再接她的话，安静地盘着手里的核桃。她欲罢不能，我看出来了，我们之间的话头已经打开，她会自己往下说的。

老黄的会所里全是些“战国玉”之类的玩意儿，真真假假，但我确信现在自己手里的这对核桃是真的。喝酒之前，我就将这对核桃从老黄的博物架上摸了下来，捏在手里，这对确凿的真东西，仿佛能给我定定神。

“女孩却被我们叫作肉球。”她果然继续说，“其实她挺苗条的，但他觉得肉球这个名字性感。”

老黄胸前的那件玩意儿再一次分派到跟前了，他兜头套在了我脖子上，将绳扣差不多推在了我的喉结处。

“他是谁?”我一边躲避着粗暴的老黄，一边故作镇定地继续着对话。我多少有点儿害怕，喝多了的老黄令人畏惧。我感到自己被按在砧板上了，生怕成为一个笑话。

“他，是谁?”她还是不能够领会我的问题。

“你躲什么躲!”老黄将绳扣固定在我衬衫第二个扣子的位置，“戴这种玉，绳扣必须拉到这儿，”他替我整了整衬衫的领子，“这是个讲究!”

我挺感激老黄的理性和讲究，喝多了的他，完全是有可能给我来一个绞刑的。她在对面同情地看着我，继而伸手拍了拍我放在桌面上的左手。

“你，是个识货的，”老黄表扬我说，“这块玉也就只有你能配得上。小蚁，我看好你，你给我记住，我看好你!”这个表扬我是得记住。老黄是个收藏家，从战国玉到茅台酒，从文玩核桃到普洱茶，没人知道他这些藏品的真假，就像没人知道他是如何积攒起的财富。但我知道，他是真有钱。有钱到能让我必须记得他酒后的看好。

老黄拍拍我肩膀离开。我能够感到自己有点儿惊魂未定，这让我变得迫切需要跟她继续交谈下去，借此平复一下自己的呼吸。我认真地看着她，开始觉得她好看。

“你不打算还给老黄吗?”她指指我胸前的赠品，笑得令人玩味。

“我是说，谁带走了肉球?”我直接拉回了话题，谁会愿意在一个好看女人面前暴露出自己的怯懦呢?这时候，追问一个带走了母仓鼠的人，会是个很好的掩饰。

“哦，罗宾，我们分手了，他坚持要平分这对儿伴侣。”

“就是说，实际上，同时有两对儿伴侣分开了。”

“哈，没错，肉球和雪糕，我和罗宾。我以为他会带走雪糕呢，结果他却选了肉球。可能他是真的觉得肉球很性感吧，没准现在他会搂着肉球睡呢。”

我需要脑补一些画面，不免也会联想她搂着一只公鼠睡觉的情形。老实说，我非常怕鼠类，非常非常怕。

“不知道肉球现在什么情况，雪糕倒是真的成了个肉球。”她说，“他的痛苦是不需要被专门理解的，那简直就是可以直接目睹的。肉球离开后，他疯狂地吃，食量是以前的五倍都不止。”

我不由得要仔细端详她的身材。她很苗条，至少不胖，胸还略微有些显小。而她，也是个落了单的。

“好在，你们可以结个伴儿。”

“我们?”

“对，你跟雪糕。”我觉得这是不言而喻的。

“不，没用，我们不是一类。至少，我们落单后的表现方式不一样，我的饭量根本没增加，甚至，我现在还有点儿厌食。”

“会不会，那个罗宾现在也暴食起来了呢?”我从桌上的盘子里抓起一块炸鸡塞进嘴里，“没准，落单后的表现也是分性别的。”

“有道理啊。”

她点头称是。我感到了一份落单之后也许专属雄性的饥饿感，于是，又抓起了一块炸鸡。

老黄开始四处寻找他刚刚馈赠出去的玩意儿。客人们笑闹着躲避他的骚扰，他理直气壮地扯开每个人的领口检查，女性们尖叫着拍打他的光头。

“我可不想让老黄这么干。”她说，“你也赶紧把这玩意儿收起来吧。”

我着迷地看着她，仿佛被催眠，眼前的她，竟被我看出了某种“仓鼠之美”：高高的颧骨和玲珑的下巴，瓷白的、略略有些大却俏皮的门牙。我像个白痴似的摘下了自己胸前的玩意儿，窝藏进裤兜里。我压根不想要这件不知何用的电子设备，但她让我赶紧收起来，我就赶紧收起来了。

“我得找他看看。”她站起来，将椅背上的围巾一圈一圈地围在脖子上。那是条很长的墨绿色围巾，她围上后，“仓鼠之美”更是美得不可方物。“看看他现在是不是也变成了一个肥仔。”她说。

我以为她围上围巾是要防御老黄，没想到她却是要抽身而去了。

“你现在就要去看——嗯，那个罗宾吗?”

“哈哈，当然不，他回英国了，过完春节才回来。那时候，他会不会真的肥到提不起裤子来呢?让我们拭目以待!”

“那么仓鼠呢?哦，肉球怎么办，他不会也把肉球带着一起回英国吧?”我抛出一个问题，不过是想挽留她。

“哦?”她歪头想了一下，嘟哝着，“这倒真的是个问题。”

说完她便走了。我却开始在心里敌视某个素未谋面的、回了英国的潜在胖子。

事情原本就会这样告停。我们历经过无数个这样的微妙时刻：似乎突然间会发生点儿什么，最终，却什么也不会发生；有那么一些瞬间，你觉得自己爱上了一个具有“仓鼠之美”的姑娘，并且些微地有些痛苦，既忍着羞怯，又忍受着妒忌的折磨，但下一个瞬间，你便跌入另外的幻觉里，觉得自己亦在令别人感到痛苦，忍着羞怯，又忍受着妒忌的折磨。就是这么回事儿。

可过了春节不久，她却打通了我的电话。

“嗨，我是麦吉，”她自报家门，“从老黄那儿要到你号码的。”

“噢?噢。”我虚应着。

“去看看罗宾吧，他从英国回来了。”

于是我知道了电话那头的人是谁。“仓鼠来电”，我的心里是这么定义的。

裹了件羽绒衣，我慢吞吞地出了门。坐地铁显然要更便捷一些，但我还是选择喊了“滴滴”。车子在拥堵不堪的路面上蠕动，这是我需要的。我想让这段路程空前地缓慢下来，这样，才匹配我古怪的心情。我想让自己更迟钝一些，让思考的路线也像拥堵的路面一样阻塞。到达目的地后，我在那所大学的校门口又徘徊了一阵，最后，诚然是鼓起了勇气，才向两个女生打听了留学生公寓的方位。

“沿着路走，看到那栋咖啡色的新楼就是。”她们热情地告诉我。

路边的梧桐树在冬天里显得格外萧瑟，它们的枝丫在空中相互伸出却不能握住，有种绝望的遥不可及之感。当我在“那栋咖啡色的新楼”前抬头仰望时，她在身后喊我了。“在这儿，小蚁，快过来！”

她躲在一丛冬青后面，只露出半截穿着迷彩棉服的身段，墨绿色的围巾捂住了大半张脸，棉服上的帽子也罩在头上，差不多掩藏掉了她的一切特征。

“坐下坐下，你蹲不了多久的。”她示意我跟她一同藏在冬青后面。

我摸出烟来，却一下子不确定这是不是有违她的意愿。我们是在埋伏，眼下，我确信这是她正在力求达到的局面，于是，抽烟这种事儿，恐怕不大符合埋伏的要求。她却示意我也给她来一支。我分别点燃了两支烟，不约而同，我们都深长地吸了一大口。为了抽烟，她从围巾里露出了漂亮的下巴。

“来晚了，”我说，“路上太堵。”

“没事儿，我盯着呢，那家伙一直没出现。”她像是劝慰我，仿佛是替我坚守住了某个紧要的阵地。

“干吗要用这种方式呢？直接去见见他不行吗？”我还是表达出了自己的疑惑。

她有些震惊地看着我，就像是听到了一个最愚蠢的问题。“你觉得，那样合适吗？”

嗯，是不大合适。我设身处地地想了一下。可不，结了伴儿的人一旦分离，彼此见面，有时候会堪称惊心动魄。

“我不想让那个死胖子以为我还对他抱有幻想。”她进一步解释说，“这事关国格。”

她说得这么郑重，我也不由得严肃起来。

天色暗沉下来，好像突然就进入了夜晚。对面“那栋咖啡色的新楼”不断亮起灯光，我却不知道哪盏灯才是属于一个死胖子的。肤色各异的留学生不断地出没于眼前，每当看到白种人，并且身板儿壮硕的那种，我就不免要探头探脑地意图甄别一番。

“别费劲儿了，他不是那样子的。”她低声提醒我。

我恍然大悟，“死胖子”应该是罗宾落单之后才有可能达成的样式，就像雪糕，是在落单之后才暴饮暴食。于是，聚焦的范围进一步扩大，但凡白人出没，都会令我紧张一阵。

“不，你还是搞错了，”她叹息着，显然已经于心不忍，“罗宾是个黑人。”

那一瞬，我分明感到了绝望。天啊！我不能将自己的情绪归结为种族的偏见，只是想，天这么黑，昏暝中辨认一个黑人，难度何其大啊！

她感到了我的绝望，将脸探在我的面前，拉下围巾，补偿一般地吻了我。我感到自己的下嘴唇被两颗啮齿动物的门牙啃噬了一会儿，这便让我们的行为又不大像是一个接吻。像什么呢？嗯，像一对儿啮齿动物相互的喂食。

“我不喜欢kiss。”她推开我说。

“kiss”，我盘算她是在说“接吻”还是“轻触”。可能是后者，所以她的吻有着轻轻的、啃噬的滋味。

“炫灿。”她指着“那栋咖啡色的新楼”说。

此刻，对面的大楼灯火通明，确乎“炫灿”。我在心里敲定了她所说的是这样两个汉字。我从来没有这样去认识一栋灯火通明的大楼，感觉世界被她用一个陌生化的新词儿，就这么迅速地崭新定义了一下。

“走吧，”她站起来拍打着屁股上的土，“你们会见到的，咱俩可以打个赌，猜猜他究竟是变胖了还是没变胖。”

“我赌他没胖。”我有股没来由的冲动，好像就是要拧着她来，又好像是要捍卫一份男性的尊严，替男人们捞回点儿什么。

“好吧，”她吁口气，也替我拍打屁股上的土，“那我就只能赌他胖了。”

当晚我在她家投宿。上楼前，我们在楼下吃了大碗的骨汤烩麻食。似乎要表明什么，也可能纯属食欲的驱使，就着汤饭，我和她都吃了好几枚生大蒜。

那只仓鼠蹲在她书架上的笼子里。并不白，压根不像支雪糕，充其量，是显得比较白的那种灰色，算是支淡巧克力雪糕；却真的胖，浑圆，让支棱在毛外的耳壳越发显得突出。忍着强烈的不适，我向它走去。我知道，这是我必须过的一关，过去了，我才能获得今夜投宿的正当性。

“它是睡着了吗?”我想让自己表现得轻松点儿。

“不会，它好像从来不睡觉，就算睡，也只能是昼伏夜出。反正我是没见过它睡觉的样子。”

“啊哦。”我只能如此作答一声。

它的确没睡，我一旦靠近了它，它便唰地一下立了起来，带着一股强劲的动能。我几乎要惊叫着蹦回去，但我竟然控制住了自己。不但控制住了自己，我还伸手从它的笼子旁抽出了一本书。

是一本朱维铮的《音调未定的传统》。书有折页，翻开，我看到有红笔勾出的段落：“通观那以前的中国都市史，不论由于政治原因还是经济原因导致各自的盛衰荣辱，也不论那些盛衰荣辱过程或骤或缓，有几点是共同的或是相似的。”

我竟然不折不扣地读进去了。其实，不过是以此抵御恐惧。我压根不敢抬头看那支淡巧克力雪糕。

“你也读朱维铮啊。”我强装镇定。

“不，这是罗宾的书。”

我们终于离开了书架，离开了那支淡巧克力雪糕。我再没有多看它一眼，但我分明知道它倔强地直立着，始终在目不转睛地盯着我。

“它现在安静多了。”坐进客厅的沙发，她对我说，“以前可不，它们会自己想办法从笼子里出来，结伴儿消失几天，也不知道去了哪儿，直到吃完了储备粮，才重新溜回来。”

“储备粮?”

“对，它们会将鼠粮搬运到秘密的地方。你知道吗，仓鼠习惯把食物塞进它们的大脸颊袋中，搬运存放到自己的洞穴里。有报道说，已经发现过多达九十公斤储藏食物的仓鼠洞。”

这好像是她第一次将那支雪糕称为“仓鼠”。我陷入巨大的震惊里，想象着“九十公斤储藏食物”的那样一个规模，越发的紧张不安。她看出了我的不适，又一次，像上次在老黄的会所里那样拍了拍我的左手。我将她的手握在了自己手里。

“其实我原来也很怕老鼠，”她这是在安慰我，“如果不是罗宾坚持要养，打死我也不会想到自己有一天居然会养一对儿仓鼠。可它们毕竟还是来了，被人从网上下了单，咣当咣当，坐了几天几夜的车，焦躁不安地出现在了你的生活里，你必须要面对这个事实。”

我觉得她说得在理，情绪舒缓了不少。是啊，我也是不知被什么下了单，咣当咣当出现在了她的生活里，于是，必须要面对这个事实：爱、欲望、啃噬一般的亲吻、生大蒜，以及硕大的令人毛骨悚然的仓鼠。

“我的确非常怕老鼠——”我们手挽着手，我觉得我是在温柔地倾诉，“怕到只要在纸上写下这两个字，都会感到恶心。可滑稽的是，我自己居然是属老鼠的。”

“罗宾，罗宾也属鼠。”她说，“这就是他用来说服我养仓鼠的理由。我属虎，显然就没法儿跟他掰扯要养只老虎了。”

“嗯，我们都是鼠辈。”这么说，我还感到了些许的宽慰，仿佛因此便具有了与她手挽手走上相爱之路的通行证，又仿佛，恐惧感也因之没了来由。

“你看到了，雪糕如今的状态有多糟糕。我其实并不关心罗宾的胖瘦，我是想，可不可以把雪糕送回到肉球的身边去呢?”

“没有想过把肉球接回来吗?”说实话，我并没看出那支淡巧克力雪糕有多糟糕。

“不!”她断然说。也不知道是没法那么做，还是那么做有着巨大的荒谬性。

上床前，她让我把朱维铮的书放回书架去，我这才发现，那本书始终被我抱在怀里。于是，我必须再一次走向它，走向一只仓鼠。我用眼睛的余光看到，它依然那么顽固地直立着，仿佛凝固的雕塑。

她喜欢拉开窗帘睡觉。是夜，她枕在我的胸前，又一次对着窗外流光溢彩的城市之夜说道：

“炫灿。”

城市之夜在一个“炫灿”的指认下，宛如倒挂的宇宙。我的世界就是这样被她崭新定义了。我用自己的勇气证明了这一点。两个月后的某一天，雪糕从笼子里溜走了，她居然能够听到它神秘的呼救声。我们循声在衣柜里找到了身陷绝境的雪糕。它掉进了一道深邃的缝隙里，解救它，你得把衣柜拆掉。她把身子探进衣柜，伸出胳膊努力去够，总是差之毫厘。于是换了我来试试。这其实注定无效，我的胳膊怎么说也要比她的粗。但情急之中，人是不讲理性的。我照着她的样子去做，努力将自己的胳膊变成一根柳条，我能够感到在那个幽深的所在，一只仓鼠求生的热望，它不断地蹦跳着，爪子一下一下地触碰到我的指尖，就像一个一个节制的“kiss”，每触碰一下，都有生动而热烈的律动叩响我的心门。

后来，我们想出了妙计。用一根鞋带系住一只塑料袋，坠入绝地。它成功地跳进了塑料袋里。当它被徐徐吊进光明之中时，有生以来，我第一次用手去碰触了一只鼠辈。没错，我抚摸了它。它有股沉甸甸的温顺。

我去给它抓鼠粮，那是干稚菊、香蕉片、枸杞、冻干鸡肉和面包虫干混合制成的精细口粮。我看着它疯狂地进食，一时没有留意她在我身后说出的话。她可能意识到了，追问我一句：“你听到了没，小蚁？”

“什么？”我回头茫然地看着她。

她并不看我，眼睛望向窗外“炫灿”的夜色。“哪一天你要是离开了，就把它也带走吧。”

这一天原来并不是遥遥无期。在下一个春节还没到来之前，我们便分开了。我从她家楼上下来，衣服口袋里残留着鼠粮和忘记交还的钥匙。这场爱情让我变成了一个仓鼠专家，我从百度上习得：仓鼠的雌性和雄性都有多个伴侣，在繁殖季节，雌性仓鼠会寻找雄性的洞穴，在交配期间，交配塞形成并密封雌性的生殖道，阻止后来的雄性成功授精——重点是：交配后不久，雌性仓鼠经常将雄性赶出其领土。

我知道自己这么琢磨不合适。于是强迫自己换一个频道：仓鼠的视力差，只能模糊辨形，颜色只能分辨黑白。——那么，是她让我原本只能将世界分辨为黑白的视力领略到了“炫灿”。一这么想，我便感到痛苦不已。

我回到了自己的家，那感觉，就像一只悲伤的、落了单的仓鼠灰溜溜地回到了自己的洞穴。

果不其然，我开始了暴饮暴食的日子。短短一个月的时间，我胖了有十二斤。对此，我是心里有数的。我知道，我的重量是和悲伤成正比的，为了不被悲伤压垮，我的食欲必须增加。我重了的这十二斤，不过是我灵魂的铠甲。我想，这世上是没有一个所谓的“无尽的痛苦”的，那痛苦的峰值和极限，其实是可以称重的。那个峰值和极限，便是一个月里重达十二斤的痛苦。

最艰难的时刻，我尝试过吞食鼠粮，冻干虾和紫薯干口味的。我咀嚼着那咸甜交织的滋味，不免要去想象一个黑人男青年的味蕾。这没什么不可理解的，我们都属鼠，都曾历经与炫灿的分离。尽管，我从未见过他，但我们同为鼠辈。对于他，我知道的不少了。她热衷于对我讲述这位前任。哦，罗宾，那来自英格兰林肯郡北凯斯蒂文的汉子，中国政府颁于你有杰出贡献的国际友人的光荣称号，你有着四分之一的非洲血统和八分之一的蒙古血统，你的外祖母喜欢读张贤亮的小说，虽然我不曾见过你，但是我如此地熟悉你。

我生出冲动，去见一见罗宾，看看他可曾摆脱了十二斤的重荷。但我无法驱动自己，那十二斤已然完全拘囿了我，让我只能身陷自己的牢笼里，闭着眼睛饕餮，睁开眼睛，眼睁睁地看着世界一天一天、一分一秒地从炫灿逐渐变成黑白色的。

幸好还有老黄。他在一个清晨给我打来了电话，劈面就向我索要，“我的战国玉呢？赶紧的，给我还回来。”

昔日老黄绞索一般套在我脖子上的那件玩意儿，不过是一只日本产的便携式负离子空气净化器，我在胸前悬挂了一阵子，如今早不知道丢哪里了。但老黄如同中了邪或者着了魔，他认定被我戴走的是一块无价之宝，开始无休无止地向我索还。他不分昼夜地给我打电话。我很难判断他是清醒着的还是在醉酒状态。说实话，我一如既往地有点儿怕他，他给我带来的压力，正一点一点将我的痛苦从身体里挤走。

“小蚁，实话跟你说，哥活不久了。”一天黄昏老黄在电话里带着哭腔对我说。

“别这么说——哥，怎么了呢？”

“癌，癌啊！”

我想我是不应该再细究什么癌了，我得把他的“战国玉”还给他。

我打电话给麦吉。电话始终提示“对方正忙”，她这是将我的号码屏蔽了。我成了一个不折不扣的烂人，一只被雌仓鼠驱离了其领地的雄仓鼠。我只有挣扎着爬起来，拖着重达十二斤的、如今又混入了耻辱的痛苦出门。我想起来了，那只负离子空气净化器只能是落在她家里了，我必须给“活不久了”的老黄拿回来。

敲门之前，我像个贼一般贴在门外听了听里面的动静。我既想听到点儿什么，又害怕听到点儿什么。我什么也没有听到，却分明听见了雪糕吱吱的叫声。我敲了门，随后，自己用钥匙打开门进去了。

雪糕还在老地方，我们百感交集地相互凝望了一阵。我从床头柜的角落里翻着了那件宝物，它放在她的一件黑色文胸里。我将文胸捧在鼻子上闻了好久。按下开关，那只负离子空气净化器竟然还有电。我将它挂在了脖子上，把那道有着一颗金属标识球的绳扣推在衬衫的第二粒纽扣处——老黄交代过，“这是个讲究!”

然后，几乎是不假思索地，我在离开前从书架上拎走了鼠笼。并且，我还顺手抽走了笼子旁边的那本《音调未定的传统》。

坐在地铁里的我一定是惹人侧目的。一个胖子，膝盖上放着另一个胖子。我局促地垂着头，是一种自惭形秽的心情。鼠笼中有一只直径大约三十厘米的跑轮，做成了一个封闭的奔跑曲面，雪糕安静地伏在上面，一副自暴自弃的样子。它早已忘记了奔跑的滋味。车厢里并不拥挤，所以身边的人尽量和我拉开了一些距离。有个女人突然大声对她的孩子说：“北京发现了两例鼠疫感染者!”

我冒汗了。尽管挂着一只貌似依然能正常工作的负离子空气净化器，我还是感到有些喘不上气来。我只能提前下了车。

徒步走了三站路，我渐渐感觉好起来了。这样的一个念头也越来越清晰，让我忍不住要对着笼子里的雪糕说：“伙计，熬到头了，你就要见到你的肉球了。”

它听懂我的话了，因为我看到它抽泣了起来。

校园里的路面在翻新，掘出的黄土裸露着，还没有铺上沥青，像是遭到了暴力的凌虐。梧桐树伸在空中的枝丫依然绝望。我并没有急着直奔“那栋咖啡色的新楼”，而是在一家超市给雪糕买了包锅巴。在昔日藏身的冬青后面，我将锅巴捏碎了喂它。我想让它有一个好的面貌出现在伴侣面前，尽管我知道它如今不好的面貌完全就是吃出来的，可我想不出其他的办法。这就是我们最深刻的困境，我们在大多数时候，只能徒劳地想着雪上加霜的对策。它依旧吃得疯狂，看得我难过万分。我想到了那天晚上我和她的蹲守，想到了下嘴唇被啃噬的滋味。

他是胖了还是没胖？我在心里面打着赌。对，现在，我希望他是胖了的，成了一个黑胖子。这不仅仅是因为我渴望着四个肥胖的鼠辈相逢的那一刻，还因为，此刻我由衷地愿意，她能够赢得我俩之间的那个赌局。这是爱，我想，甘愿让她赢，这就是爱。

但是，这个爱的赌局，永无揭晓答案的可能了。也跟一加一等于二差不多：“那栋咖啡色的新楼”里，压根就没有一个黑罗宾。

“没有，没这么个人儿。”大楼管理员，一位中年大妈诚恳地对我说。她把“人”说成“人儿”，无端地令人觉得可以信赖。

“黑人，来自英格兰林肯郡北凯斯蒂文。”

“没有，没这么个人儿。”大妈说，“只有一个英国人是从怀特岛上来的。”

“他有着四分之一的非洲血统和八分之一的蒙古血统。”我还是不甘心。

“没有，没这么个人儿。”

“他有个外祖母……”

“小伙子儿，谁没有个外祖母啊。”

“对了，他养着一只仓鼠！”我举起了手中的笼子。雪糕也趴在笼壁上，翘盼着铁丝网外面的世界。

“更没有了，楼里绝对不允许养老鼠。”

“这个不是老鼠，是仓鼠。”

“啥鼠都不准养，严格着呢。”

“大妈……”

“大妈不会骗你，没这么个人儿啊，就是没这么个人儿。”

我在“那栋咖啡色的新楼”外又站了很久，直到它在暮色四合中露出“炫灿”的端倪。我重新走上台阶，把手里的鼠笼放在大理石的地面上。我打开了笼子，雪糕无动于衷地趴着，我只好倾斜笼身，协助它滚了出去，看着它迟疑、徘徊，向我投来质询的目光，最终敏捷地冲进了大楼，一溜烟消失在前厅辉煌的光晕之中。

在她和大妈之间，我别无选择地只能选择信任大妈。但我宁可相信，一切都是真的，只不过，那个真的世界，只对鼠辈成立。它会找到肉球，找到黑罗宾，找到过往不曾落了单的、结了伴儿的日子。

对此，我也试图想要跟她求证过。其后的日子，有好几次，我来到了她工作的社科院门口，也曾在她家的楼下逗留不去；我看到过她落了单的身影，也看到过她结了伴儿的身影。但是最终，我都没有迎着她走去。

“为什么？”

“什么？”

“压根没有罗宾，是不是也没有肉球？”

“是又怎样呢？”

是啊，是又怎样呢？无数次在心里这般演练过之后，我得出了这样的结论：我们都是被什么下了单，咣当咣当，坐了几天几夜的车，焦躁不安地出现在了彼此的世界里。没道理可讲的，你必须要面对这个事实。

每当城市的夜晚灯火亮起，我就会将她想象成身在一片“炫灿”中的样子，无论她是结了伴儿还是落了单，她都身在那种有着孤注一掷气息的孤单里，她不断地用意念召唤与驱离着伴侣，那已成一种规模，而这规模，宏大到足以被称为一个人的创世。那本《音调未定的传统》一直在我手里，算是一个她曾经真实不虚地存在过的确据，当然，也可以算是我从她的虚拟世界里窃取到的一个证物。因此，黑人罗宾一定也真实不虚地躲在某栋炫灿的、咖啡色的新楼里，用红笔勾出了书中的段落：“通观那以前的中国都市史，不论由于政治原因还是经济原因导致各自的盛衰荣辱，也不论那些盛衰荣辱过程或骤或缓，有几点是共同的或是相似的。”

——那就是，在所有或骤或缓的盛衰荣辱的时代里，都市总会并存着多重的族类，对于某些结了伴儿或者落单了的家伙而言，还有另外的一支队列可资藏身，我们不妨将其称为：鼠辈。

如果有一天我们相逢，我想，我要跟那条来自英格兰林肯郡北凯斯蒂文的汉子如此分享我的心得。

（原载《作品》2020年第1期）

夜莺湖

◎班　宇

吴小艺想约我见面，但不直说，发了两天信息，第一天问我，最近过得怎么样。我说，一般化。她半天没回，估计是想等我问，你过得如何，但我就是不说。分手一年半，少扯犊子为妙。第二天晚上，发过来一段视频，熊猫给饲养员开门，四肢蜷在把手上，缩作一团，轻松后仰，铁门顺势而转，我看了好几遍，想回点什么，也不知道说啥。后来半宿没睡着，始终在分析这段视频，琢磨出来两层意思：第一，你的心门，我来打开。并非自我感觉良好，主要是从某个角度看去，吴小艺长得的确有点像熊猫，上下一般粗，加上最近的种种反常举动，让人不得不产生这样的想法。第二，运用潜意识，向我推销。吴小艺在防盗门公司上班，干销售，其企业形象就是一只熊猫，1990年亚运会的吉祥物，名叫盼盼，手持金牌，眼神飘忽，向前冲刺，仿佛即将跌倒，很令人担忧。所以我觉得，她发这个视频，也有可能想让我买一樘门，这么长时间过去，我仍记得她曾无数次纠正，卖门论“樘”，而不是“扇”，一樘门可以有两扇，三扇，四扇。量词使用要严谨。针对这两种可能，我也想了一下相应策略，若是前者，那就算了，好马不吃回头草，好男不跟前任搞，不是不行，而是没有必要。但若是想卖门，那我就支持一下，这个条件还是有的，盼盼到家，安居乐业，口号喊了多少年了，也信得过。想清楚这两点，我心里就比较有底，睡到中午十二点，冲了个澡，把车开到卫工街，沿着路边停好，后挡风玻璃贴上“收车”二字，便去旁边饭店喝羊汤，一碗见底，又再填满，直至后背湿透，冒一身汗。买卖二手车这生意，我干了好几年，数今年行情最差，价格透明，普通轿车每台能赚一千五就不错，SUV也就两千来块，而且一个月出不了两台，好几辆破车都压在手里，小半年了，来摸的人都少，说不急那是瞎话。

我吃完饭，回到车里，给我妈打了个电话，说晚上准备过去看她。结果她没在家，出门旅游了，报的夕阳红团，华东五市，加上扬州、镇江、宁波、绍兴、普陀山、乌镇双卧十日游，一路高歌猛进，全程自助早餐。不用问，肯定跟相好的一起去的。事先也没通知，可见我在她心里的位置。我妈这人，性情比较活泛，擅长分析事儿，注重细节，总爱乱出主意，但有人就愿意信。一来二去，跟活动室认识的杨师傅走得比较近。杨师傅以前是工程师，长得挺有派，常年披着风衣，退休金丰厚，一个人也花不完，我妈就帮着一起想办法。我挺支持他们的，明里暗里，提过好几次，但两人也没在一起过日子，就是游山玩水，畅享自然风光，然后各回各家，不知道图啥。

其实我也不是想去看望我妈，主要是我家有个传统，每逢周五，必包饺子，夏天吃黄瓜馅儿的，冬天是羊肉，春天的韭菜嫩，就包三鲜的，里面还有虾仁，雷打不动。当年跟吴小艺在一起时，我都怀疑她是奔着这个跟我好的。吴小艺特别爱吃我家的饺子，吃过一次，就上了瘾，个个礼拜都要来，不用筷子，煮好拎起来就往嘴里送，塞满三只，同时咀嚼。即便是我们吵架期间，赶上周五，她也一声不响地提着肚子来吃饭，饺子进了肚儿，关系就缓和一些。所以我俩处对象时，没大矛盾。我妈挺得意她，觉得会来事儿，说话好听。吴小艺有这个本领，跟谁都能唠到一起去，上天入地，无所不知。我后来就有点烦她这一点，觉得里外不分，没个亲疏远近，说过几次，她也没太当回事儿，依旧我行我素，大大咧咧。分手之后，经人介绍，我又处了一个对象，叫苏丽，小我几岁，在超市的调味品区负责理货，跟吴小艺的性格正好相反，内向，不爱说话，问啥答啥，多余的一句不讲。苏丽又瘦又矮，眼睛大，往外鼓着，像条小金鱼，性格温顺，一点脾气也没有。我俩头一次见面，约在超市里，她的头发焗成黄色，扎在后面，一摆一摆的，戴着永远洗不干净的棉线手套，拉一辆平板车，也不抬脑袋，跟谁怄气似的，车上摞着好几箱油盐酱醋，花里胡哨。我跟她打过招呼，不知说点啥好，就陪着整理货品，苏丽走路带风，干活细致，不仅讲究品牌摆位，还会注意不同的区域配色，方方面面，都照顾得到，是门学问。下班之后，我问苏丽，工作几年了。苏丽说，三年多。我说，累不。苏丽说，还行。我说，头发颜色挺时髦。苏丽说，白的多，挡一挡。我说，下班去哪。苏丽说，回家啊。我说，吃点饭去不，麻辣排骨串。苏丽说，也行。我们之间的交往差不多就是这样，任何要求她都没有拒绝过。有时好像也想说点什么，话到嘴边，又想了想，也没说出口。我性子急，遇到这种情况，就愿意多问几句，但这样一来，她反而更不讲了。

电台里播着情感栏目，一位女性在讲述自己的婚姻经历，语调悲切凄惨，一言蔽之，再婚家庭矛盾多，想方设法来耍我，好心当作驴肝肺，前妻招手就去睡。我听了都跟着上火，但还是没扛住困意，在车里眯了一觉，没几分钟，便被铃声吵醒，吴小艺的号码。我揉揉眼睛，接起电话，假装不知道对面是谁，客气地说，喂，您好。吴小艺说，像个人似的。我继续说，请问您是哪位。吴小艺说，猜。我说，抱歉，猜不到。吴小艺说，你爹。我说，我是你爹。然后就把电话挂了，来气。过了一会儿，她又打一次，我也没接，把收车的牌子取下来，调了个头，速度七十迈，开车去了浑河西峡谷。这半年来，不忙的时候，我经常去那边，一坐一下午，比较肃静，景儿也好，放眼望开，一片浩荡，河水平缓漫延，消失在远处的荒草里。岸边总有人放风筝，各式各样，有燕子、老鹰，还有长虫、恐龙和猪，被地上的人们遥相牵引，风将其吹得鼓胀，烈日穿过，更显苍白，近乎透明，整片天空像是一个巨大的墓园，各守其位。还有民间乐团演奏，成员都是老年人，满脸斑点，表情僵硬，肢体动作丰富，摇头尾巴晃，压着嗓子唱苏联歌曲，三句一停，气力不足，但歌儿还是好，冰雪覆盖着伏尔加河，冰河上跑着三套车。我坐在台阶上，点了颗烟，想象着走在结冰的浑河上，浓云蔽日，老马只剩一把骨头，鬃毛覆雪，确有几分忧愁。中场休息时，乐团成员也坐过来抽烟，捧着保温杯，自说自话，边喝茶边吐碎末。有一次，其中一位跟我借了个火，对我说，家近吧，见你常来。我说，也不近，愿意过来歇会儿。他说，好听吗？我说，好听。他说，老了，年轻时可比这强。我说，专业搞音乐的？他说，不算，厂里文艺队的，我们这批总共九位，走了一位，还有两个在海南，一个在北京，带孙子呢，剩下我们四个。我说，难得，还能聚在一起，但数目不对，差一位。他说，心思挺细。我说，做过点儿买卖，对数字敏感。他说，确实还有一个，女的，以前主要负责演唱，没联系了，她那嗓子是一绝，长得也好，九四年，单位解散，我们跟工会恳求许久，在文化宫办了最后一场，十首歌，都带着家属过来听，她唱的压轴曲，俄语一遍，汉语一遍，麦克风不好使，基本是清唱，全场鸦雀无声，不敢喘大气，生怕错过一个音儿，演出结束了，还缓不过来，没人敢拍巴掌，我往下一看，底下无数个发亮的脑门，往外渗着汗水，什么原理。我说，不知道，人多，热。他说，兴许是，当天唱的是苏丽珂，格鲁吉亚民歌，第一句，为了寻找爱人的坟墓，天涯海角我都走遍，第二句，但我只有伤心地哭泣，我亲爱的你在哪里，问谁呢啊，没答案。电视上演过的，半导体里放过的，古今中外全算，没有一个唱得比她好，了不得，就为这个，把自己名儿都改了，就叫苏丽珂。我说，本来叫啥。他说，苏丽，加了一个字儿。我说，我对象也叫这名儿。他说，不加还行，加上之后，越活越坎坷。我说，这我相信。他说，出了点意外，昏迷半个月，去北京做的手术，好几个月没说过话，再一出声，动静完全不一样了，精神有点受不住，就与世隔绝了。我敷衍着回了一句。过了半晌，他站起身来，我抬头向上望去，一只黑色的蝴蝶风筝飞过，正好将太阳挡住，光在减弱，周围泛起一层虚影。他继续说，但现在过得也行，安度晚年，不唱苏联的了，改唱耶稣，我前阵子见过一次，就在十三路教堂，请我去拉琴，一天五十块钱，台上人唱一句，她学一句，都唱完了，她也不走，摇着轮椅过去，拦住领唱，问人家，我该往哪儿走，可笑不，大门朝西，你说往哪走，不回家还能干啥，耶稣也不供饭。但人家不这么回答，他说，你本来四十天就能走出去，由于常有怨言、不断犯错，神就罚你在旷野，来回逛荡，一直走了四十年，她点了点头，我听不下去，净扯犊子，没打招呼，收拾东西走了。出门后我就琢磨，四十年啊，神咋不整死我呢。我没回话。过了一会儿，他又说，你知不知道谁最爱听这首歌？我说，不知道。他说，斯大林，他有四句话，说得比神还好，人生最宝贵的是生命，人生最需要的是学习，人生最愉快的是工作，人生最重要的是友谊，慢慢品去吧。

吴小艺在小区里堵我，一袭花衣，十分显眼，像要登台唱大戏。她蹲坐在花坛上，旁边摆着一个布包，用手给自己来回扇风，腰间的肉直往下坠，看着心惊，好悬没掉地上。我想去麻将社避一会儿，还没来得及转身，就被她发现了，以前我俩处对象时，她就有这特征，眼睛尖，凡是干点啥坏事儿，当场就能发现，瞒不过去。吴小艺扯着嗓子喊我，像是准备要我命，接着又一路狂奔，周围空气化作一股热浪，扑袭而至，我吓得退后几步，稳一下精神，方才站定。她跑至近前，双脚急速并拢，摆出立正姿势，身体挺直，气喘吁吁，我误以为她要跟我敬礼，条件反射，提前先敬了一个回去，权当问候。她一脸不解，咽了口唾沫，跟我说，我打电话，你骂我干啥。我说，以为是黑社会要账。吴小艺皱紧眉头，稍加思索，问道，最近得罪人儿了？我说，是，正躲呢。吴小艺说，事儿大不？我说，说大就大，说小就小。吴小艺说，到底啥事儿，我看看我有朋友没。我说，宰了一只大熊猫，正逃案呢。吴小艺说，这牛逼让你吹的。

我买了两罐汽水，站在超市门口，一边喝一边听吴小艺讲，最近过得不易，遇到一些麻烦，具体说来，具体就不说了，反正现在差十来万。我说，要不你还是说说？吴小艺没吱声。我说，借高利贷了？她摇摇头。我说，我姨生病了？她继续摇头。我说，又摇头儿去了？吴小艺说，多少年不去了都。我说，那到底因为啥呢？吴小艺说，离了，我想要房子，得给前夫找点儿平衡。我顿了一下，说道，吴小艺，你上我这儿来给前夫找平衡？吴小艺说，江湖告急，想来想去，就认识你一个做买卖的，很神秘，有实力。我说，给个车行不，水淹捷达，刚泡好没几天，开着跟喷泉似的。吴小艺说，能别闹不，哥，实在没办法了。我说，你是真敢张嘴。吴小艺说，跟你提怎么也比别人强，毕竟有感情在。我原地自转一圈，问她，哪呢啊，我咋没看见。吴小艺说，一句话，帮不帮吧。我说，对不起，真帮不上，我有对象了，她管钱。吴小艺说，在超市上班那个啊？我听说了，你妈可老看不上她了，方方面面都不行，拿不出手。我一下子有点火大，叨逼半天，就为了说这个，纯他妈闲的。我捏扁易拉罐，抛到空中，飞起一脚，但没踢多远，落在路边的井盖上，发出一声空响。之后迈步离开。

我没走正路，钻进绿化丛里，绕着往家里走，柳树垂在面前，我薅了一枝叶片，团在手掌里，感受着它一点一点展开。吴小艺踮着脚尖，紧跟身后，不离不弃，游魂似的，行动飘忽，我总想往后偷瞄一眼，担心她要捅我，人一急了啥事儿都能干出来，防人之心不可无，况且也有过教训。到了门口，我迅速掏出钥匙，本来想给她拦在外面，但没掰扯过，还是让她窜进来了。进屋之后，她也不脱鞋，假扮巡视员，背着手挨个屋视察，厕所也开灯看一遍。平白无故冲了一下马桶，水声阵阵，然后跟我说，没住一起啊你们。我没理她。她又说，关系还是不到位。我说，不是不帮你忙，实在无能为力，生意不好，要钱真没有。吴小艺说，你妈手里，是不是多少应该存了点儿。我说，操，你想啥呢，咋好意思的啊。吴小艺坐在沙发上，嘟着脸，一脸刚受完欺负的熊样，我懒得欣赏，躺回卧室里，脸朝着窗外，一只灰鸟飞到窗台上，蹦了几下后停下来，与我对视。过了一会儿，忽然听见一声尖细的悲鸣，立体声环绕，像是要钻入所有缝隙之中，开始以为是防空警报，怕发生什么战争，内心有点慌，起床一看，原来是吴小艺在哭泣，声音从鼻腔里出来，还带着节奏，四四拍的，但就是不见眼泪，纯属干嚎，五官错位，满脑袋虚汗。我看着闹心，跟她说，打个借条，我给你拿。吴小艺立刻止住哭声，眨了眨眼睛，说道，还得是你，有情有义，对我够意思。我说，卡号发我，这几天有空给你转，赶紧滚蛋。

送走吴小艺后，我盯着看那张借条。从桌上的新笔记本里撕下来的一页纸，字写得横平竖直：本人吴小艺，女，一九八三年生，沈阳市铁西区人，籍贯辽宁鞍山，现从事销售工作，因婚姻惨遭不幸，前夫纠缠不休，特借款十万元整，处理未尽事宜。将来必定努力工作，争取早日归还，连本带利，口说无凭，立此为据。底下是签名，还龙飞凤舞一下，跟个领导似的。我将这张借条的边缘裁齐，折成一架纸飞机，打开窗户，使劲向外掷去。

夜里我做了一个梦，吴小艺过来找我，穿着工作服，胸前画着一只口歪眼斜的熊猫，面目狰狞，满脸是血和泥，黑红交错，像是刚摔过几跤，双臂抡着门板，虎虎生风，非要跟我拼命。我尽量保持镇定，跟她说，冤有头债有主，你来找我干啥。吴小艺说，不是你我能离婚？我说，跟我有啥关系，不该你不欠你的。吴小艺说，不跟你分手，我能遇到我前夫？我说，能不能讲点理，谁介绍的找谁去。吴小艺说，你妈介绍的，她有个相好，姓杨，我前夫就是他儿子。我说，我妈把我对象介绍给相好的儿子？吴小艺说，对。我说，你冷静一下，咱俩一起找她去，我问问到底咋回事，母子关系处到尽头了。吴小艺放下门板，坐在地上，两腿一伸，连哭带闹，这时，我才发现，我俩在一座桥上，底下是深河，绿水涌动。天空下起雨来，我有点魂不守舍，因为忽然想起，同一时刻，苏丽正在等我，我们之前有过约定，目前这个情况，我又脱不开身，心里很急。无计可施之时，水面上跃出一条金色怪鱼，体型极大，如四五个成年人叠加，长相奇特，头部是圆形，像小孩儿玩的布老虎，身躯和尾巴逐渐收缩，眼睛占据半张脸，龇着牙大笑，有点不怀好意。这条鱼跃起之后，在半空中翻腾数次，最后跳落在岸上，掀起几块砖瓦，尘雾弥漫，有人过去将其扑倒，死死压住，使其动弹不得。我看着非常惊讶，上前询问，那人说，这是龙舟开始的信号，大鱼既出，再无水鬼兴风作浪。话音刚落，河上有数只龙舟经过，头尾相接，次序井然，与平日所见略有不同，所有划桨者均十分懈怠，没有口令，动作疲惫，没精打采。吴小艺也不哭了，起身探出桥栏，目光呆滞，观赏龙舟。我趁其不备，转身溜走，一路小跑，来到与苏丽相约的地点，但她却不在。我有些失魂落魄，掏出手机想要联系，说明一下情况，却收到一段她发来的视频，不知拍摄者是谁，时间应该是下午，苏丽的头发好像刚染过，身穿一条松松垮垮的金色旗袍，对着镜头笑，斜阳散射，衣服上的亮片看起来近似鱼鳞，不断反光。她赤脚站在岸边的草丛里，又扎一遍头发，比了个手势，然后舒展身体，向前冲刺几步，跃入水中，消失不见，只荡开一圈波浪。一只灰鸟从远处飞来，速度极快，如弦上射出的箭矢，驶过湖水，最终栖于岸边。

醒来之后，我又将这个梦回味了一遍，心头发紧。饭也没吃，开车去银行取了个定期，把钱给吴小艺汇过去，又发信息告诉她，钱已转过去了，记得早点还，有用。我坐在大厅里等了半天，也没回复。出来之后，发现车又被贴了条。没办法，点子就是这么背。这十万块钱也不是我的，我妈前阵子刚给的存折，说留着以后结婚当彩礼用。我说，我跟苏丽还没到那步呢。我妈说，或早或晚，你俩有点缘分。我说，那是幻觉，我跟小沈阳还有缘分呢，走哪都能看见广告牌子，打开电视也都是他演的小品。我妈说，苏丽比吴小艺合适，你俩能过长远，我看人很准。我说，苏丽有个妈，残疾，坐轮椅，家庭负担不小。我妈说，我都不注重这些，你还在意。我说，说得轻巧，反正以后也不是你伺候。

其实苏丽没妈，我也就这么一说，她父母很早离异，一直跟着爸过。有次喝多了酒，我俩去开房，鼓捣大半宿，完事之后，酒都醒了，也睡不着，就躺在床上说话。我问她，这些年来，见过你妈没？苏丽说，见过，但没敢认。我说，在哪？她说，超市里，她坐着轮椅，可能是骨折了，后面有人推，一个男孩，跟我弟差不多大。我说，没打招呼呢。苏丽说，她戴着口罩。我说，挺讲卫生。她说，挑挑拣拣，最后买了一瓶醋，搁在手里捂了半天，才去结的账。我说，还是应该走动走动，血浓于水。她说，后来又碰见过两次，我就想，别是奔着我来的，就一直躲在库房里。我说，不至于，娘儿俩有啥仇。苏丽说，没仇，也没感情。我说，你这人心硬。她说，对，我爸也这么说，你可想好。我说，没啥好想的。苏丽说，再想一想。我说，不用，我认准了，就不怕这个，前几天梦见你一回，伸胳膊蹬腿儿，非往湖水里跳，扎进去就没影儿，我也不会游泳，扯着嗓门去喊，但怎么都发不出声音，急得干瞪眼，醒过来时，心脏怦怦乱跳，半天缓不过来。苏丽挪了挪脑袋，抵在我的胳膊上，说，别想太多，我能下去，就还能上来。

给吴小艺汇完款的第三天，我头一次见到苏丽她爸，在超市门口，披着一件棕黄色外套，与季节不太相符，个子不低，驼背厉害，脸上褶子不少，像用小刀刻过，嘴角往下耷着。那天我等苏丽换衣服下班，准备一起去看场电影，票都买了。她爸站在门口抽烟，迎面看见我们，也没反应，只将烟头踩灭，双手插进裤兜里。苏丽拉了一下我的袖口，低声说，我爸。我有点措手不及，事先她没提，便问了声好，语气生硬。他点点头，上下打量一番，又将苏丽拉去一旁说话，我不好打扰，独自走去停车场，发动好车子，拧开空调，过了一会儿，苏丽小跑过来，没拉车门，敲了敲窗户。我摇下玻璃，苏丽跟我说，今天不去了先，她弟出了点事儿，正在医院里，上班也没看手机，刚知道，得过去看看。我说，我陪你去，不然我也不放心。苏丽犹豫了一下，还是坐进车里，我绕到路边，看见她爸正在打车，冲着大街上招手，动作发僵，漫无目的，我停下来，将他一并接上，向着医院驶去。路上，车内温度有点低，苏丽打了好几个喷嚏，我想问问情况，但不知道要怎么开口，又觉得她也许不想回应，就先算了。后来开了窗户，风声很大，每过一个路口时，她爸都会跟我说一句，谢谢。语气相当局促。我听得隐隐约约，不太确定，刚开始还点头回应，后来苏丽在啜泣，我也就没什么心情。虽然不是亲弟弟，跟她姨后来生的，但相处多年，总归有点感情。她给我讲过几次，她弟从小体质弱，发烧感冒，常去医院报到，全家跟着操心。我给他们放在医院门口，又绕过天桥，找了半天停车位，才进到住院处，不好打电话问，只发了条信息，就在走廊里闲逛，差点撞了个老头儿。大半夜，他自己颤巍巍走出来，以为我是护工，先跟我要烟，我没敢给，又非要我领着去上厕所，这不好拒绝，搀他进去不说，还帮着解下裤子，仔细扶好，尿完又甩一甩，上下左右，心里倒也没多嫌弃。老实说，我伺候我爸都没这待遇，不怎么上手，但那天就想做点好事儿。方便过后，我又给他送回病房里，搁到床上，挺大的三人间，就住着他一位。我问他，啥病啊。他说，没病。我说，老干部？过来疗养？他说，王八犊子，给我拿颗烟。我说，你好好说话，我都给你把尿了，能不能有点涵养。他没吭声。我想了一会儿，没跟他一般见识，往床上甩了根烟，他拾起来，先用鼻子闻了两遍，又衔在嘴上，空吸几口，我转过来，凑到近前，给他上了火。他眯着眼睛，抽了半支，咳嗽数声，又跟我说道，快没了。我说，这儿还大半盒，够用，楼下车里也有。他说，不是烟，我说我快没了。我说，别想太多，我看你挺好，骂人很利索。他说，我心里明白，就这几天的事儿。我说，家人没来？他说，撵走了，图个清净。我说，想开点儿，都得经历。他说，一辈子攒点儿钱，都看病了，最后给自己看没了，我图啥呢。

我没回应，低头看一眼手机，还是没有消息。他叹了口气，也不再说话，闭着眼睛，又过了一会儿，开始哼唧，偶尔干呕。问他哪里疼，他摆摆手，问他需不需要找大夫，他也摆手。非亲非故，再多问不合适。我躺在旁边的床位上，闭目养神，那天半夜，温度骤降，屋里越来越冷，我忍不住拉起被子，盖在身上，一不小心就睡着了。直到凌晨，我感觉有人往我身上拱，半睁开眼，发现是苏丽，背对着我，脱了外衣，只剩白色胸罩，头发披散下来，身体缩得更紧，我顺势移开一点，从后面轻轻抱住，搂着她的身体，肋骨如柴，且有点往外翻，像在抚摸一只营养不良的小狗。苏丽说了句什么，我没听清，就又睡着了。再醒来时，已是早上八点多，医生过来查房，屋里只有我们二人，衣衫不整，那个老头儿不知去向。一位医生用铁夹子敲着床栏，后面跟着一排实习学生，高声问我们，左卫武呢？我说，谁？医生说，三床的左卫武，不是你家人吗？我说，不是。医生说，那你是谁，在这儿干啥？我说，我来陪护别的病人。医生说，谁？哪个科的？我一下子答不上来。医生说，你们这号的我见多了，都不爱多说，跟动物没区别，两眼一睁，干到熄灯，两眼一闭，梦里继续，警告你们，以后别来了，挺大个岁数，也要点脸，干啥得分个场合。我说，不是，你误会了。医生没听我们解释，扭过头去，对着学生们说，过半个小时再来看看，左卫武要是还没在，联系家属。

一宿没休息好，我看苏丽也是灰头土脸，毫无精神，就让她跟我一起回家。我妈炒了俩菜，没吃几口，苏丽噎了一下，开始流泪，无声无息，完全止不住。我让她在我的床上睡一会儿，也就不到一个小时，醒来后她洗了把脸，情绪缓过来一些。我问她，昨天到底什么情况？她说，弟弟没了，也不是昨天，前天的事儿，游泳池里过电死的，没在病房，太平间里看一眼，没敢告诉我。我说，游泳池里咋还能过电？她说，壁灯漏的，总闸没关，目前是这个说法，具体还在调查。我说，多少能赔点钱，估计要打官司。苏丽说，人没了，要啥都没用。我说，在哪出的事儿，劳动公园的夜莺湖？苏丽说，是，你咋知道？我说，有过类似事故，许多年前，那次我正好路过，本来也想去游泳，但我爸没让，算是躲过一劫。苏丽说，听到这个事情，我就不信，做梦似的，看见我弟躺那儿，胖了一大圈，总觉得不是他，现在也这感觉。我说，接受现实，节哀顺变。苏丽说，接受不了。我说，人死不能复生，体面送好，风风光光，自己的日子还得过，谁都一样，斯大林有四句话，人生最宝贵的是生命，人生最需要的是学习，人生最愉快的是工作，人生最重要的是友谊，生命没了，学习不止，投身工作，处好感情，你仔细品一品。

出殡那天，我闹表定的四点，头天晚上有点失眠，想了些别的事情，就没能按时起床。闹表也许响过，但让我给按了，再睁眼时，五点十三分，天放了大亮。我连忙穿衣下楼，闯了一路红灯，来到苏丽家楼下，当时所有流程已走完一遍，她家亲戚不多，就等着我来。我内心很愧疚，这么个事情还迟到，实在说不过去。我的车跟在灵车后面，从大润发往德胜殡仪馆开，这天早上特别堵，本来四十分钟的路程，硬是开了一个半小时，头一炉是烧不成了。苏丽坐在副驾驶位置，也不讲话，直勾勾地愣在那里，双目无神。我想放点歌曲，但切了几首，氛围都不太对，好不容易到了地方，往门里拐时，又跟一辆别克商务发生剐碰，右前脸蹭了几道痕迹，露出底漆，本来不是什么大问题，按理来说，责任一人一半，各修各车就好，在这种地方，谁也不是故意的。但对方不依不饶，大呼小叫，气势汹汹，我都回到车上了，又给我生拽下来，让当场赔付，我也不好发作。苏丽她爸先进入园内处理事情，我忍住脾气，给保险公司打电话，刚刚接通，却看见苏丽疾步走出，倒持一柄十字改锥，来到近前，谁也不看，反手握稳，干脆利索，将改锥斜着刺入商务车的引擎盖里。还没等我报完保险，对方便已一脚油门开走，连号码也没留。改锥还悬在车上，像一只刚长出来的小犄角，跃跃欲试，准备出门闯荡一番。我有点没反应过来，咬了几下嘴唇，苏丽扭头直奔隔间，去挑选骨灰盒。

我没跟进去，就在外面等，里面氛围太阴，我待不住，每次都起一层鸡皮疙瘩，很长时间回不过劲儿。殡仪馆的绿化搞得不错，四处葱郁，树枝明亮粗壮，早上刚下过一点小雨，地面湿润，味道很好闻。高炉已经废弃不用，但还没拆，铁质爬梯缠绕在外，像是一只庞大的多足纲昆虫，身子微微立起。我忽然想到，很多人的一生，最后都在这里度过，躯体化作灰尘与烟，跟汽车排出的尾气、植物吐出的氧气、所有的雾和霜，彼此交融，肆意流淌，沉积在旷野上。世上没有死者，但它却是由死者一点一点构成的。我又想起那个梦，也许是在说，既然人生的龙舟之赛中，金色大鱼已经现身，且被人按捺于岸，那么，所有的傀儡自然消失粉散了。

雨又下起来，我躲进展示栏的低檐下，读着玻璃窗里的文字，有历史概况，也有政策方针、服务口号，以及部分工作人员的个人介绍。图片泛白，字迹模糊。我在上面看到一张照片，有些眼熟，底下名字写的是左卫武，想了半天，才记起是在医院遇见的那个老头儿。他在照片里还很年轻，系着绶带，头部后仰，笑容质朴，颇有几分自信。实际上，现在的他也许并不老，应该没到退休年纪，但人一生病，很快就会垮下来，或者变得跟以前完全不同。这种情况我见过很多次，我爸当年就是这样，最后瘦得脱了相。刚认识吴小艺的时候，她也瘦，八十来斤，头发烫成大波浪，好几处纹身，爱去夜场跳舞，一蹦半宿，水都不喝，活力四射，眼睛往外喷火光。后来生过一场大病，大概是基因问题，北京上海都去过，属于疑难杂症，没办法治，只能吃激素，价格不低，也不敢停，停药就犯病，还自杀过，被我拦了下来：骑在窗台上，晃着小腿唱歌，好不容易劝住，又去厨房拿刀逼我，让我别管，我咋能不管，扑过去硬抢，被她划了好几下，胳膊上都是血道儿。我也难过，一点办法也没有。那阵子我们过得很难，我刚上班，在4S店干后勤，一个月就两千来块钱，根本不够花，租了个旧房子住，冬天交不起采暖费，室内没办法待，脸盆里的水很快上冻。吴小艺实在太冷了，每天我上班后，她就去附近的超市里待着，至少能有个空调，晚上我再去接她回家。整个冬天就是这样过来的。有一次，我加班到很晚，超市关了门，吴小艺也没回去，就一直在外面坐着，缩进棉门帘里，那时她已经开始发胖，鼻尖冻得通红，呼吸紧促，眼睛也睁不开，迷迷糊糊，哑着嗓子跟我说，刚做了个梦，以为我不要她了呢，她也没地方可去，只能在这里等一等，也不知道我会不会来。我说，别乱想，梦都是反的。吴小艺抽了抽鼻子，站起身来，拉过我的手，放进她的袖管里取暖，笑着跟我说，哥，我俩快结束了，你知道的吧，我挺感激你的。我说，我不知道。吴小艺说，我知道，你会过得不错，我也许没那么好，但也还行。我说，纯扯淡。吴小艺说，我早就知道。我说，你还知道点啥？吴小艺叹了口气，说，我将来可能会变成一只熊猫啊。

想到这里，我在雨中给吴小艺拨了个电话，响铃数声，无人接听。我有点低落，一时间不知该做些什么，便去服务部买了个花圈，五百块钱，写好一副挽联，挂在两侧。我举着花圈出来时，苏丽正坐在水池边上，四处张望，我挥一挥手，然后走过去，她没打伞，雨水漫在脸上，看上去像是在哭，但我不太确定。我挨着她坐下，说道，买了个花圈，送你弟走，都是鲜花现扎的。苏丽看也没看，说道，退了吧。我说，没多少钱，我的一份心意。苏丽低着头说，我弟没了。我说，我知道，别太难受，他往好地方去了。她说，不是这意思。我说，那是啥？她说，刚准备遗体告别，工作人员一直没找到他，现在还在找。我说，什么情况？她说，不知道，就是没了，原来记录的抽屉，刚一拉开，什么都没有，空的，旁边几个也找了，都不是。我说，是不是还在医院里，做一些化验。苏丽说，打电话问过了，说也没有，那天半夜在医院的太平间，我看完一眼，就拉到这边来了。我说，这不合理啊。苏丽没有说话。我说，不行，得找他们领导去，怎么也要有个说法。苏丽还是没说话。我说，这样，我现在回医院，看看什么情况，实在不行喊几个人过来，今天必须弄明白。苏丽说，我知道，我都知道，我爸去医院了，你能不能先别说话，让我休息一会儿，我头疼。

我与苏丽并排而坐，心中充满疑惑，同时感到一阵眩晕，仿佛大地正在下沉，无休无止，我们相继跃入，要在茫茫无际之中，去寻找一个不存在的人，没有任何启示，更不会有答案。人也会逐渐隐没，像蒸发的雨滴，或者燃灭的灰烬，有时是一首歌的时间，有时是一个晚上，都很短暂，并且无迹可寻。殡仪馆有钟声响起，也有鞭炮声、鸣笛声，迎来送往，一切按部就班。没人在意一具消失的遗体。

雨越下越大，落在身后的水池里，响起一片沙沙的声音。这期间，我进去问过两次，没有任何消息。到了中午，殡仪馆里的很多工作人员都已结束工作，换掉制服，相互道别。我的全身早就湿透，直打寒战，或许还有点发烧，偶尔能感受到心脏泵血，舒张与收缩，像伸开又握紧的拳头，蓄势待发，却不知要朝向何物。风将池里的水吹开，带来一片彻骨的阴凉，在我们身边积聚。苏丽捂住脸庞，茫然无措，仿佛沉入一场梦里，任人摆布，无法醒来。我始终在调整着呼吸，使其均匀，并向着她身体起伏的节奏靠拢。我们的周围到底是什么，我们所能掌控的又是什么呢。一个人在水中死去，最终会去向哪里。我想，如果我们能拥有一致的气息，也许一切就会清晰起来。

苏丽浑身无力，我替她接了电话，另一端是她爸，声音低沉无力，先问了苏丽这边的情况，然后跟我说，经人分析，目前有三种可能：第一，当天夜里，尸体并未送到殡仪馆，而是在医院或者路上被劫走，也许与公园那边有关；第二，殡仪馆方面，存在工作失职的概率，申请领取遗体时疏忽，以前也有过这种情况，还上了报纸，殡仪馆的回应是，烧错了，下不为例，目前正在调取相关记录；第三，请了一位高人指路，他说，苏丽她弟没死，但也没不死，溺毙之人往往如此，睁不开眼，看着是往前游，其实没方向，在水里迷了路，久而久之，没有船来渡，变成水鬼，回头不是岸，只有汪洋一片。挂掉电话之后，苏丽什么也没问，我也没讲，只是想象着，在刚过去的那个夜晚，他会猛然苏醒，站起身来，像电影里演的那样，吐出全部的水，深呼吸数次，直至平静下来，也许还会走出铁柜，在树的搀扶之下，来到池边，坐在我们对面，面容安静，悄悄喊着我们的名字，但却听不到自己的声音。雨停之时，我的手机震动了一下，我解开屏幕，是吴小艺发来的一张照片，她插着饲管，穿着病号服躺在床上，面色苍白，头发散乱，比着胜利的手势，像是刚做完一场手术。没有其他字。

劳动公园浸在暮色之中，我从侧门驶入，按了喇叭，栏杆自动抬起，无人问询。泳池就在眼前，但此刻，已被铁栅紧密围住，不得入内。池里的旧水尚未抽去，落叶、废伞与无数垃圾漂浮其上，塑料椅子东倒西歪，只停业几日，便呈现一片荒芜迹象。苏丽从后座上爬起来，头伸出窗外，望向这潭死水，呕吐不止。我绕着泳池开了一周，最终在售票处停了下来，其门窗被木板封死，没人看守，我踹开一道口子，进入其中，苏丽也下了车，步伐摇晃，紧跟在身后。泳池分为深浅两个区域，从中间通道行去，是两排低矮的平房，左边为洗浴间，右边为控制室，有只灰鸟落在池边，朝着天空啼鸣，声音剔透，清晰如哨。我对苏丽说，许多年前，我的一位朋友在这里消失了。那天他约我一起游泳，但我在院儿里踢球，兜里没钱，就跟他说，你先游，在那边等着我，我爸下班回来，我管他要钱，然后过去找你。他跟我说，那你快点儿，我今天要早回家，感冒没好利索，得按时吃药。结果他自己来到泳池，游了很长时间，我也没去。快要关门时，他躲进水里，彩灯一闭，无所凭依，溺水身亡。没什么人知道这件事情，但我一直忘不了，这些年来，还总能梦见他。他现在跟我一边大，有时在龙舟上划桨，有时在岸上擒鱼，他对我说，自己变成了水鬼，困在池中，永远上不了岸，除非有另一个人来接替。苏丽一脸困惑，并没听懂我的话。我也不再解释，只是对她说，我想去看看他们。之后转身进入控制室，拉开电闸，霓虹灯被点亮，红绿相间，时明时灭，拼成一条条泳道，我褪掉外衣，上身赤裸，扶着栏杆，一步一步，慢慢走入深水区。池水散发着温度，黏稠如油脂，死死裹住我的身体，我不会水，任由下降，双手向前扑去，奋力握向那些光线，却越沉越深，许多大鱼围聚在池底，窃窃私语，如同密谋。我觉得自己在缓缓睡去，无数的梦纷沓而至，载着我向黑暗里滑行。接着是落水的声音，灰鸟尖叫着割破水面，分开一道裂隙，暗流涌起，大鱼四散，我低头看见数道流动的影子，由远及近，我想那是我的朋友，苏丽，或者她的弟弟，我分不清楚，他们正穿过光的深处，朝我游来。

我们倒在岸边的长椅上，筋疲力尽，苏丽埋在我身上，只是哭，一句话也不讲。我抬头看了看天空，似有歌声出现在它的背后，一首失而复得的老歌。

在这样一个不恰当的时刻，我忽然很想跟苏丽结婚，极其渴望。在此之前，我从未考虑过会跟她在一起生活，没有一秒这样想过，但现在，这个念头在脑海里奔涌不息，无法遏止。我的视线有些模糊，仿佛看见了一点点未来，并非多么美好，而是它的糟糕程度，我恰好可以完全忍耐。灯光射在她金色的头发上，炫人眼目。我有些激动，但不知从何说起。一条或者几条大鱼，在身后的池里持续跃起，争论不休，溅起无数水花，像一个调皮的孩子，藏在荷叶深处，一直朝着我们扬水。我不再回望，只将苏丽交织在一起的双手握住。我能感觉到，我的血液流向她的身体，畅通无阻，我们正融为一体。

晚风吹来更多的倦意，我擦去水滴，舒了口气，决定重讲一遍。一九九四年，有天傍晚，我爸浑身酒气，骑着自行车回来，我正在院儿里踢球。他将车停在一边，上前几步，给球断下来，卷起一层灰尘，问我说，作业写完没。我说，今天没作业。他说，吃饭没。我说，吃了，我奶炖的豆角。我爸扭过我的脑袋，指了一下自行车后座，跟我说，走吧。我很听话，拍拍裤子，转身上车。他一路骑得歪歪斜斜，总在咂嘴，原因不明。经过劳动公园，门口挂着几排彩灯，沥青路面上铺着一层细沙，游泳池正在营业，有小孩儿肩扛救生圈，光着脚走出来，步伐轻巧，像是行于水面。我说，爸，我想去游泳。我爸说，有水鬼，三上三下，连提带拽，能给你淹死。我说，他们都去了啊。我爸说，那你也别去。我说，咱们去哪。我爸没说话。到文化宫时，天已经黑下来，门口斜立着一座船锚石雕，环着生锈的锁链，从远处看去，整座楼像是一艘停泊在此的航船，搁浅数年，长眠不醒。路边是刚栽的矮树，未经修剪，我爸带着我从中间穿过，我的脸上总被刚结成的蛛网黏住，怎么也抓不掉。礼堂分为两层，前厅空荡，人影都没有，进入室内，便是黑压压的一片，后排与过道挤满观众，密不透风，我们在入口处，什么也看不到。只听见琴声从头顶上传来，将静默的空气锯开，反反复复，时有时无。待了几分钟，我爸便拉着我离开，说要去楼上看。一般情况，二层不让进，是演员休息区，我爸以前常在文化宫跳舞，一直是逃票，所以知道个办法。我们来到礼堂后面，爬上廊柱，从二楼的窗户钻进去，其中半扇没有玻璃，反手伸去，能把插销拔出来。我个子矮，骑在我爸的脖子上，撑上廊台，将窗打开，我爸找了几块砖头垫脚，翻身进入。走廊空旷，只能听到一些隐约的歌声。我们绕至侧方，俯身观看，舞台上方亮着几个高瓦数灯泡，紧挨着我，晃得头昏。我刚听了一会儿，便失去耐心，就问我爸，啥时候回去。我爸说，快了，快了。我朝着舞台上看，乐队在底下演奏，一个女的站在新搭起来的楼阁上唱歌，与我高度接近，左手持麦克风，右手撑着木栏，穿一身金色长裙，袖口开阔摆动，如夜莺扑扇着翅膀。她的声音很小，即便我在二楼，也不能完全听清。一曲终了，没有任何掌声，她俯视左右，面无表情，又抬起头，有那么一个瞬间，我觉得她正望向我，我有点犹豫，不知是否应该藏在椅后。还没等我作出决定，她像是被什么提着，飞出栏杆，踏入半空，我伸出手去，想要隔空抓住，但距离太远，无济于事。她轻飘飘落在地上，悄无声息，如一张糖纸，缓缓展开。忽然间，我感受到一股莫名的力量，凭空而来，集成一束，拉紧我的手臂，极力要将我拖出，下面仿佛不是人群，而是深池，我不由自主向前跌去，眼看要坠入。此时，台下响起剧烈的掌声，仿佛浪潮一般，长久不息，将一切重新托起，我借势退后半步。一股带着腥味的热气，由下至上，逐渐抬升，很快又消散。我满头大汗，蜷起身体，不知所措，靠在我爸身上。虽隔着衣物，却依然听到他紧绷的心跳，强健而有力，像是来自古代的击鼓之音，唤醒所有湖底的长眠者。

讲完之后，地上的水渍不断扩张，仿佛有人从池中上岸，周身湿漉，立于面前。我低下头去，轻轻亲吻苏丽。她在怀里，闭着眼睛，始终沉默，分不清是睡是醒。而在身后，或者更远处，大幕正在收拢，光暗下来，灰鸟飞去，万物宁静，只有那动人的鼓声，一次又一次，垂直降落，荡开枯叶与池水，向我们环抱而来。

（原载《收获》2020年第1期）

后 弄

◎薛 舒

一

穿红色羽绒服的女人又在后弄里跺脚，鞋跟撞击地面，发出“咚、咚、咚”的顿挫声。老张直起身，朝窗外看了一眼。

大冷天，在屋外蹦，她这算取暖还是乘凉？老张对床上的母亲说。老张说话的时候并没有张嘴，也没有发出声音，他在心里完成了与母亲的对话。

老张刚喂母亲吃过午饭，准确地说，那不叫“饭”，也不叫“吃”。母亲已经不会吞咽，命还在，一根细细的橡胶管子，从鼻孔插进去，流质食物通过细管直接灌进胃里，这叫鼻饲。

母亲这间房，玻璃窗已经很久没擦，油腻和灰尘凝结在一起，不知道经过多少次雨水的冲刷，划出一缕缕带冰碴的乳白色道痕。老张在玻璃窗里面，红衣女人在外面，他们之间的直线距离大约三米。

没有太阳，作雪的阴天。红衣女人手上戴着半截绒线套，挺着厚实的胸，在晦暗的天色下转着圈子蹦跳。羽绒服大约是尼龙材质，随着身躯的颠簸，发出“沙沙”的摩擦声。

老房子是单壁，形同虚设的墙，让老张感觉自己正和门外的女人共处一室，他几乎能闻到她身上散发出地摊香水的浓烈气味。她蹦跳了三圈，圆脸盘三次正面朝向老张，红嘴唇微微翕开，湿漉漉的艳丽，口里呼出的白气都要被染红了。老张站在离窗户大约一尺的地方，他没有躲闪，他确定，她的视线无法穿越肮脏的玻璃落到自己身上。他却可以看见窗外的她，很清晰，清晰到细节。

一如既往的红衣，一如既往的浑圆，后脑勺上吊一把油黑肥沃的马尾辫，脸上覆着厚厚的粉，像一只白刷刷的大瓷盘，两轮眼圈又分外浓黑，显然画了太深的眼线，眉毛亦是粗肥，茁壮的两条，让老张想到营养过剩的毛毛虫。然后，老张的注意力就会不由自主地从她脸上移至胸口，真是非同一般的丰厚，符合微胖女性的普遍特征，并且，是紧绷绷的，体态不松懈，说明还年轻。

老张是男人，他不知道别的男人在注意一个女人的时候，是先注意到她的脸，还是她的胸。当然，红衣女人不是一般的女人，老张一直这么认为。看她的身形和脸蛋，里里外外透出一股强壮的无聊感，仿佛，浑身充满了取之不尽、用之不竭，却又无处施展的精力。

年纪轻轻的，也不出去上班？老张对着墙外的女人问了一句话。红衣女人是听不见的，因为老张依旧没有发出任何声音，他的嘴巴已经闭了一上午。

红衣女人在弄堂里蹦跳到第四圈的时候，一个穿棕色皮夹克的男人骑着自行车从她身后滑过来，链条"嗒嗒嗒"一路响到老张窗前。男人单脚撑地，对红衣女人说了句什么话。她回答，语速有些快，老张能听见她说的每一个音节，嗓音脆亮甚至尖锐，可是，一个字都没听懂。老张无数次听过她说话，隔着墙听得也清楚，可是每次都这样，听清了，却没听懂。老张断定，那是一种他无法懂得的方言，来自比上海更北，比北京更南的某个不怎么发达的省区。

红衣女人和男人一来一回，三言两语，男人把自行车靠在老张这边的墙上，跟着她进了对面的屋。老木门"咔嗒"一声关上时，老张的心脏跟着揪了一下。

对面的房子也有玻璃窗，与老张这边的玻璃窗面面相觑，大概也是许久未擦了，斑驳，模糊，全没了透明度，却可以看见始终闭拢的土黄色窗帘。窗内的把手上挂着一条三角形内裤，也是红色，宽大、松弛，显然被一个壮实的臀部撑大了，又洗过很多次，失去了弹性。

她喜欢红色，没错，什么都是红色的，老张想。她总是把她的红内裤晾在窗帘与玻璃之间，窗帘闭着，她自己在屋里是看不见的，外面的人却一目了然，仿佛，她把内裤挂在那里，就是为了给窗外的人观瞻。老张是固定的观瞻者，或者叫"回头客"。

其实老张完全可以回避，不去看对面窗户，但他做不到。每次给母亲喂饭、擦身、换纸尿裤……忙活完，直起腰，老张就会站到窗前，看一看后弄的景致。

弄堂很窄，老张从小在这里长大，推开自家的门，跨一大步，就是对面大毛家的门槛。大毛和老张同岁，小时候，他俩就窗户对着窗户闪镜子发暗号，约好的，闪两下是抄作业，闪三下是溜出去玩。后来他们同一年去了安徽插队，又是同一年回的城……那时候，弄堂里住着几十户人家，从早到晚穿梭着忙碌的街坊，炸油条的，倒马桶的，生煤炉的，打儿子的，骂娘的，一早一晚最是热闹。后来，一家家都搬走了，买了商品房，住进了设施齐全的公寓楼。老房子空关着，等拆迁，或者像大毛那样，租给外来打工的短期住户，一两千元租金，权作零花钱。

老张没有大毛命好，老张走不了，母亲还活着，他不能把一个瘫了好几年的八十九岁老太太搬去公寓里住，送护理院又太贵。好在老张退休了，有大把时间，就常年住在老房子里照顾母亲。

现在的后弄，完全不能和早年比了，荒凉，凋敝，没几个门里有人住。老张常常站在窗前往外看，有时候，半天也没一个人走过。一眼看见的，就是对窗的红内裤，隔着玻璃，端正而又壮阔地挂着。

老张没有别的东西可看，只能看看后弄里的风景，如果红衣女人和她的红内裤也算风景的话。看得多了，老张都能区分红内裤与红内裤的区别。今天这一条，显然与昨天晾的不是同一条，昨天的裤腰更紧致一些，颜色更鲜艳一些，说明今天这条更旧，穿的时间更久。这么想着，老张觉得下腹有些燥热，大冷天的，怎么会呢？

老张去了一趟厕所，并没有多少积尿，只放了几滴，淅淅沥沥，不干不净。回到母亲房间，视线首先抵达的还是窗外的后弄。对面的屋门正好被打开，只开了半扇，穿棕色皮夹克的男人从里面闪出来，带上屋门，跨过弄堂，推起靠在老张家墙上的自行车，偏腿上车，一蹬脚，骑走了。

老张看了一眼墙上的挂钟，自言自语：二十分钟，也太快了。

红衣女人没有跟着男人出来，每次有人来，她总会在弄堂里把人家迎进门。人家走，她却不送出来。

二

母亲患上阿尔兹海默症后，老张日渐像个医生了，插胃管的手法，比护士还熟练。年轻的时候，还是小张的老张在安徽农村做过几年赤脚医生，会打针，会包扎伤口。后来回城，进街道工厂，做的是纽扣加工的活，赤脚医生那两手，荒废了。直到母亲发病，又重新捡了起来。

老张要给母亲插胃管了，一根胃管顶多用六天，今天已经是第七天，该换新的了。老张看不见母亲身体内部的骨骼和器官，他只能看见一层纸片样的皮肤，灰白色，薄得几近透明，却并不柔韧，而是坚脆的，一碰就破的样子。就是这层薄脆的皮肤，包裹着一具依然存活的躯体，每个星期，老张都要通过一根胃管进入躯体内部探视一次。母亲的体内构造，老张太熟悉了，闭着眼睛，他都知道她的鼻咽腔、食道、气管口、会厌处长什么样。

母亲是个矮小的女人，在床上躺了几年，愈发萎缩得像个还没发育的少女。橡胶管插入的长度，以身体外部距离估算，从鼻尖，到耳垂，再到胸膈剑突，45厘米足够。老张抽掉母亲脑后的枕头，头颅呈后仰状态，然后，他想象中探险的脚步，随着橡胶细管，从鼻孔进入，一点点深入母亲的身体。

那是一条狭窄而又幽暗的隧道，道壁上排布着阡陌纵横的血管，缓慢的脉动带着红色的微光，波纹一样流经，对，就像照片洗印房里的那种红光。老张在红色的微光中小心前行，13厘米，会厌部到了。这是一个关键部位，气管和食管的分界点，活瓣样的会厌阻隔了胃管的继续探入，老张的脚步紧随着暂停。走到这里，是万万要小心的，倘若把胃管插进气管，岂不是要了母亲的命？

幸好母亲已经昏迷，昏迷的人不会有咳嗽和恶心反射，当然也不会有吞咽反射，所以，老张必须托起母亲的头，让她的下颌靠近胸骨柄，然后，躯体弧度显然，活瓣挡住气管，食道随之展露。老张跟随着胃管，得以继续前进，小心翼翼地，穿过会厌、食道，最终到达胃部。

老张直起身，松了一口气。吸气的时候，他一如既往地闻到那股气味，来自一具持续进行着缓慢的新陈代谢的躯体。这是专属母亲的气味，蛋白质和汗腺分泌物混合而成，老张从小闻着长大的，他不喜欢，但习惯了。

老张倒了一碗水，把母亲体外的胃管开口端插入水碗，没有冒气泡，很顺利。老张很少会把胃管插入气管，失误率比医院里的护士还要小。因为他只护理一个人，每星期一次，一年53次，三年就是159次。一条走了159次的路，能走错吗？但他每次还是要测试一下。

老张撕了块胶布，把胃管固定在母亲的鼻翼上，随后按程序，用针筒往胃管里注10毫升温开水，接着，再慢慢注入牛奶、苹果泥、菠菜汁、蛋白粉和溶化的药混合的流质食物。母亲瘦弱，饭量小，一般人需要200毫升，老张给母亲喂了150毫升流质食物。喂完饭，老张又注了10毫升温开水清洗胃管，最后用一把止血钳夹住管口，以免空气流入胃里。一顿饭算是完成了，现在，轮到老张自己吃饭了。

老张给自己下了一碗面，捣烂的菠菜，菜汁喂了母亲，留下的筋筋脉脉，加了盐和胡椒粉，拌在面条里，毕竟，筋筋脉脉也有营养。老张吸面条的时候，好像故意要弄出很大的声响，一阵“吱溜吱溜”，一阵“呼噜呼噜”，忽而激烈，忽而悠长，居然有回声，仿佛，他是在一间空旷的大厅里吃面条。

这一间房，其实只有十五平方米，两张单人床，一横一竖，母亲日日夜夜躺在竖的单人床上，老张入夜睡在横的单人床上；三只樟木箱按大小叠成宝塔，墙角的五斗橱上堆着十来包纸尿裤，窗下是一张八仙桌，上面铺排着各种医药用品：搪瓷盘、纱布卷、没拆封的新胃管、止血钳、压舌板、50毫升注射器、棉签盒、胶布、听诊器……窗户左边，是通往后弄的门。

老张很少打开门，他更愿意隔着玻璃窗往外看，看看足够了。现在，老张端着面条站在窗前吃，臀部靠着八仙桌。他不想坐着吃饭，就一碗面条，一个人，有什么必要坐下来吃呢？坐着吃饭，是必须要一家人围在一起，有饭有菜，那才像样。

后弄里静悄悄的，没有一个人走过，跺脚的女人也没出现，对面的门户紧闭着，土黄色窗帘照旧没撩开，居然也没有红内裤，黑色塑料衣架倒是挂在窗把手上。老张看着光秃秃的衣架吃面条，肚子几近饱胀，心里却空空的，好像，没有了红内裤，窗外的风景，整个都失色了。

老张喝掉碗里的最后一口面汤，脑门上沁出一层细汗，这表示他的生命力还很旺盛。老张其实还不太老，才63岁，虽是退休了，可他时常感觉到，自己的身体里还会涌动着某些不明所以的情绪。比如，天气暖和的时候，他就有种冲动，想骑着他的破自行车，出去逛一圈，看看街上闲逛的女人。就好像，在农村插队的时候，背着药箱走在田埂上，那些插秧的女人，双脚踩在水田里，露出小腿肚子，污泥斑驳的，像刚从河里捞起来的一段段莲藕，肥瘦色泽，也能比出个优劣。

这么想的时候，老张会忽然眼眶潮红，心里却并无怨愤。老张是十七岁那年去的安徽插队，照理他是独子，可以留在上海，但他瞒着母亲报了名。出发那天，母亲追到火车站去送他，瘦小的女人在月台上号哭，呼天抢地，甩手跺脚，眼看着要哭晕了，却始终屹立着，只倔强地把身体扭曲、拉直，反反复复，不倒翁似的。父亲死得早，也没有别的亲戚一起来送，号哭的女人没人劝，只能自己和自己过不去，演绎着一场生离死别的独角戏。

还是小张的老张没哭，对母亲的哭戏，他甚至有种不忍直视的尴尬。他的座位靠过道，和车窗之间隔着两个女同学。两个女生扑出窗口和家里人拉着手说话，堵住了一大半车窗。那简直成了他的庇护，他躲在她们身后，正襟危坐，目视前方，任凭母亲在月台上对着车窗上蹿下跳。火车启动时，哭声轰然响成一片，送行戏到达高潮，他终于扭头看了一眼窗外，火车在移动，瘦小的母亲早已淹没在人群中，他没有搜寻到她，如释重负。

那时候，他想，他总算可以不用闻着家里的气味过日子了。家里的气味，就是封住的煤球炉溢出的煤气味，隔夜剩粥的半馊味，刚晾的衣服滴下的肥皂水味，杀蚊子的DDT药水味……还有，母亲身上那种专有的，令他每每闻到就莫名抗拒的气味。他没有兄弟姐妹，甚至没有父亲，没人与他一起分担母亲充沛到满溢的爱，也没人和他共同消受母亲身上时刻散逸的气味。他过腻了那样的日子，像一只困兽，只想逃离。

火车在移动，车窗外的人群在闪退，他感觉到家里的气味正离他越来越远，火车驶出站台的瞬间，他听见邻座有人带着哭腔轻喊：再见了，上海！

他居然鼻子一酸，差点没忍住眼泪，然后，他也大喊了一声：再见上海，我自由了！他没喊出声，他是在心里喊的。

他没想到，自由的日子，也是很容易过腻的。

现在的老张，与母亲几乎是寸步不离了，老太太用自己的身体绑架了63岁的儿子。老张的自由，只剩下窗口的一方天地，自由这东西，再一次变得有悬念起来。

面条吃完了，老张准备去厨房洗他那只空碗，转身，听见窗外有“轰隆隆”的声响，由远而近，是摩托车的引擎。后弄里很少有这么大动静，老张把空碗放在八仙桌上，他决定等一会儿再去洗，现在，他要等着摩托车开入他一方窗户的视野。这个声音他认得，自从红衣女人住进大毛的房子，他听过三次。

轰隆隆的引擎声越来越近了。

三

下雪了，才六点半，天光已经亮得晃眼。屋里并不冷，墙上的温度计，红色标记停留在16上。这种天气，老张照理是二十四小时开着空调的，给母亲擦身换纸尿裤，不能冻着她，只不过电费，这个月肯定要破三百元了。

老张起床，穿衣，套上棉拖鞋，站起来，第一眼就是窗户。玻璃上积了一层薄雾，老张走到窗前，手掌张开，贴住玻璃，薄雾瞬间融成水，流出五道水痕。真冷啊！老张咧咧嘴，把手掌拿开，巴掌清晰地留在玻璃上，五根手指滴血般往下淌水。

老张凑在巴掌印上往外看，后弄的老屋房檐上挂着几个冰锥，小拇指般的尖儿。屋顶上，黑瓦的凹槽里积了雪，突出的地方依然是黑瓦，整个屋顶，就像雪后犁过的农田，一畦白一畦黑，没有顶着积雪的瓦楞草，一棵都没有。奇怪了，老房子还是几十年前的老房子，不知道哪一天开始，就再也不长瓦楞草了。还有，小拇指样的冰尖尖，也比不上他小时候的冰锥。老张记得，很多很多年前，大冬天的早上，他和大毛拿个丫杈戳房檐上的冰锥，尺把长，刺刀似的。戳下来的冰锥大多摔得粉碎，偶尔接住一根，捏在手里，当冰棍舔。

大毛已经很久没来了，他住在别墅里呢，他的娘老早死了，他没必要回来。老张看了一眼床上的母亲，努了努嘴，想说什么，声音却没从嗓子眼里冒出来。

前些年，老张伺候母亲时，会和母亲说说话，当然是没有回音的，可他还是会说：姆妈，吃饭了，奶粉是进口的，豆豆去新西兰旅游，给你买回来的……

老张对着永远不会给他答复的母亲说话，把所有能说的都说过了：儿子豆豆升职涨薪；儿媳晴晴不生养，做了三次试管婴儿都失败了；自己患了前列腺炎，撒尿淅淅沥沥，不干净，不爽利；还有，和老婆已经很久很久没在一张床上睡了，老婆住在豆豆的公寓里，没有孙子带，天天去跳广场舞；要是老房子拆迁了，我们能得两套公寓房，可是说了好几年都没动弹，不拆也好，要不然老娘你怎么办呢？大毛的女儿嫁了个富二代，把大毛两口子接去住别墅了；租大毛家房子的是个年轻女人，天天在弄堂里跺脚，也不出去上班，喜欢穿红色的衣服……老张没说对面的女人连内裤都是红色的，这话不适合说给母亲听，还有，对面的女人做的是什么营生？不上班也能过日子？这话，老张对自己都不曾说过。

老张把肚子里的话说了个底朝天，有的话，颠来倒去说了好几遍，有的话，终归不能说出口，哪怕是说给自己听。最后，老张发现，他已经无话可说。

一个长期说话的人，远比一个长期不说话的人入不敷出。老张觉得，现在的母亲，就是一个最富有的人，她肚子里肯定藏着很多很多话，憋闷着，沉淀着，积了厚厚一层，像黏在紫砂壶内壁上的茶垢，没法洗干净，就干脆不洗了。要是茶壶一直在，茶垢就会随着年代的更替，一起变成古董，越来越值钱。只不过，后人永远不会知道，那些茶垢里究竟藏着什么样的故事，真是可惜了。

玻璃窗上的巴掌印越融越大，五根水痕融汇成鸭蹼状，手指与手指连在一起，窗外的一切看得更清楚了。对门还是紧闭着，上午十点前，红衣女人肯定不会出现。老张有经验，不用上班的人，又何必早起？自然，土黄色窗帘也是不会打开的，起床了也不打开。只是，一大早的，窗帘和玻璃之间，已经悬挂着一条三角形红内裤。兴许，是昨晚挂上去的……

昨天午饭后，老张连碗都没洗，就守在窗前，等着引擎的轰鸣声由远而近。果然没让他失望，一辆风尘仆仆的枣红色摩托车冲进他的视线。骑摩托车的男人戴着大头盔，穿着黑色羽绒服，粗壮的身材，背上还驮个大红包袱。摩托车停下，大红包袱里抬起个脑袋，是红衣女人，整个趴在黑衣男人的身上，两条红手臂环绕着黑衣男人的腰。

引擎熄了，红衣女人跨下车，大圆脸整个露出来，红彤彤的，身材一如既往的厚壮，看着就是干农活出身的女子，只是平日里总亮着一张白脸，身上的乡土气被掩盖了。上海人都说，一白遮三丑，可她那白脸，是涂出来的白，冷风一吹，一脸农民红。老张咧嘴笑了，嘴角不自禁地流出三个字：乡下人！说完，心头滚过一丝快感，很有些解气的意思，又不知道哪来的气，到底气什么。

就是这辆蒙着灰土的枣红色摩托车，就是这个戴大头盔的男人，老张见过两三次，只是，男人从没在后弄里摘下过头盔，老张没见过他的脸长什么样。

黑衣男人跟着红衣女人进了对面的屋，头盔照旧没摘下。老木门“咔嗒”一声闭上时，老张的心脏跟着揪了一下。

整整一个下午，老张时不时地凑到窗前去看一眼，可是对面的屋门一直没打开，直到天黑，一天结束，后弄里再没有别的动静。

他在她屋里过夜了，老张很肯定地告诉自己。其实，来找红衣女人的男人不止这一个，但大多是进屋，关门，二十分钟，或者半个小时，门就会开，这人就会出来，独自离开。老张看见过的，进了屋再不出来的，就是这个开摩托车的人。

这会儿，天已大亮，老张站在窗前，看着对面紧闭的门，以及门边上土黄色帘子遮住的窗。昨晚天黑前还没有挂出红内裤，此刻倒有了。那么，黑衣男人到底是什么人？昨晚他走了没有？老张不能克制地要去想这件事，心里同时涌动着各种各样的感觉，一些羞耻感，一些好奇心，一些蠢蠢欲动、愤愤不平，以及，意犹未尽。

手机响了一记短信提示音。老张从枕头下摸出儿子淘汰的“苹果5”，是豆豆的短信：老爸，今天下雪，路不好走，我们就不去看奶奶了。

老张的日子过得有些混沌，他忘了今天是星期六。每个周六，儿子都要带着他的老妈，老张的老伴一起来一趟老屋，看看奶奶，也是来看看老张。

不来了，不来也好，省得他们指手画脚。

四

给母亲喂过早饭，老张看挂钟，九点半，再看窗外，对门依然紧闭。

接下来，做什么呢？老张环顾四周，堆满医疗用品的八仙桌，要不要整理一下？母亲床头的屋角上，一张蜘蛛网已经挂了半年；卫生间的水龙头关不严，滴滴答答漏水；冰箱里的存货不多了，要去一趟菜市场……其实，医疗用品每时每刻都要用，摊在桌上更方便；蜘蛛网一直没刮掉，是因为没有三角梯，够不着；水龙头垫圈老化了，要去专业店买，可也并没有漏得很厉害，还能顶一阵；下雪天，路上湿哒哒，去菜市场不方便……豆豆和老婆不来，不用打扫卫生，一间十五平方米的旧房子，没有外人来，费什么劲呢？当然，儿子和老婆不是外人，但他们来了，看见屋里乱七八糟，会皱眉头、唠叨、指责，会一脸嫌弃地捂住鼻子……母亲刚瘫下来时，老婆跟着老张一起在这里住了几天，单人床上挤挤，一个礼拜，老婆的脸色变得不太好看，摔锅摔碗，或者不理不睬。两个礼拜后，两口子统一了意见，儿子媳妇要做试管婴儿，为了给老张家传宗接代，老婆有必要回去照顾小两口。老张则留在老屋里继续做他的孝子，毕竟，老太太名下的这所房子，往后的拆迁补偿，都是儿子儿媳的。

老张夫妇用分居的方式换来了基本的皆大欢喜，应该，老太太百年的日子不会太远吧，不想还很顽强，一躺就是三年。儿子媳妇的试管婴儿一次次失败，干脆放弃了，老张却发现，自己愈发喜欢一个人待着，好像，回不去了。老婆和儿子每个周末来一次，隔夜的周五，他心里就会生出隐隐的烦躁。和一个永远不说话的人在一起，远比被迫听别人说话要自由。似乎，老张因了几乎失去人身自由，而尤其珍惜起了精神的自由。

老张扭过头去看床上的母亲，厚厚的被子严严实实地捂着她的躯体，只露出苍白的脸，那张小脸，只有拳头大，几乎没皱纹，不是返老还童了，而是，皮肤太薄太脆，皮下又没了脂肪，经不起折叠，连皱纹都生不出来。

老张决定给母亲擦一下身，屋子可以不打扫，人不能不打扫，要不然会生褥疮，接下去，溃疡，发炎，发烧，挂水……一连串的麻烦就会接踵而至。老张已经一个多星期没给母亲擦身了，他想等一个暖和的晴天，可是天气根本没有转暖的意思，倒是一天比一天冷，没办法了，再不给她擦身，要发臭了。

老张给母亲擦身，冬天一星期一次，夏天一天一次。平日里，母亲屙屎拉尿，老张给她换纸尿裤时，也会给她洗屁股。老张不愿意收拾屋子，却把母亲收拾得挺干净，可是再怎么干净，屋里总归还是弥漫着某种复杂的气味，与早年家里的气味不太一样，不是煤球炉、隔夜半馊粥、肥皂水和DDT药水的气味，而是，充斥着换下来没有扔掉的尿不湿、医用酒精棉、中成药，以及未及挥发的排泄物的气味。然而，虽与过去不尽相同，却还是有相似的质地，宿古的蛋白质，混合了汗腺分泌物的奇特气味，主体依然是母亲。

老张把空调定到25摄氏度，又插上油汀电源，半小时后，墙上的温度计显示22摄氏度。老张烧了一大壶开水，倒进盆里，兑入一点点凉水，用手试了一下，有点烫手，正好。

老张掀开母亲的被子，只上半身，熟悉的气味随着体温暖呼呼地扑面溢出。

母亲身上的气味，老张从小闻着长大的，书面语叫狐臭，后来不知道从哪里传来一种说法，叫“美人臭”，据说杨贵妃身上就有这种气味。老张觉得并不可信，母亲不是美人，瘦小的一个，颧骨过于突出，鼻子过于尖锐，嘴唇扁薄，眉毛疏淡，一副苦命相。母亲没瘫下之前，一直有个习惯，每次睡前脱下外衣，都会举起胳膊，把脸凑到腋下，吸两下鼻子，然后半眯住眼，好一会儿才睁开，脸上的表情，类似于陶醉，又好像吃了榴莲或者臭豆腐之后的生理反应，亦爱亦嫌的样子。看起来，她喜欢闻自己身上这种天长日久的气味。

如今的母亲，早已没有能力把自己的脸凑到腋下去闻一闻了，可是，只有半条命的人，身上还会散发出这种气味，真正顽强。好像，狐臭这种东西，就是人的灵魂，只要人还活着，它就会附着在身上，甚至，还会传染给接近它的人。

中秋节那天，老张没法去豆豆的公寓吃团圆饭，老婆给他送糯米糖藕和烤鸭，一进屋，刚靠近老张，就捂住鼻子倒退了两步：你，你身上怎么有股老人味？

趁老婆转身的当口，老张偷偷举起手臂闻了闻自己的腋下，没什么味啊！老婆走后，老张又在屋里四处闻了一遍，也没闻出什么。老张知道自己没有遗传到母亲的狐臭，可是从那以后，他总怀疑，是不是长期生活在这种气味中，这气味就缠扰在身上，变成了自己的气味？

老张开始给母亲擦身，滚热的毛巾拭过脖子、肩膀、肩胛骨、腋下，还有，小布袋一样的乳房，几乎没有乳晕，乳头的颜色很淡，与别处的肌肤连成一片。毛巾擦拭过的所有地方，老张都轻车熟路，不仅仅是动作，还有，心理上的熟视无睹。

给母亲擦身换尿不湿的活，老婆干了最初一个礼拜。老婆回去后，他以为他会度过一段艰难的日子，他要目睹母亲赤身裸体的样子，一如他无以阻挡地闻着母亲的体味长大。然而，他尝试着给母亲擦了一次身，竟不觉得丝毫尴尬，好像，这具不会说话的躯体失去了感知羞耻的能力，他不需要替她羞耻，自己便也没有了羞耻感。现在，他甚至不放心别人来给母亲擦身，每次给她擦干净，等到第二天，掀开被子，那股气味又扑面而来的时候，他会有种成就感。一具持续散发出体味的躯体，代表着生命的机器依然在运行。偶尔闻着不明显，老张会不甘心，要凑到她身体近处，掀开被子闻个究竟。奇了怪了，小时候，只要母亲靠近他，他都忙不迭地躲，现在，他怎么就不讨厌那种气味了呢？

老张给母亲擦完身，用被子严严实实地捂住母亲。那一具少女样的小身躯，就这么干干净净地躺在那里，老张心里感觉踏实了。

老张端起盆要去卫生间倒水，却听见对门“吱呀”一声，随即“嘭”一下。老张一激灵，回头去看，只见后弄对窗的玻璃内，土黄色窗帘的背景前，红内裤随着塑料衣架晃悠了几下。关门太用力，震动了整个门框和窗框，连对门的老张都感觉到自家的墙抖了抖。可是，谁出去了？还是谁进去了？

老张觉得有些遗憾，错过了精彩镜头似的，盆还在手里端着，眼睛却斜向床上的母亲，嘀咕了一句：都怪你！

五

雪融化了，天却愈发的冷。穿红色羽绒服的女人又在后弄里跺脚，鞋跟撞击地面，发出“咚咚咚”的顿挫声。

老张贴着玻璃窗，看窗外兜着圈子蹦跳的人，马尾辫甩啊甩，隔着墙老张都能感觉到，那一把茁壮的辫子几乎要飞起来，他只要再往前凑一厘米，辫梢就要撩到他脸上了。每每那捆黑色飞掠过窗前，老张的脑袋就要晕一下，鼻子随即一阵发痒，憋了好一会儿，终于没忍住，打出一个巨响的喷嚏。

红衣女人猛地缩住脖子，仿佛老张的喷嚏直接打进了她的衣领，她停下跺着的脚，扭过头，看向老张的窗户。

老张迅速收回紧靠窗户的脸，转过身，把后背对着玻璃，手里胡乱摸着桌上的东西，一会儿抓起听诊器往脖子里挂，一会儿又去抽棉签，拿纱布卷，也不知道自己要干什么，脑子里的场景，却是窗外的后弄，和后弄里看向他的红衣女人。

她肯定循着喷嚏的声音找到了声音的来源，她正在看这里吗？她能看见他吗？即便她通过斑驳肮脏的玻璃看见了他，那也只是看见了一个背影，老张想。可是接下去，他想象的目光立即看见一具佝偻的身躯，虽然是背影，可还是一眼看出来，那是一个老年人，有着委顿的脖子和松弛的肩膀，还有，垂向桌面的花白的后脑勺……老张没见过自己的背影，但他见过大毛的背影，六十多岁的老男人，不都应该是那样的吗？

老张的鼻子酸了一下，他摘下脖子上的听诊器，走到母亲床边，俯首冲床上的人说：现在这样子，你是不是很高兴？嗯？

母亲闭着眼睛，平静地躺着，她没有回答她的儿子。老张俯瞰着床上的人，太安静了，安静得像死了一样，没有喘气的声音，没有打鼾的声音，没有咳嗽的声音，也没有器官运转发出的哪怕是卡壳的声音，倘若有人撞进门，一眼看见床上的老人，会不会认为她是死的？

这么想着，老张又细细地盯着母亲的腹部看，平薄而寂静，连些微的起伏都没有。老张冲着床上人喊了一声：姆妈？

他知道母亲不会回答他，可他还是喊了第二声：姆妈？

那具少女般的躯体安静得一如往日。老张感觉心脏跳得有些快，同时，窗外又传来一阵跺脚声，“咚咚咚”，还有，羽绒服的摩擦声，“沙沙沙”。老张没有抬头，也没有走到窗口去观望。老张强按越来越快的心跳，一把掀开母亲的被子。温热的体味扑面而来，蛋白质和汗腺分泌物混合而成的，甚至带点孜然抑或咖喱之类西域香料的气味。是的，没错，就是这种气味，它会使老张情绪突然亢奋却又莫名厌烦，这气味来自母亲的身体，此刻依然。

老张重新给母亲盖好被子，心跳平缓下来。灵魂般的气味缠扰在母亲身上，她活着，他放下心来，随之而来的，是隐隐的愤怒。他抬头看向窗外，红衣女人还在后弄里站着，大概天太冷，没人来拜访她，跺脚的节奏比刚才缓慢得多，“咚”一下，隔几秒，又是“咚”一下。原本强壮的无聊，变得有些虚弱。

也没人来拜访老张。倘若没有必需的理由，老婆和儿子是不会来的。半年前大毛倒是来过一次，不是来看老张和老张的母亲，而是老房子租出去三个月了，后两个月的租金没到账，他是来问租客讨钱的，顺便跨过弄堂到老张这边来看看。

和老张的老婆一样，大毛一跨进门就往后退了两步：什么味道？

老张擤了擤鼻子：什么味道？没有啊！说完搬一张凳子摆在门口，叫大毛坐。那时候天还暖和，开着门不会冻着母亲。大毛坐在门口，和老张有一搭没一搭地说话。大毛说，东市街上的茶馆里来了一对唱评弹的男女，那女的，年纪轻，嗓子好，啥时候你有空，一起去听听？老张指了指母亲的床：我哪里有空？

大毛又说，上个礼拜去老饭店吃饭，女婿请客，本帮菜，正宗，下次我请你去吃。老张说：谢了，不过，吃上这一口，不知道要哪年哪月了。说完又扭头去看床上的母亲。

大毛替老张叹了一口气，摇了摇头。又说，上个月他和老婆去泰国旅游，女婿出的钱。然后摸出手机，翻出一张照片：看看，这个女人，漂不漂亮？

老张找出老花镜戴上，凑过去看了一眼，吓得缩回脑袋。手机屏幕上，大毛被一个浓妆艳抹的女人搂着，那女人，穿着挤出乳沟的低胸装，大毛在照片里张着大嘴笑，露出满口邪淫的牙床。老张说：胆子这么大？照片留在手机里不怕你老婆看见？

大毛笑说：你没见过人妖吧？老张顿时明白过来，也跟着笑起来，先还要掩饰，藏不住，就“呵呵”地笑出声，还说：你，被一个不男不女的东西搂着，不难受？大毛说：不要太适宜哦！然后，两人你看看我，我看看你，一起张开嘴“哈哈”大笑了一通，不晓得有啥好笑的，话也说得并不幽默，事情也不见得有多搞笑。笑完，老张问大毛：那你讲讲，人妖到底长啥样子？

大毛说：你没看见照片？和女人一样，两只奶奶……母亲床上忽然传来一记闷响，显然发自被窝内里，天气热，一条薄被子，没捂住。大毛问：老太太放屁了？

老张不敢肯定：偶尔会放屁，可也没这么响啊！

大毛说：她是在骂我“放屁”吗？厉害，话都不会讲了，还能骂人。

老张的母亲会骂人，早年弄堂里出了名的。孤儿寡母，不凶悍一些，怎么能把日子过下去？大毛从小不怕自己的母亲，倒一直怕老张的母亲。大毛站起来，拍拍屁股准备走：不坐了不坐了，我要回家了。临走关照老张，替他多注意一眼对门的女租客，看看她到底是干啥的，要是有违法犯罪行为，立即赶她走，我宁愿不挣这两千块租金。

就是从那一回开始，老张把观察对门的女租客当成了伺候母亲之外的第二项日常工作。老张观察得很仔细，他发现女租客喜欢穿红衣服，连内裤都是红的；他还观察到女租客喜欢站在后弄里蹦跳跺脚，尤其是入冬后，每天都要蹦跶好久；老张还见过一些男人来拜访女租客，他们都是单独来的，在女租客的屋里待一会儿就会离开，这些人看起来就是最普通的男人，没有杀人越货的容貌，也没有发生过打架斗殴的事情，更没有听见争吵骂人声。老张觉得大毛的担心有些多余，一切都很正常，有什么不放心的呢?

年轻的女租客至今还住在对门，半年多了。老张的观察任务还在持续，他抬起头，看了一眼窗外。红衣女人还在，只是没再跺脚了，她挺着胸，站在后弄中间，看着远处。远处有什么？老张在屋里是看不见的，但是老张听见了摩托车的引擎声，正越来越近。

她要等的人来了，老张想，红内裤都挂着呢。

对面的玻璃窗里，今天挂的是一条崭新的红内裤，颜色很鲜艳，腰口很紧致，形态也还没撑走样，端正而小巧地挂在塑料衣架上。老张甚至有些担心，这么小，她穿得下吗？瞧她那敦壮的样子。这么想着，老张的注意力，从红内裤移到红衣女人身上。可惜，羽绒服是中长款的，遮住了她的臀部。可是胯部饱满鼓胀的样子，还是让老张轻易回想起一个浑圆宽阔的臀部。半年前，她穿着紧身牛仔裤和红色吊带衫，拖着一个拉杆箱走进后弄，停在老张的窗外。然后，她从背包里摸出一把钥匙，打开了对面的门。老张隔着敞开的窗户看出去，满眼白花花的肉，中间一小片红布。

老张想到了不能生养的儿媳妇，做了三次试管婴儿都没成功。窗外的女人，倒是有生养潜力的样子，只不过，她不是一般的女人，不适合结婚，更不适合养孩子。

六

开摩托车的黑衣人又来了，这一天，来了三趟，每一趟都是空手进对门，五分钟，捧着大包小包出来，然后“轰”一声，载着大包小包绝尘而去，大头盔始终没摘下过。看样子，像是要搬家。老张忽然想起，自己是身负重任的人，他有责任监督他们，大毛屋里的东西，别叫他给搬走了。

老张长时间地站在窗前，数着男人载走的东西。他看见黑衣男人从屋里捧着个大纸箱出来，不知道纸箱里装了什么；他还看见黑衣男人把两个大塑料包载走了，透明的包里塞满五颜六色的衣物；第三次，他看见男人拎着一个大袋子出来，袋子鼓鼓囊囊，袋口露出个绒毛熊的脑袋，婴儿一般大。老张忽然咧开嘴笑起来，女人呀，真是长不大，喜欢这种没用的玩具。笑了一会儿，忽然感到有些伤心，幸好母亲已经失智失能，要不然，老太太会不会骂她的子孙“不孝”？

这么想着，他扭头去看床上的母亲。老太太与任何一天一样躺着，死一样安静，她已经不会发出唠叨的声音，世上已经没有人能指着老张的鼻子骂他不孝了。其实，就这么活着也挺好，除了她的儿子，她不会打扰到任何人。快过年了，母亲马上就要满虚岁九十了，真是长寿啊……可是，为什么要搬家呢？老张继续把脑袋转向窗外。

现在，老张差不多确定，对面的租客就是要搬家。东西正一样样被转移，从摩托车来回的时间看，新住处不会太远。不过以后，老张就听不见后弄里的跺脚声了，也看不见窗外那具壮实而又生动地蹦跳着的红色身影了。老张不是大毛，大毛随时可以走出家门，去茶馆听书，去老饭店吃正宗的本帮菜，去泰国看人妖……老张不可以，他不能丢下母亲超过半个小时，不可以走到比菜市场更远的六百米以外，哪怕只是去听听一个喜欢穿红衣服的女人的跺脚声，也不能。可是为什么要搬家呢？这个问题，老张已经问了自己好几遍。难不成是房东大毛发现了什么，要赶她走？

老张开始感到愤愤不平，那些来拜访她的人都是自愿的，她这样活着，并没有打扰到别人。就像老张照顾母亲，也是自愿的，母亲这么活着，没有打扰到别人，没有人可以剥夺她活着的权利。大毛又凭什么要赶她走？老张越想越气愤，他想打开自家的门，走出去，跨过后弄，敲开对面的门，然后，他要对那个喜欢穿红衣服的女人说：大毛不租给你，我租给你。

老张当然没有跨过后弄去敲开对面的门，他想象中对红衣女人说的话，其实是没有资格说的，母亲还活着，他怎么能把房子租出去呢？老张只能持续看着窗外，通往后弄的门始终紧闭。

一整天就这么过去了，红衣女人一直没出来，后弄里没有响起她蹦跶跺脚的声音。她肯定在整理东西，半年前她来的时候，只有一只拉杆箱，现在要走了，三只拉杆箱都不够。做个人，真是越活拖累越多。

老张看了一下挂钟，下午四点半，要准备母亲的晚饭了。吃什么不重要，重要的是，得给她吃。老张站起来，看了看床上的母亲，眼睛一如既往地闭着，平薄的一具躯体，一点儿起伏都没有，鼻孔里钻出一根胃管，管口夹着止血钳，管内壁似乎沾着些许糊状物，用过几天了，要不要换一根？老张想，照理可以再用两天，可是脏了，换一根吧。

老张在八仙桌上找到一根没拆封的新胃管，按一贯的程序开始操作。拔掉旧胃管是最容易的，撕开胶布动作轻柔一些，拔出的速度慢一些，不要扯伤咽喉和鼻腔黏膜。新胃管准备插入，老张掀开母亲身上的被子，温暖的体味扑面而出。他吸了吸鼻子，一切正常，好了，现在他要跟着胃管再次进入母亲的身体了。从鼻孔开始，弯弯曲曲的通道呈现在眼前。

窗外第四次响起摩托车轰鸣声，老张一手托着母亲的头颅，另一只手捏着胃管，可他还是忍不住抬起头看向窗外。黑色庞大的身影不出意外地出现在窗口，只是老张整个人是俯向母亲的姿势，视线不够高，只能看见一个移动的大头盔。很快，大头盔不见了，随后，是“吱呀”一声，和“咔嗒”一声。黑衣男人进了对面的屋，老张想。

胃管继续探入，鼻腔过了，接下去就是会厌。老张扶起母亲的上半身，现在，她几乎是坐着的姿势了，拳头大的脑袋耷拉着，老张用自己一边的肩膀垫住她的后背，持着胃管的手稍稍用力，感觉有点受阻，他想象中的视线到达三岔口，看见了，粉红色的活瓣在蠕动。

窗外又有声音，是男人闷闷的说话声，像罩在瓮中，显然没有摘掉头盔。然后，是脆亮甚至尖锐的回答声，每一个音节都那么清晰。老张竖起耳朵，还是一个字都没听懂。

老张有些生气，胃管往活瓣上戳得更用力一些。母亲的头颅像木偶的脑袋断了线，几乎垂挂到胸口，这是正确的姿势，气管紧闭，食道展露。与此同时，他听见外面脆亮的说话声：明天再搬吧。

他居然听懂了，这是他第一次听懂红衣女人说话，她果然要搬家了……老张手一抖，通了，胃管的前行路途顿时顺滑，再往前走几步，好了，留下体外一截胃管，长度合适，完成了。老张把母亲的脑袋放回枕头，动作有些急，或者，手臂托住母亲的时间有点久，没力气了，母亲的小脑袋落到枕头上，发出“扑通”一声轻响，把老张吓一跳。可是，那也没什么要紧，枕头，又不是砖头，老张想。然后，他像一只终于从猎人手里挣脱的兔子，从母亲的床上跳起来，一步跨到窗口。

老张看到的是红衣女人和黑衣男人的背影，壮大的两具。男人手里拎着头盔，他终于露出了脑袋，只不过是后脑勺，大脑袋上顶着乱糟糟的头发，耳鬓边有一撮倔强地扭曲着，是被头盔压得变了形的样子。老张依然没有看见男人长什么样，他只看见一红一黑两个黑影，几乎是挤着进了对面的门，然后，老木门“咔嗒”一声关上了。老张的视线移向对面的窗户，土黄色窗帘和玻璃之间，塑料衣架光秃秃吊在那里，没有红内裤。

天色昏暗下来，冬天，太阳总是很早下山。老张回到母亲床边，新胃管插好了，接下去要给母亲喂晚饭了。150毫升流质，由蛋白粉、橙汁、米糊和肉汤混合而成，用针筒注入，有点慢。老张几次想要去拍母亲的胸口，又想起拍胸口是没用的，就住了手。老张的耐心不如以前好了，给母亲鼻饲，他已经做了三年，没人催工，也不是计件计时的活，急什么呢？可是今天，不知道为什么，他就是有点急。

150毫升流质终于全部注入母亲体内，老张又注了10毫升温开水清洗胃管，最后，用止血钳把胃管开口夹住。母亲平静地躺着，自始至终，好像，她很享受六十多岁的儿子对她这般无微不至、皮肉相触的孝顺。

老张没有给自己做晚饭，他不饿，他不想吃饭，他就站在窗前，看安静的后弄。后弄里没有声音，也没有人走动，直到天完全黑下来。

这一夜，老张睡得不太踏实，迷迷糊糊刚睡着，一个抽搐又把自己惊醒。他想不起来有没有做噩梦，只是，感觉屋里的温度正在下降，他想，他是被冻醒的。可空调一直开着，“嗡嗡”声持续不断，大概坏了，明天要打电话叫人来修。

直到凌晨五点，温度计上的红柱已经跌到7摄氏度，老张再也无法入睡，干脆开了灯，穿戴好，下床，他要看看母亲有没有被冻着。

老张走到母亲床边，白炽灯微黄的灯光下，床上的人平坦坦躺着，被子盖得好好的，一截微微隆起的躯体，拳头大的脑袋露出被子，鼻翼上贴着胶布，一根细管从鼻孔里拖出，细管顶端，止血钳拦截住无孔不入的空气，床上的人，没有起伏，没有鼾声，睡得很是安然。

老张习惯性地吸了吸鼻子，一股冷气钻进鼻腔，干干净净的，很是清爽。没有煤球炉、隔夜半馊粥、DDT药水的气味，也没有新陈代谢作用下半发酵的蛋白质和汗腺分泌物混合而成的，带点孜然抑或咖喱之类西域香料的气味，连惯常的医用酒精棉、中成药，和未及挥发的排泄物的气味，都好像被渐冻的空气凝固，任凭老张用力闻，也闻不到了。

老张的心跳开始加速，他要掀开母亲的被子仔细闻闻，只有闻到那股代表着生命机器依然运转的温热气味还在，他才能放心。他犹豫了五秒钟，伸出手，很轻很轻地拨开围着母亲脖子的被口，然后，把脑袋凑到母亲枕边，用力吸了吸鼻子。依然是一股凉薄的冷气，像早年他在农村插队，冬天的早晨，醒来后吸进的第一口空气，没有食物的油烟气，没有暖意，没有欲望，没有香或者臭的人间百味，什么都没有，真空般纯净。

熟悉的气味消失了，来自母亲身体的气味，几十年来总是让他情绪突然亢奋却又莫名厌恶的气味，一丝都闻不到了。老张只觉胸口一松，仿佛有一把剪刀在他捆绑已久的心脏上挑了一下，绳子断了，心脏松绑，血液刹那间流动起来。

老张深深地吸了一口气，想象中，他完全打开了自己胸腔里的肺叶，通透感顿时涌遍全身。

七

天已大亮，老张已经在窗前站了三个小时。听见警笛声在后弄里响起的时候，老张回头看了一眼床上的母亲。一切还是老样子，拳头大的脑袋，脆纸般的灰白皮肤，脸上没有皱纹，一根拖出鼻腔的胃管连接着她的身体，微微启开的嘴角边和贴着胃管的鼻孔边，糊着一些凝结的白沫，远看，却是洁净的样子。

屋里很冷，空气干净而纯洁，没有任何异味。老张等待着越来越近的警笛声，他没有想过要怎么向警察解释，那根细细的胃管是如何进入气管的？他已经记不清过程，他只记得，插完管子，他没有像往常那样拿一碗水来测试一下开口端是否冒气泡。他自己也不知道，那究竟是失误，还是谋杀。他只是准备好了，他们来了，他就跟他们走。

玻璃窗像一面电影屏幕，老张站在屏幕前静静地等待。一辆蓝白色警察专用摩托车飞驰而入，在屏幕里戛然停下，两名警察飞身下车。老张咬了咬牙，准备开启他那扇通往后弄的门。然后，他看见警察转过身，把后背对向他，一步跨到对门，在那扇老旧的木门上狠敲一阵，同时高声喊叫：开门开门！

对面的老木门启开了，刚开了一条缝，老张忽然转过身，似侥幸逃脱的罪人，隐藏起自己的脸，把后背朝向窗外。

老张听见警察的声音：接到举报……跟我们走一趟……

警察说得太快，老张没完全听清。老张还听见那个熟悉的脆亮尖锐的声音：是我男人……孩子在老家……过年了……

老张居然听懂了好几个词，太奇怪了，虽然断断续续，但他听懂了，声音的确是她的。可是，到底是不是她啊！她可不是一般的女人，怎么可以有男人、有孩子呢？

外面一阵嘈杂，男人辩解的声音，女人哭求的声音，警察呵斥的声音，隔着一堵单墙，就像发生在老张屋里。他很想回过头去看一眼，看看女人是不是穿着红衣服，看看男人到底长了一张怎样的脸。可他始终背对着窗户，直到二十分钟后，后弄安静下来。

老张再次看向窗外时，后弄里已经没有人。对面的玻璃窗里，土黄色窗帘背景下，一条红色的内裤壮阔而端正地挂着。

老张没有心思研究红内裤的新旧成色，老张的脑子里闪过昨天下午看见的那只毛绒狗熊，婴儿般大小，塞在塑料袋里，被黑衣男人载走了。快过年了，老张想，他没有孙子，一直没机会买那样的玩具，真是遗憾。

这么想着，老张拿出手机，犹豫了一会儿，给儿子豆豆发了一条短信：奶奶没了。

发完短信，老张像是脱了力，浑身软绵绵的，眼睛望出去，竟是两泓眩晕。也许是缺氧，或者低血糖，他拖着两条腿挪到窗前。他要吸一口窗外的新鲜空气，便伸出手去拔窗户的插销，然后，在窗框上轻轻推了一把。那扇整个冬天没打开过的玻璃窗忽地崩开，冷风砰然刺入。老张只觉脸庞一阵裂痛，仿佛小时候不当心摔了父亲留下的那只骨瓷汤盅，被母亲狠扇了一耳光。老张下意识地收手去捂脸，却捂了一手湿漉漉，他没发现，眼泪早已爬满了他的脸颊。

（原载《北京文学》2020年第4期）

舞　者

◎孟小书

过把瘾

1

“你们看我身后的那个人，长得像不像张明?”叶子说完，帆儿往后面看了看。我赶紧低头，扒拉了一口饭。帆儿看了半天，也没找着叶子说的是哪个。

“不能是他吧？他不是在美国呢吗?”帆儿说。

“没准儿人家回国了，也说不定。”叶子说。

“你那么肯定是他吗?”帆儿说。

“百分之八十吧。”叶子说。

“爱是不是，爱回来不回来，跟我也没什么关系。”我说。

“谁也没说跟你有关系啊。”俩人几乎异口同声。

“你说，如果他真回来了，你俩还有可能吗?”帆儿说。

雨淅淅沥沥地下着，柏油路上湿漉漉、亮晶晶的。这种天气，配上这种问题，真是略带伤感啊。

此刻，服务员恰巧上了剁椒鱼头。这是今天的主菜，帆儿和叶子没再追问下去，纷纷将筷子扎向鱼头。这家餐厅汇聚了南北几大菜系，以辣为主。恰巧我们仨都喜辣，也都喜欢在味蕾上寻求点刺激。馆子不大，位置也合适，是我们的指定聚餐地点。但自从去年帆儿开了一间钢管舞教室，叶子忙于她的个人画展，我们仨就很少相聚了。

曾经，我总带张明来这间餐厅，也不知道他是否喜欢。反正，他什么都得听我的。我一边吃着鱼头，一边回想，张明除了我，还喜欢什么？他似乎对一切事物的评价只有“还行，还不错”。两年过去了，他在我的印象里变得很模糊，或许他的形象就从未清晰过也说不定。

帆儿一直向我们抱怨除了每个季度要对付昂贵的房租，还要处理女会员们之间的纠纷问题，简直就是费力不讨好的工作。我和叶子也都曾是她的会员，我们都办过年卡。在那里也学会了不少动作，在外行眼里，我们已经相当专业了，甚至可以卖票演出了。

鱼头吃了大半，叶子又突然想起之前的话题："你说，张明要是回来了，你俩还有可能吗？"

"没可能吧。"

"那如果当初你不来我教室学钢管，你俩会分开吗？"帆儿问。

"不知道，可能也会吧……"

2

这是老what酒吧最后一天营业，我和张明坐在门口，喝酒。今晚没有乐队演出，很多老顾客和老板的朋友前来"道别"。这个live house酒吧开了十多年，很多现在成名的乐队都是从这里走出去的。这里也蕴藏了很多人的记忆和过往。这其中，就包含了我和张明的。酒吧对面就是一所重点中学。张明说，以后咱们孩子要是能在这上学就好了。

我不知道该说什么。家里一切大事都是他说的算，我没什么意见。主要还是懒，懒得去想那些"大事"，懒得去作决定。

老what离筒子河边儿不远。每个月我们都会来这酒吧一到两次。每次酒喝得差不多了，都会在筒子河边儿上走一走。张明会自顾自地说着那些金融职场上的事。我不爱听，但也从来不会打断他。那些都与我无关。那什么与我有关呢？我也不知道。我是土生土长的北京孩子，独生子女。父母早年间已经为我打拼好了一切，什么都不用我发愁，什么也都不需要我发愁。父母对我唯一的要求就是找一个对我好的，有不错工作的男人嫁了。张明是南方人，能吃苦。在北京多年，终于把自己拼成了一个中产，就连说话口音也变了。他对我也好，是那种让我挑不出毛病的好。所以他特别符合我爸妈的要求。

以前的我，活得如一盘散沙，多亏有张明拖着我，我真的很谢谢他。但有时候我也会心里发慌，不知道张明看上我什么了。可能是因为我好看，也可能因为我是北京本地的。

搬了家后，这个酒吧离我们就远了，每次开车要一个小时。但我们都喜欢这儿。我跟他说，咱俩去筒子河边儿上走走吧。

张明说：“这最后一天营业了，还真有点舍不得……”

我象征性地点了下头，心不在焉地望着旁边故宫的高墙，想着自己要是会飞檐走壁应该挺酷的。

张明牵着我的手，不自觉地反复摸着我手心里的茧子，说：

“闭眼睛还以为拉着一个男人的手呢。你那个钢管舞练练差不多就得了。”

“那不叫钢管舞，叫钢管技巧，懂吗？”

“行，钢管技巧。有个爱好是挺好，但是也别用力过猛。万一受伤了怎么办……”他小心翼翼地说。

“怕我受伤？我看你就是封建，思想守旧。你就是认为这是不健康的，你说你这脑子里一天天都想什么呢！”我愤怒地大步向前走，他就小心翼翼地追，和我保持一个尽量不会再激怒我的距离。我自己也不清楚到底在愤怒什么，并且如此的理直气壮。

起初，张明对我去学跳舞的事特别支持，去跳跳舞，换个心情，也能交几个朋友。张明一开始只是知道我去学跳舞，但他不知道我是去跳的什么舞。他没问，我也懒得说。也许就是这点，他不该对我去学钢管舞有任何的质疑。

餐厅里又进来了一对男女，他们看上去都很疲惫。坐下后，两人都没有翻看菜单，男人随口说了几个菜，女人盯着某处在发呆。他俩一定也是这儿的常客。我看着他们，有种似曾相识的感觉。曾经，我和张明也是这样，他点菜，爱点什么点什么，跟他吃饭能吃出个什么花儿来？

“其实，张明那会特别烦你。他总觉得我去学钢管是你教唆的。”我说。

“其实，张明烦我这件事，我多少也能感觉出来。”帆儿说。

“他这个人就这样，心眼儿特别小。而且好像特别怕我去工作，怕我出门。我每次说去找工作的事，他都小心翼翼地劝我在家待着挺好的。你们说这是为什么？”

“你这么不踏实一人，怕你一出门就跟别人跑了吧？”叶子说完，我们仨全笑了。

3

和他在一起没多久，我所在的公司老板被抓了。从没工作到现在已经脱离社会三年了。这都是张明的主意，他说，别找工作了，咱俩该计划一下要孩子的事了。你挣的那点钱还不够付阿姨的工资呢。我曾经认为，他一切的主意都是正确的。张明有一份不错的工作和不错的收入，我们也有一辆不错的车和一个不错的房子，我们父母双全，婆媳关系也不错。我三十，张明三十五。在别人看来，我的生活近乎完美，但我依然还是不高兴。帆儿跟叶子说我有病、不知足，我觉得她们说得特别对。

跟张明的这几年，不知该用什么词汇来总结。好像和他过了很多年，又好像一天也没和他过过。很梦幻，很朦胧。我们结婚七八年，有时候觉得张明特别好，有时候连话都不想跟他说。有时候觉得就跟张明这么过下去就算了，有时候觉得还是赶紧离了吧。有时候觉得他就是根鸡肋，认真想想，他真的就是根鸡肋。之所以跟他耗到现在，就是他没有一个让我说得出来的毛病。但又觉得他浑身都是毛病。当然了，也许有毛病的人是我。很多个夜晚，我会借助微弱的亮光，凝视着张明的脸。深夜似乎在与我窃窃私语，向我诉说着生活的寂寞与无聊，向我诉说我的存在是毫无意义的。

就在我怀疑自己的存在价值时，帆儿突然跟我说她要把工作辞了，想开一间钢管舞教室。我和叶子都劝她要冷静，铁饭碗不能丢。帆儿说，是，她要好好想想。于是，两个月以后教室就开了，我和叶子也都踊跃地办了卡。与此同时，叶子也开了个人画展，虽然没什么人买，也没什么人看，但她却乐此不疲。画展持续一个月，她假装忙得不可开交。那段时间，我每天也挺忙的，早上张明去上班之后，我便把自己收拾好，去帆儿的教室练钢管，把自己练得满身是伤后，再坐车到798，去叶子的画展混一下午。晚上等张明回来后，再一起到外面觅点东西吃。如果心情不错，会在家做点饭。我不知道，这种看似充实，但毫无价值，像膨化食品一样的生活能维持多久。一个月马上要过去了，叶子的画展也接近尾声，这意味着我下午将无处可去。为此，我很恐慌、不知所措。

我曾与张明探讨过要找工作的事情，但总是被他那种小心翼翼的语气和态度所安抚。好像我的一切焦虑都是庸人自扰，甚至不值一提。我是怎么被他劝服的，至今我都回想不起来，但每当想起他那小心翼翼的态度时，却总有一股火憋在心里。

接下来的日子，叶子又把自己藏在她的画室了。我每天除了教室几乎没去过什么地方，然而有趣的是，我对钢管舞却产生了一种依赖。具体地说，它叫钢管技巧，与钢管舞不同的是，它的难度以及危险系数颇高，属于一种极限运动。它不仅挑战的是身体的力量和柔韧，更是一种突破心理恐惧的运动（但无论怎么跟张明解释，他就是不懂）。帆儿的教室除了中午和晚上有课以外，其余时间是空着的。除了上课的那一小时，我都在教室里“混着”。帆儿要是在的话，我俩就一起训练；她要是不在，我就在教室里睡会儿，或是叫个外卖吃。总之，我喜欢赖在教室里。它像是一个避难所，可以让我暂时逃离原本乏味的生活，以及那个永远小心翼翼的张明。

两个多月过去了，我的钢管技巧水平突飞猛进，身体也有些细微变化。然而，我却全然不知，就是在老what最后营业的那晚，才发现的。

那天晚上，我和张明都喝了些酒（我喜欢和他一起喝酒，只有喝完酒的他，才稍显可爱些），我们都有些伤感。我手里握着一瓶没喝完的啤酒，与他一起在筒子河边儿散步。在路口转弯处，我看见了一个路牌，目测那路牌杆儿和钢管的粗细差不多。我说，给你表演一个吧。张明说，行，来一个。我把手里的酒瓶递给他，走过去，双手在屁股兜上擦了一把手上的汗，又甩了甩双臂。

张明说：“准备动作还挺像那么回事的。”

他根本就不知道我要干什么。

我右手抓住杆子，与眼睛平行，左手抓在杆子底部，右脚一蹬，大头朝下地翻了上去，做了一个完美的撑杆翻。

张明：我×！

我撑了两秒，下来了。又甩了一下肩膀。

这一举动把张明给吓得瞬间醒酒了，又恢复到那个让人熟悉、让人厌烦、小心谨慎的张明了。

首先，他清了一下嗓子。

我知道，他又要开始那一套陈词滥调了。

“我说媳妇，咱以后能不能……”

“不能，你闭嘴吧……”

张明就真的把嘴闭上了，一口将我剩下的酒都喝完了。

4

一年前的晚上，我和帆儿在老what喝完酒，她就在这个路牌杆上做了一个撑杆翻的动作。当时我就醒酒了。我问她是怎么办到的，她晕乎乎地说她也不知道。我当时发誓，未来我也要做出这个动作。那时的我很激动，从来没有如此渴望过想要干成一件事。帆儿给我设计了一个训练计划，我就严格按照她的计划来。一周练五天，周末休息。除了管上的动作练习，还搭配着有氧和力量训练。

第一次帆儿教我一个大头朝下的动作时，吓得我冒了一身冷汗。

我说：我会不会摔死啊？

帆儿：摔不死，求生欲会救你的。

后来，这句话一直徘徊在我耳边。每当我在钢管上觉得命悬一线时，是求生欲将我死死拉住。再后来，每当我被生活的寂寞和无聊压得奄奄一息时，也是求生欲让我重获新生。

半年过去了，随着身体逐渐的变化，生活似乎也发生了些许改变。这改变是微妙的，也是无法言说的。

我从那根杆上下来后，活动了一下用力过猛的手指，跟张明说：“咱们离婚吧。”

张明似乎没听清，两眼直勾勾地看着我。

我又重复了一遍：“我说，咱们离婚吧。”

“啊?”张明的表情变得有些惊讶，之后面部便开始扭曲。

说完“离婚”这俩字，我突然特别同情他。他没做错什么。

离婚这事在我脑子里已经存在了很多年，但一直都没勇气说出来。但不知道什么原因，当我从那个路牌杆上下来的时候，“离婚”这个词一下就脱口而出了，并且底气十足，像是张明做了什么对不起我的事一样。我双目炯炯有神，像夜里的浣熊。张明被我坚定的目光吓坏了。他突然意识到，我是认真的。他心中的不解和疑惑将他的嘴给堵住了，半天说不出话来。

我说：“我这辈子从来没靠自己干成过一件事。小时候靠父母，结婚之后就靠你。有时候我都不知道活着有什么意义……”

后来我开始有点语无伦次。每次我喝完酒，说话就这样，词不达意，越说越不着边儿。其实我就想表达一个意思，我就想知道这辈子能不能干成一件事，哪怕是离婚。

张明知道我有点多了，但也知道我说的都是真的。我们都很无助，都帮不了彼此。在这一点上我们达成了共识，毕竟结婚这么多年，这点默契还是有的。

“这应该是咱们在筒子河边儿最后的一个晚上了吧?”

“可能吧。也真是巧了。”

“我真怀疑你是故意的。”

“随便你怎么想。”

那天夜里，我和张明坐地铁的末班车回家。我们坐在列车的尾部车厢，一眼就可望到头。其他车厢里零星地坐着几个低着头的乘客。我盯着杵在地上的扶手杆。张明知道我在想什么，他说，冷静啊，大庭广众之下，控制一下你自己。

我说，现在只有大庭，没有广众。这简直就是为我而设的个人舞台。

张明不敢相信自己听见了什么，力争把那小眼睛睁得很大：

“我看你是练钢管练出毛病了。”

我又来了一个撑杆翻。张明说，我从地铁扶杆上下来的那一刻，身上似乎在发着光。我说，那光是什么颜色的?他说，是金色的，而且特别耀眼。

他又说，离婚这事我同意。

我看着他，很难过。

“我祝福你，秦梦。”

“我也祝福你，张明。”

到站了，我下地铁。张明的面孔突然变得遥远而又清晰。

5

“我俩没什么共同财产，也没有孩子。很快就办完了手续。”我说。

“你后悔吗？”叶子问。

“也许以后会后悔吧。”

“我支持你离婚。”帆儿说。

“嗯……我知道。”我说。

“不，你不知道。其实……有一件事儿我一直没告诉你。”

“说吧。”

“你来我教室没多久，张明就来找我。他说能不能别再让你去我的教室，也别再怂恿你学钢管舞了。我说为什么，他说太危险，说你现在在备孕中，万一出现什么事故呢？况且，钢管舞这个东西，怎么都会让人和夜场联系起来。我说，那你直接去劝秦梦，跟我说有什么用。他说你不听他的。我又说，这些恐怕都不是重点，我想听你真实的想法。”

“张明确实跟我说过孩子的事，但每次也就是说一下而已，但完全没有到备孕的程度。”我说。

“我知道，如果你在备孕的话，我们怎么可能不知道？所以我才觉得这个不是他真实的想法。”

“况且，张明平时也并没有表示出，他对我学钢管舞的事有如此之大的意见。”

“你这么说，我倒是想起来了。有一次，咱俩去上中午的课，但那天我有事，上完第一节课就先走了。出门就碰见了张明，他见着我慌慌张张的，说他正好路过这，就上来看一眼。”叶子说。

“张明中午来过教室？他的公司离教室有三十多公里！等一下，他怎么会知道教室的地址？我从没告诉过他，他也从来没问过。难道他在跟踪我吗？”

我们面面相觑，都一时说不出话来。

“张明真的很爱你，他这辈子估计最害怕的就是你离开他。所以一直都小心翼翼的不是吗?”帆儿说。

“但我最恨的就是这一点。每当他露出小心翼翼的神态时，他都显得那么卑微。我讨厌男人卑微的样子。其实……我也不知道未来是否会后悔，但说出离婚的那一刻，真是太过瘾了。这辈子第一次干成了件‘大事’。”我说。

“还记得刚才进来的那个人吗?”叶子说。

我点点头。

“那个人真的很像张明。”叶子说。

“只是长得像而已吧。”我说。

“是吗？可那人看了你好久才离开的……”叶子说。

小龙虾

1

这间钢管舞教室很大，很空旷，说话会有回音。十根被擦得锃亮的钢管立在教室中，旁边放着保护垫、干手液、镁粉和几个波形泡沫轴。斯斯和彤辛来早了，她们向前台小姑娘打了招呼，便去更衣室换衣服。她们是这间教室的老会员，钢管技巧在外行人眼中，已经相当专业了，用帆儿的话说——已经到了收费级别。帆儿是这儿的老师和老板。她们两人迅速把自己脱光，换上了运动内衣。

她们的身材不苗条，多余的肉全被挤在了运动内衣的外面，但她们却丝毫不在意，对着镜子相互展示身上的瘀青和伤疤。这时候，又一个姑娘走进更衣室，准备换衣服。是个新面孔，以前没见过。这姑娘见了只穿运动内衣的斯斯和彤辛，有点尴尬，赶紧躲进了更衣室的角落，把帘子拉上了。

“前两天练‘超人’，大腿根儿都快磨出茧子了。”斯斯说。

“我前两天练倒立撑，肩膀又给扭了，脚背也磨破皮了。”彤辛说。

“我也是，脚背都留疤了，估计好不了了。而且你的肩膀扭了，就该休息。”斯斯说。两人语气略带炫耀，边说边走出了更衣室，开始活动胫骨，擦镁粉，准备上杆儿。这时候，突然走进来一个男人。他看上去三十多岁，头发半长且油腻，佝偻着后背，走向前台小姑娘。

“这男的不是变态吧？”斯斯小声跟彤辛说。

“不能是吧？那这变态胆儿也太大了，这光天化日，不怕我们报警啊？”

“我觉得像，谁大夏天的还穿皮夹克？你看他的腿，也太细了吧，赶上你胳膊了。再看他后背，跟小龙虾似的。”

“他不会吸毒吧？”

说话间，新来的姑娘从更衣室走了出来，那男人佝偻着身体走了进去，显得很兴奋，并与新来的姑娘打了个照脸儿。斯斯和彤辛以及新来的姑娘同时看向前台，几个姑娘迅速聚集到了一起，嘀嘀咕咕。

“怎么回事啊？他怎么就进去了？”斯斯问。

“人家是来学钢管舞的。”前台说。

“啊？同性恋？”彤辛说。

“好像不是，人家一下就办了一个半年卡。”前台说。

“咱们这还收男会员呀？”新来的姑娘说。

“招啊，我们也得交房租啊。”前台说。

“会不会是以学钢管的名义耍流氓的？”斯斯说。

“那这也太贵了吧，半年卡也小一万呢。你们放心，我会留意他的，万一有点什么风吹草动的，我立刻报警。”前台说。

“那你说他穿什么练啊？”新来的姑娘说。

“不会也跟咱们穿得一样吧？”彤辛说。

几个姑娘捂着嘴，窸窸窣窣地笑着。

“他要是敢跟你穿得一样，你就立刻报警啊，简直就是变态。”斯斯说。

这一场“秘密”谈话，瞬间让新来的姑娘融入到了小集体中。

这新来的姑娘作了自我介绍，她叫小白，在一家互联网公司工作。

这时，男人穿着一条黑色的四角沙滩裤、一件黑色的跨栏背心走了出来，低着头走到了教室的一角。

2

他叫史男，36岁，单身，在一个照相馆里做照片后期修图。他在这间照相馆干了十年。由于常年驼背面对电脑，导致他现在再也无法挺直地站立着，并且他有严重的颈椎病和腰间盘突出，近视高达900度。他每天重复地在做同样的事情，工作枯燥乏味，但又无力去改变什么。他只身一人，除去每月的房租和维持基本的温饱，额外的钱都存了起来。这些年，也存了不少钱，可他不知道这些钱能用来做什么。

史男是个早产儿，从小体弱多病。他严重贫血，肤色惨白，从椅子上站起来，经常会头晕眼花。他暗恋过许多来照相馆里拍艺术照的女孩，都是那种身材高挑、样貌时尚阳光型的。史男对于这些女孩来说，就像一只发了霉的臭虫，从她们的眼神就可看出对史男的厌恶。史男幻想着自己是她们的男友，幻想着和她们谈恋爱、吵架、旅行、做爱、分手。史男的房间里，贴满了她们修图之前的照片。分手过后，他会在照片上画一个叉。

这天，史男像往常一样走在上班的路上，突然看见一个长发飘飘、身材高挑，牵着一只萨摩耶的女孩在发宣传单。史男双手插兜，突然把头缩了起来，加快脚步（通常，他见到这类型女孩时，都会快速躲闪，就像见到可怕的怪兽般）。可就在这时，女孩突然把传单递给了他一张。她的手真是白皙呀，还透着一股香气。这一瞬间，史男似乎就爱上了这个姑娘。他不敢抬头看她，拿着单子就走了。他越走越快，甚至小跑了起来。可没跑几步就喘不上气儿来了。他以最快的速度钻进了照相馆，坐在了自己的位子上，心脏震耳欲聋地蹦跳着。待他缓过来时，他将宣传单扣在了脸上，用力闻了闻，似乎那姑娘的余香还停留在这里。

这是一间钢管舞教室，地点就在附近。宣传单上一个姑娘穿着运动内衣倒立在一根钢管上。这一天，他魂不守舍，一张图也没修。晚上，他躺在床上，依然在看这张宣传单。他眼前似乎有一道光，一闪而过。他猛地从床上坐起身来，作了一个决定。

3

今天帆儿的课，一共有六个学生。帆儿见了史男也有些诧异，但她还是完美地控制了自己的表情。

“请新来的同学往前站。”帆儿说。

史男低着头和小白走到了第一排。随后，帆儿便带领大家做热身准备。

热身完毕后，帆儿走到他俩面前问：“你们是第一次接触钢管技巧吗？”

两人分别回答“是”。

帆儿看着史男，走到他的身后，将他的肩膀用力向后掰。史男一开始很紧张，可到后来，却疼得叫了出来。

“你这个驼背还是挺严重的，你先去压压肩膀。”帆儿说。

史男走到了教室后面，一边压肩膀，一边偷看这些姑娘。

斯斯和彤辛开始了自由练习，彤辛继续做倒立撑，斯斯两步爬到了钢管顶端，做了一系列的旋转。史男惊呆了，被两人的动作震慑到了。他甚至不敢相信自己的眼睛，她们是怎么做到的？需要多大的力气才能将自己在高空中旋转起来？史男把手放到了钢管上，这是他第一次触碰它。它是坚硬的，也是冰冷的。他用力握了一下，身上莫名地冒出了许多汗。他看着镜子中的斯斯和彤辛，又看了看被她们身体挡住若隐若现的自己，那么的丑陋、猥琐、油腻，他突然厌恶起了自己。

帆儿走了过来：“你的驼背慢慢训练会好起来的。”

“真的吗？”史男说。

“只要你努力，只要你想改变自己。”

帆儿开始教史男几个基本的舞步和上杆技巧。史男试了几次，都无法将双脚同时离开地面。

“×他妈的。”史男暴躁地骂了句脏话。

“别着急，你现在身上没有肌肉，多练几次就好了。”帆儿随便应付了他一句，就立刻去教别的学生了。

斯斯和彤辛在一旁又开始了窃窃私语，其他几个女同学，也都分别用眼神暗暗地相互交流着。史男对此毫无察觉，他仍在努力练习，也许他并没有意识到，这是他第一次如此迫切地想要学会一件事情。

一节课很快结束了，他仍是无法做到双脚同时离地。此刻，他的脚面已经开始红肿起来。女同学们纷纷走进更衣室，窸窸窣窣地在讨论着什么。史男走向了前台。

"我要办年卡。"

"你确定吗？我建议你先办一个月卡试试。如果万一……"

"没什么万一，我就要办年卡。"

"我们年卡是一万六千八。"

史男二话没说，刷了卡。

这天晚上，教室的会员群像是炸了锅，都在纷纷议论史男，并给史男起了一个名——小龙虾。他的照片也都在群里纷纷传散开了。

史男回到家决定做的一件事就是要努力学钢管。他看了看课表，认真地规划着自己的训练时间。他从未感到心情如此愉快过，洗漱后，又换上了上课的衣服，趴在地上，做开肩训练。

4

一个月过去了，谁都没有想到，史男居然可以劈叉了。史男的努力大家都是有目共睹的，这一个月里，即便是下了课，他也会趴在地上开肩或是压腿。柔韧课上，所有人都在期待史男的竖叉，当他压下去的那一秒，教室里居然响起了一片欢呼声。史男当时就流泪了。然而，这仍然没有获得斯斯和彤辛的半点好感，反而让她们觉得史男更加猥琐了。一个男人，这么努力地学劈叉，是想干什么？他那两条干巴、弯曲的双腿，简直就像两根长树杈。

夜里，史男写了一段很长的文章，内容大意是他通过钢管舞找到了新的自己。他要感谢帆儿和柔韧老师。还要感谢斯斯和彤辛，是她们激励了自己。这篇文章他洋洋洒洒写了七八千字，甚至连他小时候被欺负的事也都涵盖在内了。之后，他做了一个文件链接，发在了朋友圈里。发出去后，他又一次哭了，然后把墙上贴的照片全部都揭下来，扔了。

小白有他的微信好友，看到文章后捧腹大笑，又立刻转发到了会员群里。小白特意“@”了斯斯和彤辛，说，看小龙虾还要感谢你们呢！斯斯和彤辛立刻回复道，小龙虾真是个神经病，又说了一些讽刺他的话。这时候，突然冒出了很多平时在群里一言不发的会员，她们开始指责斯斯和彤辛，说她们不应该这么嘲笑别人，大师兄的努力和进步都让她们很感动。于是，群里再次炸开锅，吵得不可开交。史男瞬间成了教室里的风云人物，上课时，姑娘们都喜欢围着他，请教他。他再也不怕看见那些穿着运动内衣，身材高挑的漂亮姑娘了。而斯斯和彤辛在这次事件后，从会员群里退出了，再也没有出现在教室里。史男也终于被拉进了会员群。

又过了三个月，史男居然可以站直了，虽然还是有些驼背，但后背的那个大包已经不见了。这天上课，帆儿突然说下个月是店庆两周年，教室会请学员们表演钢管技巧、吊环和瑜伽，希望同学们可以踊跃参加。大家都将目光投向了史男。

“大师兄，你快报名啊！”

史男已经被亲切地称为大师兄了。

“就是的，大师兄你参加吧。然后带着我们训练。”

史男比谁都渴望参加比赛，假装犹豫了下，同意了。教室里又一次欢声四起。

参加表演的一共有十五名会员，他们几个成立了一个小群。每天晚上约着一起练习表演的动作。磕磕碰碰的又是一个月，身上的瘀青似乎成了他们的勋章。随着店庆时间的临近，他们训练的强度也在逐渐加大。史男干脆辞掉了工作，整日泡在教室里。有一次帆儿看着史男说，不然你来我店里上班吧？史男高兴坏了，说让他干吗他都愿意。帆儿说，你当前台得了，现在这前台小姑娘不太会来事，把好几个会员都得罪了，而且她自己也不喜欢钢管。我看你挺合适的。就这样，史男每天就顺理成章地、正式地泡在了教室里。他喜欢这儿，除了训练，他会把每块玻璃、镜子和地板擦得锃亮，定期给钢管作检查，看是否有松动的情况。

店庆这天，很热闹，教室里摆了酒水、甜品台，还请来了专业DJ和摄影师，就连灯光也作了特殊处理。这间教室足足挤下了七八十人。帆儿作了开场讲话后，就迎来了第一场表演，是四个姑娘的双人吊环表演。史男在人群中挤来挤去，不让自己闲下来，一副很忙碌的样子。但其实他也没什么要做的，只是内心的紧张无法让他停下来。终于到史男的表演了，他要和三个姑娘做钢管技巧表演。他穿了一条藏蓝色平角运动内裤，上面穿了一件紧绷的白色运动背心。他尽力将自己挺直，站在灯光下，音乐响起来了。他和姑娘们交换了下鼓励的眼神，他两步爬上钢管，在空中尽情地翻飞着，迎来了一阵又一阵观众们的掌声和惊叹声。这一刻的他是那么的美，谁会想到这就是当初那个猥琐的小龙虾呢？

网络事件

1

不知道为什么，张思媛脑子里总是出现一个画面，或说是一个场景：她开着车，以80迈的速度与对面迎来的车狠狠相撞。这个场景每天都会重复一次，并有着切肤之感。骨折、头破血流之类的痛感贯穿全身。即便她从未撞过车或受过重伤。她是一个惜命且热爱生活的人，就连擦破皮都很少出现。那么，骨折及头破血流是种怎样的感觉呢？她躺在床上，已经是早上九点半了。她看了看手机，打开了直播软件，用被子遮住了一半脸，睡眼惺忪，对着手机屏幕向粉丝们眨眼睛，这是她向粉丝们说早安的一种方式。昨夜，她的粉丝数量又增加了500个人。十分钟过后，她关了手机，下线了。环顾了下房间，思索着，今天要直播些什么？

张思媛是黑龙江人，具体是黑龙江哪个村子的，她谁也没告诉过。她有八分之一的俄罗斯血统。她长得其实挺好看的，眼睛大，鼻子高，身材也很好，唯独气质和审美品位差了些。但作为女主播，谁会在意这些事？手机的美颜和修图软件会将其不足完美掩盖。被手机滤镜软件打磨过后，她就是一个集青春可爱、优雅气质和完美身材于一身的漂亮姐姐。她是主播界的元老，也是一个超级网红。

她是怎么红起来的，这挺难说的，也挺莫名的。起初，她是吃播的主播，所谓吃播就是直播吃饭的。她把手机架在餐桌上，面前摆一些再普通不过的饭菜，她慢慢悠悠地吃，偶尔会和观众们互动下，评价下饭菜的口味。有时可以吃一个下午，观众们就不厌其烦地看她一个下午。就连她自己也没想到，吃饭竟会是一件如此受欢迎的事情。随着吃播粉丝量的增长，她逐渐把饭菜的档次提高了，由家常便饭改到了餐厅里，有时候去川菜馆子，有时候去粤菜馆子。偶尔还会叫几个朋友和她一起录。内容上有了改进，粉丝量自然也就逐渐上涨。粉丝们会送她礼物，少则十块二十块，多则上百上千块。这样算下来，每月也会有个小几万的收入。这对于张思媛来说，简直都快被钱给拍晕了。

张思媛对待直播这件事，越来越用心，把它视为了一种正式工作来看待。她仔细研究网络上的各大直播平台和直播网红的内容，又将自己的直播范围扩展了些。她走哪录哪，就连坐地铁也会一直举着手机。观众们喜欢她，也喜欢看她再平淡不过的生活。一次，她睡着了，手机就一直开着，足足录了三个小时，后来内存不够和电量不足，关机了。等她醒来再翻看手机时，发现粉丝量再一次暴涨。

“小姐姐睡觉时真好看。”

“小姐姐不要着凉哦。”

“你的眼睫毛好长呀。”

“……”

这些粉丝有男有女，年龄不详。这一次的睡觉直播，让张思媛获得了五万块钱的收入。就在这时，她又有了一个奇思妙想。

2

张思媛本名叫张大丫，张大丫从小就喜欢表演，喜欢唱歌跳舞。小时候在村子里跟着师傅是学二人转的。她的天资很好，师傅很喜欢她。她长大后考到了北京一所艺术学校里学民族舞，毕业后留在了北京。她给自己取了一个新的名字——张思媛。之所以叫张大丫，是因为在她一出生的时候，她的脚就格外的大，在她十七岁的时候，就要穿四十一码的鞋了。她一米六八的个子，却有一双四十一码的脚，虽然说算不上什么缺陷，但作为一个舞蹈演员来说，比例确实有些怪异。

她从东北到了北京，从张大丫变成了张思媛，无论她走到哪，穿得再怎么像个城市人，只要拖着那双大脚，她就是张大丫。

由于她的大脚，张思媛毕业后一直找不到工作，无论是舞蹈剧团还是舞蹈工作室她都去面试过。人家一看到她的脚，都觉得比例不好。人长得倒是挺好看，身材体型都不错，可是往那一站，就是觉得有点怪。后来，她又去了一间幼儿舞蹈班面试，这才勉强算是有了工作。但工作了两个月，她还是辞职了。她实在不喜欢小孩，两个月已经耗尽了她所有的耐心。

想要在北京继续待着，总要有一份工作，否则就得回村里继续当二人转演员。一天晚上，她走到后海酒吧一条街，突然在一个落地玻璃窗外，看见里面有人跳钢管舞。她觉得挺有意思，以前只在电影里见过。她走了进去，点了一瓶啤酒，坐在了舞台旁边，盯着那个跳舞的女孩。不过，那女孩一看就是在糊弄事儿，肯定也从没学过什么舞蹈，只是一直围着钢管随便扭动。她想：这也许会是个不错的挣钱方法。那女孩儿下了台，被两个保安护送到了后台，就再也没出来过了。张大丫又想：这样的工作真是既轻松又安全。

第二天，她在网上开始寻找钢管舞教室。就这样，她来到了帆儿的教室。

张思媛的存款不多，是曾经在学校读书时，利用假期回老家表演二人转攒下来的。教室的会员卡费用对于她来说，简直已经贵上了天。她思来想去，还是办了一张三千块钱左右的季卡。张思媛对钢管舞的认识，仅限于在电影里和那晚后海酒吧里表演的那种程度。她认为，三个月就能出师。然而，帆儿的教室是着重于钢管技巧，这是一项极限运动，危险系数极高，并且对身体素质也有颇高的要求。张思媛完全没有做好心理准备。

上第一节课，张思媛就被老师的热身运动给累垮了。接下来的课程更是让她措手不及。她虽有过四年专业的民族舞训练，但对于这项极限运动来说，完全是两回事。她坐在地上揉搓两只快磨出水疱的双手和双脚，抬头看着钢管顶端那些能把自己旋转起来的学员，突然对钢管有了种敬畏之心。她越看越觉得有意思。

三个月的季卡钱不能白交，练习钢管技巧成了她的主要任务。每天刻苦训练，希望早日出师。张思媛四年大学还是没有白上的，短短三个月时间，她的钢管技巧水平几乎和老师不相上下了。正当她准备去酒吧面试的时候，主播这个职业一夜之间突然冒出来了。

3

主播这一行业的出现，让张思媛产生了一个幻觉——她的命运将从此改变。

这天晚上，她捧着手机刷了一晚上直播，觉得极其无聊。直播内容无非就是吃饭、美妆，毫无技术含量。可下面的粉丝却前呼后拥，不断给主播送五块十块的“礼物”。张思媛开始好奇了，她仔细算了一下，一个小时内，主播竟收到了两千块钱的礼物。她一边刷手机，一边思索着，准备自己也试试。就这样，张思媛开启了她的主播之路。主播做了短短几个月，收入竟达到了数万元。张思媛又想，如果想要粉丝量再一次暴涨，继续直播日常内容，恐怕会很难。

接下来，张思媛的奇思妙想就是要直播钢管舞的平日训练。她再次回到了帆儿的教室，办了一张只有6节课的次卡。对于现在的她来说，钱已经不是问题了，之所以办了一张次卡，是因为她不确定粉丝是否对其直播内容感兴趣。她要先试探下。第二天，她带运动内衣来到了教室。她占了一个角落的位置，把手机放到了一个隐蔽、只可录到她自己的位置上，开始直播。上课时，她动不动就会和粉丝互动，以及跟踪浏览量。效果让她非常满意，仅仅这五十分钟的直播，让她又赚到了两万块钱。

六次课的直播，让她赚到了十万元。紧接着，她又在帆儿的教室办了一个月卡。张思媛知道，粉丝对钢管直播的热衷度也就一个月左右。一个月后，她就要继续另想其他新鲜、更能吸引眼球的内容了。可就在这一个月里，发生了一件事。在一次上课时，由于她做的动作幅度过大，整个胸部从内衣里蹦跳了出来。粉丝们先是惊呆了，纷纷截屏。还有一名粉丝，疯狂送给张思媛近十万块钱的礼物。张思媛立刻从管上蹦下来，整理好自己的衣服，看了下手机。接下来的十几分钟，她的心情有如坐过山车般。先是浏览量的暴涨，粉丝数量也在持续暴涨，频频收到了上万元的礼物。正当她快被礼物“砸”晕时，她的账号突然被查封了，原因是有裸露内容，涉黄。收到的礼物也就瞬间被没收了。她知道这种事在所难免，重新再申请一个账号，或是另寻其他直播平台即可。反正她有庞大的粉丝量，换去哪个平台都一样。她打开微博，准备写一个更换账户的申明。可就在这时，微博出现了大量她的不雅照片，人们纷纷在照片下面留言，内容不堪入目。

张思媛把自己关在家里，一个星期没出过门。走光事件让她想去自杀。直播生涯算是到头了，那么接下来，她在这个城市还能做些什么呢？难道要继续学钢管，到一个酒吧里去表演吗？又或是回到村里继续表演二人转？她又想到了那天晚上，后海酒吧里，站在台子上表演钢管舞的那个姑娘。她从未如此绝望过。

这个世界就是如此疯狂，而这种疯狂却淋漓尽致地体现在了张思媛的身上。在她觉得人生走到尾声时，她的电话来了，是朋友给她发的视频，她在另一个直播软件上，因为那段走光视频而红了。这段视频被人剪辑过，裸露的内容已被剪去，并且拼接上了大量钢管技巧和之前当邻家小妹妹的视频。两者的反差，让她再次走红。各大网站纷纷来了邀请，甚至时装周也要邀请她去。

张思媛竟然从此走出了国门，登上了国际舞台。在某一次的国际时装周上，她代表中国网红接受采访时，一个男人突然冒出来大喊：“你是张大丫？”那男人把脸突然凑上去，使劲看了看，又低下头瞧了一眼她的大脚，说：“没错，你就是我们村的大丫！我认得你这双大脚。”张大丫无力反驳，在场的记者蜂拥而至。

（原载《青年作家》2020年第4期）

虞公山

◎徐则臣

要从一个鬼魂说起。

不管你信不信，那三个人的确看到了卢万里的鬼魂。他们用手指着脑门对我发誓：“千真万确，如有半句瞎话，全所你拿枪打我这里。”三个人在不同时间点，经过卢万里家的院门前，都看见他在烤火。卢万里缩着脑袋蹲在地上，面前是一个火盆，他正理着湿衣服在火上烤。在火焰和冒着水汽的湿衣服后面，他们三人都看见了卢万里瘦骨嶙峋的上身和那张憔悴的脸，他冷得直哆嗦。卢万里显然比活着的时候更瘦了。三个目击者的表述区别仅在于燃料：一个说，盆里烧的是木柴；第二个人说，烧的是火纸；第三个承认他没看清楚，火太大，几乎把整个火盆都吞没了。烧的什么不重要，重要的是，死去的卢万里突然回到家门口来烤火。

雨一直下，大的时候像老天漏了底，小的时候如满天的蜘蛛在吐丝，缠缠绵绵半个月没消停。所以，尽管现在是大夏天，如果鬼魂衣服湿透了，感到冷也很正常。反常的是，死去的卢万里为什么要回到家门口来烤衣服。

死人回家我没见过，但鹤顶这地方此类传闻从来没断过。算命的老赵多年来的口头禅就是：水边嘛，湿气重，阴气也重，出啥事都不稀奇。也就是说，鹤顶就是个神神道道的地方。所以卢万里的儿子把这件事作为报案的原因之一，我根本没当回事。他说有人动了他父亲的坟墓。他说不仅有三个街坊看见了他爸在院门口烤衣服，冻得直哆嗦，他还亲自梦见了父亲。在他的梦里，父亲穿着的正是在院门口烘烤的衣服，卢万里抱着胳膊对他说：

“儿子，我快冻死了。衣服全湿了。”

在他梦里，父亲的衣服的确是湿的，湿漉漉地正往下滴水。他做梦的时间在三个目击者看见烤火的场面之后，可见，父亲的衣服在烤干之后又湿了。第二天早上，他把这个奇怪的梦说给母亲和老婆听。母亲听了心酸得不行，跟邻居们说起时，止不住流下眼泪；老婆则当成个笑话，说给姐妹们听时自己都忍不住笑出声来。然后，作为反馈和回应，三个目击者看见卢万里烤火的消息陆续传到了他们家。里应外合，卢家就不能不上心了。卢万里的儿子想起来，清明给父亲上坟时是有点潦草，没烧几张纸。一定是父亲在那边缺钱了，所以衣服湿了也没的换。第三天，他一口气买了十刀火纸，每张纸上都摞满了金元宝，装在一个大号塑料口袋里捆到摩托车上，冒雨去给父亲上坟。

离坟墓还有二十米，穿过雨帘他就发现父亲隆起的坟堆缺了半边。再往下看，有人在坟墓旁边挖了一道深沟，雨水汇成激流，正从深沟里流过。浑浊的流水不停地冲刷父亲的坟墓，棺材一角浸泡在水里，流水撞击到黑色棺木上，激起泛白的水花。卢万里的儿子骑上电驴子转身就跑，背着一口袋的火纸直接到了丁字路口。他结结巴巴地对所里的值班警员说：

"有有有人，盗盗盗了我爸爸的的墓。"

我们觉得这事不可能，卢万里又不是啥大人物，平常到不能再平常的一个坟，盗它，谁吃饱了撑的？本来下雨天也干不了活儿，大家想趁机打个瞌睡，他非要我们去破案。为了表示兹事体大，且有预兆在先，他把卢万里湿了烤干、烤干后又湿了的衣服和哆嗦喊冷的事给我们颠三倒四地讲了一遍。好吧，上车。

快到现场，一摊烂泥地，车过不去。下了车他让我们走在前面。他说天暗，他有点怕。

就是在那天的大雨里，我们发现了未遂的盗墓案，当然，盗的不是卢万里的墓。

卢万里埋在一个好地方。这一片高地，鹤顶人叫虞公山。传说甚多，有说古时候一个姓虞的人曾在这地方住过；也有说这地方埋过一个姓虞的大官；还有的说，一个姓虞的外乡人来这里修行，最后坐在山尖上飞升成了神仙。反正跟一个姓虞的人有关。这种传闻鹤顶人都懒得信，但凡跟别处有点区别的地方都有类似传说。如果都是真的，那咱们鹤顶早就仙迹处处，哪还会穷得如此叮当响？虞公山周围是片荒地，尽管没生老赵那样的慧眼，鹤顶人也看出来这地方风水不错，但因为离镇子实在有点远，人死了也极少长途跋涉埋到这地方。这两年不少人家鸟枪换炮，有了摩托车、电动三轮车，交通工具改变了距离的概念，虞公山周围才慢慢出现几座新坟。

我们围着卢万里的坟墓转了几圈，确定没人动过那口黑漆漆的槐木棺材。它露出一角，还有坟山垮掉半边，完全是雨水冲刷所致。卢万里的儿子拍胸脯保证，若非意外，他爸坟边绝不会出现水沟。坟墓的左侧低于右侧，虞公山上的雨水再凶，往下流也只会从他爸的左边走。他说得没错。坟墓周围荒草丛生，尤其是那些抱住大地不放的巴根草，拿铲子都未必能将它们连根拔起，仅靠雨水的冲刷，十天半个月怕是搞不定的。有人帮了忙。

这好办，我们继续在附近转悠，等同事开车回去取来几把铁锹，然后挖土筑坝再引流，让水从卢万里的左边走。果然，水落之后，在坟墓的右侧发现了铁锹切挖过的隐约痕迹。荒无人迹，谁会无聊来这地方模仿大禹治水呢？我提着铁锹绕虞公山的边缘走，十步之外看见了雨水没有冲刷干净的新泥。

虞公山说是山，其实就是个大一点的土堆子。也许姓虞的那人当初成仙或者刚埋下地的时候，虞公山确有一些气势，比如巍峨宽阔，那风吹日晒雨淋了不知多少年后，它已然也被消磨成了一个土丘。我跟着断断续续残留的新泥走，发现土丘坡上有一丛灌木尤为稠密。大雨把灌木洗得干净，同一丛灌木竟长出两种不同的枝叶。我用铁锹毫不费力就挑起了部分枝叶。再来一锹，剩下稍微牢靠一点的灌木也被从泥土里掘出来。一例都没有根。它们是被砍断了根插进土里的。

灌木清空后，再铲掉插灌木的一堆泥，土丘的肚子里似乎有个洞。我招呼大家过来，清除洞口堆积的虚土，再往里挖。果然一个黑灯瞎火的洞。铁锹在洞的深处撞上坚硬的东西。卢万里的儿子想出个招，打火机点着，系在铁锹头上往洞里探。洞中氧气稀薄，但奄奄一息的火光中，我们都看见了刚才铁锹撞到的是什么：打磨光滑的巨大条石。

以在派出所工作多年的经验，我知道遇上大事了。我把所有人集合到跟前，发布如下命令：

任何人不得走漏风声；

立刻原样封堵洞口，恢复伪装；

现在就协助死者家属培筑好坟墓；

我现在就给有关部门和领导汇报，在相关决定下达之前，咱们所一定做好现场保护，不能有半点闪失。

省文化厅接手了剩下的工作，天还没晴透就派来考古队。他们认为虞公山下可能藏有古墓。他们与县史志办及有关历史学家交流研判之后，初步达成共识：虞公山的传说或许非虚，这地方真埋葬过姓虞的历史人物。安保工作由县公安局牵头，我们所全力配合。同时，责成我们所尽快侦破该起古墓盗窃未遂案。

我们手头的线索只有两个：一是这起盗挖跟卢家的关系。大雨之后的现场线索几乎消失殆尽，但两者之间若无必然联系，那只能说太过巧合。第二个，就是县公安局提供的两个过滤嘴烟头，他们在洞里找到的。一个古怪的牌子，蓝旗。

第一个问题好解决，警员做了拉网式查访，卢万里家人、亲戚、街坊邻里，甚至随机采访了跟卢家毫无关系的人。没有发现任何蛛丝马迹。卢万里生前口碑甚好，他的左邻高度赞扬了卢万里，那个老大爷说："我就一个标准：凡是万里说有问题的，那人肯定有问题；凡是说万里有问题的，一定是那人有问题。我认识万里几十年了，这标准从没错过。"卢万里的言传身教影响了整个家庭，卢家家风挺好，门楣上还钉着"五好家庭"的牌牌。他们家没仇人，没做过亏心事，儿子、儿媳妇、女儿、女婿，人缘都不错，至少在查访中没听到任何负面评价。足够了。在乡镇，除非深仇大恨不共戴天，谁会干掘人祖坟这种损阴德的事。更不会有人抽风，要去卢万里坟边开一道深沟解闷。所以我们维持先前的判断：此事跟盗墓相关。

我把查访详情向县公安局作汇报。县局表示赞同，他们也发现，两者很可能关联密切。盗墓必须掘土，盗墓还得隐蔽，掘出的土不能露馅，运土也不能太麻烦，怎么办？现场解决。如何解决？被雨水冲走。自然便捷，神不知鬼不觉。卢万里的坟墓是距盗墓口最近的一座坟，山丘与坟堆之间正好有个凹槽，高处的雨水下泻，那地方是第一个下水口。为了加大水流带土的能力，盗墓贼掘开草皮和地表，人为地开了一条深沟。他们没想到，雨大流急，这个更有效的挖掘机扩大深沟的同时，把卢万里的坟墓也给摧毁了半边，露出棺木。已经在干燥温暖的棺木里安睡三年的卢万里突然落了水，感到了冷。盗墓贼失算了，提前惊动了鬼。

剩下的两个烟头，作为一个老烟鬼，很惭愧，我真没听说过蓝旗这个牌子。警员们去镇上各个商店买蓝旗烟，全都空手而归。店主们跟我一样孤陋寡闻。这方面见多识广的只能找满天下乱跑的人。住滨河大道边上的老苏常年跑长途客车，他也说不清，答应下一趟跑车时帮我问问。我把鹤顶在外工作、求学、做生意和游荡的人名单找出来，能联系的都联系了一遍，没一个人知道。结果显示，他们大部分人都不怎么抽烟，更不会带烟回来。这很好，健康比什么都重要。

副所长想起运河街上常年跑船的吴斌，这家伙烟酒都是大户，没准知道。他老婆在家，听说找吴斌，没好气地说：

“死了。”

“死了？”

“早死了。”

“啥时候死的？”

“一年到头连家都不着，跟死了有什么两样？”

副所长出了口长气，拿出烟头照片，“你见过吴斌带回来这个牌子的烟吗？”

吴斌老婆瞥都没瞥，“人都见不着，哪还见得着烟？”

副所长知道再问也是瞎耽误工夫，赔个笑转身要走，被叫住了。

“本来也懒得问，”吴斌老婆说，“赶上了我就多一句嘴。我家那兔崽子好几天不着家了，你们能不能帮忙找一下？”

“什么兔崽子？”

“我儿子，吴极。”

“失踪了？”

“谁知道。学校也打来电话，三天，哦，今天第四天，没上课了。”

“平常他会去哪儿？”

“谁知道。跟他爹一个德性，四六不着的货。”吴斌老婆摊开手对着房间挥了半圈，“这个家就是个旅店。”

副所长答应着，出了吴家。正经事没干成，倒添了桩新业务，回到所里就跟我抱怨。抱怨归抱怨，还是给镇中学打了电话。教务主任说，有这事，家长再不给出合理解释，按有关规定，可以开除了。教务主任又说，咱这鹤顶，一到下雨天事就多，吴极班上还有个同学也旷课四天了；班主任说，他俩好得穿一条裤子。

“两个孩子平时表现如何？”

“俩孩子性格都偏孤僻，”教务主任电话里的口气有点哀其不幸、怒其不争，“不太合群。听说经常抽烟喝酒。”

我和副所长对视一下。我们的判断步子可能大了一点，有枣没枣来一竿吧。

吴极的同学叫安大平，住在运河街的另一头。父母都在家，老实得像闷瓜，见了警员手都不知道往哪里放。除了回答我同事的问题，多一个字都没说，连句客气话都没有。据邻居反映，他们两口子常年如此，相对无言。如果不是拴在墙根的那条狗偶尔发出几声叹息一般的叫声，这个家可以一整天不弄出任何动静。两口子说，大平去他姑妈家走亲戚了。

“课也不上了？”

“大平没说上课的事。”

好吧。我同事问，可不可以看一下安大平的房间？两口子没说行也没说不行，对着一扇关着的门指指，门上贴着奥特曼。一个高二男生的房间，墙上贴的还是初中生口味的招贴画。没有烟味。在一个半开的抽屉里，同事看见一盒本地产的运河牌香烟。打开烟盒，剩下的五根烟里，有一根蓝旗。同事合上烟盒，对两口子笑笑，问，大平他姑姑家远吗？

从安大平家出来，他们直奔运河街的那一头。吴斌老婆正锁门要去菜场，这个时候肉会便宜点。她给了我同事一个白眼，不耐烦地说：

“你们到底想看什么？我都半个月没吃上肉了。”

“就看看你儿子的房间。没线索怎么帮你找儿子？”

吴斌老婆用钥匙打开儿子房门。吴极平常出门就上锁，不许母亲随便进他房间。因为门窗紧闭，浓烈的潮霉味中混杂着没能散尽的烟味。地上有烟头，没错，蓝旗牌。同事顺手翻了写字台上的一堆演草纸，有张纸正面演算了一道数学题，反面画着一个山包。山包的半腰上有一扇打开的门，一个粗暴的箭头指向门里。纸的右下角写着“祖宗”两个字。

“这是什么？”同事试探着问吴斌老婆。

“我哪知道？”她心不在焉地说，“一天到晚跟没魂儿似的，出了这扇门就像梦游。跟他老子半毫米不差。我说你们能不能快一点，再晚便宜肉都卖光了。”

同事回到所里汇报之后，驱车去了安大平姑妈家。

可能因为电视里正在播放侦探片，那俩孩子扭头看见三个警察进了门，立马从并排坐的椅子上跳了起来。安大平的姑妈也吓坏了，他们家从没来过戴大盖帽的。她跟在我同事后面说：

“他俩可啥坏事都没干啊，坐在这里看了一天的电视了。”

我同事说：“没事，我们就了解一下情况。”

俩孩子个头都不小，杵在那里一个挠鼻子，一个拧着手指头。

“有烟吗？”

吴极脸上长满了青春痘。他从口袋里摸出挤皱的半包蓝旗。

“哪来的？”

“我爸上次带回来的。”

“带给你抽的？”

“我偷的。”

一个同事堵在门口防止他们溜掉。另一个同事指着椅子，“坐。”

他俩坐下来。安大平姑妈关掉电视，让我同事坐到旁边的木制沙发上。

“别紧张，就是了解点情况。旷课可不是个好习惯。”

“吴极说不想上了，我就陪他出来了。”安大平怯怯地说。

“为什么不想上？”同事问吴极。

“心慌。”

“吃坏肚子了？”

“不知道。”

“再想想。比如看见谁，害怕了？”

吴极低着头，翻起眼看眼前的两个警察，然后扭头往后看。堵在门前的我同事，像逆光中矗立的一座黑塔。

“嗯。”

“看见谁了?”

吴极低头不吭声。

“大平，要不你来说说?”我同事说。

安大平看看吴极，后者没反应。安大平犹豫之后小声说：“你们。”

“戴大盖帽的?”

安大平点点头。

“在哪儿?”

“虞公山。”

“哦，”我同事说，“吴极，你俩一块儿?”

吴极突然站起来，脸涨得通红，“那就是我们家的地方！我本来姓虞!”

两个孩子被带回所里。

副所长把审问结果报送给我时，哭笑不得，这是他从警十八年来见过的最有意思的案子。如果嫌疑人不是未满十八岁的少年，他敢断定这会是本年度全中国最荒唐的案件，没有之一!

虞公山那个洞是吴极和安大平两人掘的，为寻找古墓。卢万里坟墓旁边的水沟也是他俩挖的，如我们和县局推断的，是为了就近把掘出的新土冲走。那个小坟里埋的是谁，他们根本不关心，甚至都没认真看一眼卢万里的墓碑。俩孩子交代，他们利用中午和下午放学后的空闲时间来干活。刚开挖不久就下起雨，本以为雨天对工程不利，黏黏糊糊到处是泥，但发现雨水可以迅速将掘出的新土冲走，他们倒希望雨一直下下去了。因为不会留下明显的痕迹。尽管此地荒僻，若非逢年过节，扫墓上坟的人都见不着，他们还是谨慎为上，每次工作结束，都要把洞口伪装妥帖。大雨帮了他们的忙，踩出的泥泞也很快被雨水抹平；小丘上杂草也多，被踩趴下了，喝了一肚子水后，腰又迅速地挺起来，所以我们第一次去那里，完全没留意这些疑点。

“为什么盗墓?”我问副所长。

“嗨，他们根本不认为是盗墓。”副所长拿出提审记录，“吴极认为他只是在挖自家的祖坟。他说吴斌一直跟他说，他们原来姓虞，当年老祖宗虞公出差途中意外病逝在鹤顶，天热，遗体没法久存，只能就地下葬，埋在了虞公山。虞公山其实就是个大坟堆。只是天长日久，历史演进，鹤顶人把虞公墓这事给忘了，虞公山成了一个大土丘的名字。吴斌跟儿子说，他们这支‘吴’跟本地的吴姓没关系，他们从‘虞’字来。当年虞公是清朝康熙年间的大官，起码相当于现在的省部级干部。因为是皇帝的宠臣，死后才备极荣华，有如此规模的大墓。虞公客葬异地，他的二儿子是大孝子，便迁居鹤顶，长年为父亲守墓。因为是从家族中分出来，如同从‘虞’字里拆出个‘吴’，这一支虞公后代就以吴姓在鹤顶繁衍开来。”

“听上去挺是那么回事的。就算真是吴家祖坟，吴极这孩子为什么现在突然开挖了？”

“据安大平说，吴极跟一个姓吴的同学闹矛盾，对方说，‘有种别姓吴。’为撇清跟对方‘吴’的关系，这小子血直往脑门蹿，竟然要到老祖宗的坟墓里找证据。吴斌跟他说过，虞公落葬时，带了一部家谱进地下。”

这算不算“儿戏”？他还真就这么干了。这孩子都没意识到，即便真有家谱陪葬，几百年过去，也不知道腐烂多少回了。而且，找到家谱就能证明他是虞公的后人？

“吴斌跟吴极说，他们家有一部吴姓家谱，打头的是虞公的二儿子，只要两部家谱衔接上，齐了。没有比这更有力的证明了。”

家谱这么复杂的东西我不懂。我爹给我留了一本，让珍藏，我放抽屉里后再没拿出来过。但以我对家谱的粗浅了解，很多家谱开头都会有一段大帽子，历数自家姓氏的沿革，吴极完全可以拿出自家的家谱嘛。

“这个我也问了。”副所长问我要了根烟，“吴极说，他把家里翻了个底儿掉，没找着。就给吴斌的船上打电话，父亲醉醺醺地跟他说，早不知放哪儿了，回到家再说。他一趟船经常要跑三四个月，吴极等不了，找到一部算一部。头一次见到这么仓促上阵的盗墓贼。找了几本盗墓小说翻了翻，围着虞公山转了三圈，觉得哪个地方顺眼，一锹插下去就开干了。担心一个人忙不过来，就把好朋友拉过来帮忙。哦对了，他不同意盗墓这个说法。”

“不盗墓他们怕啥？”

“我们的人守在那里，大盖帽总还是有点震慑力的嘛。他俩就跑了。”

“口供跟现场都吻合？”

“核对无误。挖掘工具藏在旁边的小树林里，也找到了。”

确实有点意思。我想找个时间跟吴极这孩子聊聊。他爹我见过，跑船回来，经常摇摇摆摆穿过运河街，一大早看上去也是醉醺醺的。

专家们确认虞公山下有座古墓。墓主人虞凤常，字鸾翔，湖北宜昌人，仕宦生涯主要在清康熙年间，官至大理院少卿，也就是大理寺卿的副手，佐正卿总理全院事务并监督一切事宜，正三品，够大的官儿。专家查阅大量史料，证实了本地的传说。大理院少卿虞凤常确系陪侍康熙皇帝沿运河南巡，船队行至鹤顶时病逝。虞少卿是康熙的爱臣，他的突然亡故，让皇帝十分悲痛，其时天气尚热，尸体不宜久存，长途迁移更是不妥，便御旨厚葬于此。当年一定是立了墓碑，碑文很可能还是康熙御笔，但很遗憾，不知道在哪个年代弄丢了。很可能因为墓碑的失散，导致本地人对这段历史的记忆开始漫漶，最终成了众多漫不经心的传说之一。不过这也在一定程度上保护了虞公山，否则，早不知道被那些职业的盗墓贼光顾多少次了。

我们把吴斌的“吴自虞来”一说报给专家，他们讨论之后，表示存疑。现有的资料完全不能支撑吴斌的说法。虞氏一族，在北京和宜昌都有后人，子孙繁茂，有案可稽；至于鹤顶的这一支，真没听说。

考古发掘正在有条不紊地进行。鹤顶在运河边上，千百年来，无数历史人物在运河上穿梭，无数的大事在水上与河边发生，大大小小的遗迹不能算少。在这方面，鹤顶人还是见过一点世面的。开始几天，大家围观考古现场的热情挺高，里三层外三层，等专家们找到此系虞公墓的确凿证据，即一块镌有“虞少卿”字样的石头后，人群就慢慢散了。热闹不能一直看下去，自己的日子还得好好过。我们继续提供必要的安保，所里的日常工作也逐步恢复。

跟县局协商之后，对吴极和安大平做过批评教育，把他们送回了课堂。我知道吴极没有想通。说实话，我也挺好奇，于是决定，干脆把它当成不是案子的案子继续办下去。周末下午，吴极母子俩都在家，我敲响了他们家的门。

儿子挖了虞公山，当妈的觉得挺没面子；但因为儿子这开山的几锹，引来一场轰轰烈烈的考古，还坐实了虞公墓，当妈的又觉得儿子给自己长了脸。不过此外，“吴从虞来”又让她哭笑不得。你爸整天云里雾里，瞎话张嘴就来，你也信？当妈的又十分来气，这事用膝盖想都觉得荒唐啊。我到吴家时，没说上两句，吴斌老婆又训开了儿子：

“好的你没学，脑子抽筋倒学得挺快。不过那死鬼也没啥好的可学。”

吴极小声嘀咕：“我爸没瞎说。”

“他不瞎说？嫁给他十八年，我算明白了，从头发梢到脚指甲盖儿，他从头到脚都是个骗子！”

“我爸不是骗子！”

“他要不是骗子，你妈我就是七仙女，就是王母娘娘。”

“我爸就不是骗子！”

“好了，老娘懒得跟你争了。你真是你爸的亲儿子。”

我赶紧打圆场，表示想跟吴极单独聊聊。

“随便！”吴斌老婆手一挥，“能带回家聊到管饭更好。”这婆娘拎起织毛线的袋子去邻居家串门了。

我问吴极：“你爸知道这事吗？”

“不知道。电话打不通。”

吴斌跟着一个外乡人跑船，每年回来两三次，吴极掰着指头数，在家撑死了也就待一个月。活儿多？谁知道。他喜欢在水上跑，说在陆地上走不稳，上岸就要摔跤。他悄悄跟儿子说，别告诉你妈啊，我两条腿不一样长。吴极想看看两条腿差多少，吴斌刮了一下儿子的鼻子，站着是看不准的。可是吴斌一躺床上就是前腿弓后腿蹬，两脚从来不齐，那姿势像在跑路。过去吴斌有过两个便宜的手机，一个喝多了不知丢哪去了，一个站在船边撒尿时，不小心滑进了水里。干脆不要手机了，反正没人找。吴极找他，都是打船老大的电话，那差不多也是个不靠谱的酒鬼。

吴家的房子不大，就这样也没塞满，客厅里的摆设稍显清冷，感觉这家人随时都可能搬走。“喜欢爸爸吗？”我问。

吴极低着头，“不知道。”

“想爸爸吗？”

“不知道。”

“爸爸回到家都干什么？”

“喝酒。跟妈妈吵架。给我讲故事。”

“都讲了什么故事？”

“什么故事都有。”这孩子突然有了自信，眉毛都跳了起来，“我爸爸一肚子故事。真的，他什么都懂。他去过很多地方，每个地方都能带回来一大堆故事。不信你问安大平。我爸一回来，他就待在我家不愿走。他说我爸是他见过的最会说笑话的人，每次他都笑得两个腮帮子疼。”

“你妈妈喜欢听吗？”

“我妈说，都是吹牛，鬼话连篇。然后就吵架。有时候还会打起来。”

“你爸都跟谁一起喝酒？”

“他自己把自己喝醉。一年有十一个月在外头，哪来的朋友。”

鹤顶镇上姓吴的有好几家，跟他们家都不是本家和亲戚。吴极往上四五代，都是单传。他爸说，跟他们不一路。

“你们家的家谱你看过？”

吴极摇摇头，“我爸都忘了放哪儿了。但是我看过这个。”他去自己房间抱回来一本破旧的县志，砖头一样大。他熟练地翻到折页的地方，递给我看。

纸页泛黄，印刷效果也欠佳。那一页介绍虞公山的传说，列出四种：虞氏住地说；虞氏修仙说；虞公墓说；还有一个愚公说。第四种意思是，这地方原来真有座山，堵在某人家门口，这家也出了一个愚公，誓将此山夷为平地，可惜天不假年，快削平的时候累死了。大家就把剩下的这个土包叫愚公山。已经有个跟王屋和太行两座山耗到底的愚公，本地人想，还是别弄重了，分不清彼此也麻烦，于是改叫虞公山。虞公墓说，指的就是虞凤常落葬于此，名之虞公山。吴极只在此一说的文字下，用圆珠笔画了两条歪歪扭扭的线。

“这个说明不了什么问题啊。”我说。

“我相信我爸的。”

吴极说这句话时，内向、羞涩和躲闪都不见了，一脸单纯笃定的孩子气。我摸了摸他的脑袋，感觉像在摸我们家的那个小混蛋。儿子高中毕业后，再不让我摸他脑袋了。“挺好，挺好。”我说，“你爸这么说，一定有他的道理。想吃什么？”

他想吃羊肉串，如果可以，还想把安大平也叫上。没问题，我说这顿一定管饱。我们在镇上最好的羊汤馆等安大平。他们想吃的全点了。分手的时候，我要了吴斌的船老大的电话。

那人姓秦，山东口音，说话充满梁山泊的豪气。我们聊得很好。船停在码头，他留守船上，吴斌上岸溜达了。他说吴斌这兄弟不错，就是管不住自己的嘴，每顿都离不开那二两猫尿，可惜了一肚子的才华。秦老大说到猫尿时嘿嘿地笑了，他也好这口。水上跑惯了，不喝两口真顶不住那寒湿，还有“孤独”。他说到“孤独”时舌头打了个结，不习惯这样文气和矫情的表达。

“一肚子才华？”

“也是一肚子鬼话。”秦老大吐了一口痰，在电话里说，“那真是个聪明人，说什么像什么。他要不跟我搭个伴，这一年到头在运河里跑上跑下，我还真不知道时间怎么打发。”

“你知道他祖上姓虞吗？”

“那得看他喝到哪儿了。喝到位了，也姓过吴。”

我不知道接下来该问啥了，便随口说：“一肚子鬼话那你还信？”

“信了能翻天？你们可能不了解他。聊透了，你就知道，这人让你心疼。对，心疼，就这个意思。”

我头脑里立马出现一个清瘦的男人，还有点病病歪歪的。事实上，我见过的吴斌虽然块头算不上多大，但绝对是个结实的汉子。

“我可能没说清楚。反正这兄弟真不是坏人。他不过是张嘴就来。你要是跟他敞开了说上一个小时，我担保你会认为他跑船是屈才了。我一直觉得他能干很多高级的事。能干什么我也说不好，反正他经常没魂儿的样子既让我冒火，又让我愧疚，觉得委屈了他。但他又能干什么呢？所以这些年我一直收留他。要是别的船老大，早换个更年轻能干的了。不好意思，啰啰嗦嗦的，也不知道我说明白了没有。”他的声音突然远了，一段空白，他一定是捂住了话筒。很快山东口音又回来了，“吴斌回来了，又喝多了。你要跟他说吗？”

“不必了。我就随便问问。谢谢。”我竟然有点慌张地挂了电话。

这次通话之后不到一个月，准确地说，二十八天，考古发掘还在进行，秦老大突然给我打了个电话。吴斌死了。昨晚喝多了，可能夜里起来撒野尿，一脚没踩好，栽进了运河里。今天一大早尸体浮在水上，幸亏没漂太远，要不都不知道他跑哪儿去了。现在他正加足马力把他运回来，明天就到鹤顶。他觉得先给我打个电话，可能比上来就通知吴斌老婆孩子要妥当。为什么妥当，他也不知道。这个山东汉子，在电话里露出了哭腔。他说，吴斌无论如何是个好兄弟。

由所里出面，找了一辆车去接吴斌。我以为吴斌老婆会拒绝去码头，没有，她坐在车上一声不吭。如此安静的母亲，吴极也有点不适应，他下意识地抓着妈妈的胳膊，他的手不停地抖。

吴斌被水泡得变了形，头发稀疏，白多黑少。他长一张瘦脸，跟肿胀的身子完全不成比例。吴斌老婆没有哭出声，只是眼泪吧嗒吧嗒地掉。吴极也一样，因为控制不住的惊恐，他连眼泪都很少。秦老大年轻时肯定是个壮汉，此刻两鬓斑白。他擦眼泪的时候不得不擤鼻涕。

一切从简。最后关头，再整理一下死者仪容。吴斌脸上蒙一沓火纸，这是鹤顶的风俗。旁边站着五个人，他老婆、他儿子、秦老大、我和安大平。就在殡葬工要把他推进炉子里的那一刻，吴极抓住了父亲。他把父亲的两条腿直直地并到一起，握住父亲的两个脚踝。为了看得更清楚，他弯下了腰。

（原载《芳草》2020年第3期）

仙 境

◎哲 贵

1

从家开车到越剧团，大约需要二十分钟。车子一发动，余展飞身体有感觉了，兴奋了，柔软了。不是柔软无力，是柔韧，充满力量，跃跃欲试。同时，身体里好像有股水在流淌，可比水要绵柔，几乎要将身体溶化。很轻又很重。很淡又很浓。他很享受。

越剧团有两个排练厅，一大一小。他直接去小排练厅。不用事先联系，更不用打招呼，他知道，团长舒晓夏已经在小排练厅了。一打开车门，一阵音乐涌进耳朵，那是锣鼓声，是密集如万马奔腾的行板。一听那声音，身体立即又起了不同反应。这次是热烈的，是滚烫的，是奔放的，他几乎要摩拳擦掌了。他听见身体里有开水沸腾的咕噜声，那是身体被点燃的声音，他要绽放了。他知道，那是《盗仙草》选段，是越剧里难得的武戏，特别有挑战性，让他神往，令他痴迷。他都快恍恍惚惚了。

他进了排练厅，果然，舒晓夏已经化好装，正在厅里踱来踱去。她看见余展飞进来，朝他看一眼，那眼神是急不可耐的。两人直奔化装间。

这是余展飞的习惯，也是他的态度，即使是排练，即使排练厅里只有他们两个人，他也要化装，也要穿上戏服。他不允许马虎，一点也不行。

舒晓夏给他化装，他们都没有开口说话。他们不需要。几十年了，只要一个眼神，一个微小动作，便可以领会对方的意思。什么叫心意相通？这就是。什么叫心有灵犀？这就是。而且，余展飞听了进来之前的伴奏音乐，已经知道晚上排练的内容，没错，还是《盗仙草》选段。

他和舒晓夏第几次排这个戏了？起码有几千次吧，甚至更多。

装化完了，舒晓夏帮他穿上戏服。他晚上扮演守护灵芝仙草的仙童，是短打扮，头上扎着一条红头巾。在正式演出的戏文里，守护仙草的仙童是四个，两个先出场，跟白素贞对打。被白素贞打败后，去后山请两个师兄出来。白素贞最后不敌，口衔仙草，被四个仙童架住。这时，仙翁出场，放她下山救许仙。

他们晚上练双枪。这是《盗仙草》里很重要的一场武打戏。当然，双枪几乎是所有中国戏曲里的重要武戏，也是最基础的武戏。正因为基础，要练得出彩不容易，太不容易了，几乎所有武生都会的动作和技术，大家都很熟练，都想做得出彩，怎么办？办法只有一个：创新。没错，只有做出别人不会做的高难度动作，只有做出别人不会也没想过的精彩又优美的动作，只有做出惊险又与白素贞冒死精神相协调的动作。难，太难了。但可能性也正在于此，吸引力也正在于此，激发创新的动力也正在于此。一般情况，白素贞和仙童都是先拿拂尘出场，然后是剑，再是双枪，最后是空手搏斗。空手搏斗的难点在翻跟斗，每个仙童翻跟斗都是不同的，都有讲究，第一个是前空翻，第二个是侧空翻，第三个是后空翻，第四个是前空翻加后空翻。空翻都是连续性的，有连翻三个，也有连翻六个，身体是否挺直，动作是否干净，很考验人的。双枪是《盗仙草》里的重头戏，是重中之重。一般的演出，白素贞和四个仙童各拿双枪，打斗到激烈处，四个仙童围着白素贞，将手中双枪抛向中间的白素贞，白素贞要用脚板、膝盖、双肩和手中的双枪，将来自四面八方的枪，准确又利索地反挑回四个仙童手里。这里面有连续性，又有准确性，还要控制好力量和弧度，差一点点都不行。而且，八杆枪要连贯，要让观众眼花缭乱，要行云流水。既要武术性又要艺术性，要升华到美的高度。这太难了。

舒晓夏将伴奏音乐调整一下，跳过前面舞拂尘和舞剑的段落。直接到了要枪花。那枪是老刺藤做的，一米来长，两头都有枪尖，中间涂得红白相间，枪尖绑着红缨，行话叫花枪。他们每人两根花枪，先是象征性地比画几下。戏曲的灵魂之一就是象征。

随着锣鼓声密集起来，他们站到排练厅中间，要起枪花。看不出他们身体在动，其实他们全身在动，他们身体很快被手中的枪花覆盖。他们的枪先是在身体左右画着圈，手臂不动，手腕随着身体扭动，锣鼓声越来越密集，枪转动的速度越来越快，红白相间的花纹这时变成红白两道光芒，两道光芒最后连在一起，形成一道彩色屏障。从远处看，排练厅中间的余展飞和舒晓夏不见了，只有两个彩色球体，纹丝不动，却又风起云涌。

耍完枪花之后，他们练挑枪。余展飞投，舒晓夏挑。这是余展飞和舒晓夏的创造，他们不是一根一根来，而是八根。余展飞将八根枪一起投过去，舒晓夏用脚尖、用膝盖、用肩膀、用枪将八根枪反挑回来。考验功力的是，余展飞八根枪是同时投过去的，而舒晓夏却要将八根枪连续挑回来，八根枪要形成一排，在空中划出一个优美弧度，像一道彩虹。练了一段时间后，反过来，舒晓夏投，余展飞挑。这种挑枪，整个信河街越剧团只有他们两个会，估计全天下也只有他们两个会。

2

父亲余全权是信河街著名的皮鞋师傅，绰号皮鞋权。他在信河街铁井栏开一家店，做皮鞋，也修皮鞋。他长期与皮鞋打交道，皮肤又黑又亮，连脸形也像皮鞋，长脸，上头大，下巴尖，张开的嘴巴像鞋嘴。对于余展飞来讲，父亲最像皮鞋的地方是脾气。皮鞋有脾气吗？当然有。皮鞋最突出的脾气就是吃软不吃硬，它不会迁就穿鞋的人，不能跟它“来硬的”，必须顺着它的性子来，要尊重它，要呵护它。但它又是感恩的，懂得回报。谁对它好，怎么好，对它不好，怎么不好，它是爱憎分明的，也是锱铢必较的。擦一擦，亲一口，它会闪亮。不管不顾，风雨践踏，它就自暴自弃了。它对人的要求是严格的，甚至是严厉的。它不会主动选择人，但会主动选择对谁好。不是一般的好，而是全心全意，甚至是合二为一，它会将自己融进人的身体里，成为身体的一部分。

父亲就是这样的脾气。每一双经过他修补的皮鞋，都有新生命，是一双新皮鞋，却又看不出新在哪里。他做的每一双皮鞋，看起来是崭新的，穿在脚上却像是旧的，亲切，合脚，就像冬夜滑进了被窝。

从皮鞋店到皮鞋厂，是父亲的一个改变，也是皮鞋对父亲的回馈。那一年，余展飞已经当了三年学徒，理论上说，可以出师单干了。实际情况也是如此，余展飞觉得技术已经超过父亲。

也就是这一年，余展飞“认识”了舒晓夏。农历十月二十五，信河街举办物资交流会，越剧团接到演出任务，将临时舞台搭在铁井栏，就在皮鞋店对面。那天下午演出的剧目是《盗仙草》，舒晓夏演白素贞。

余展飞不是第一次看越剧，也不是第一次看白素贞《盗仙草》，他以前看过的。也觉得好，咿咿呀呀的，热闹又悠闲，真实又虚幻。但那种好是模糊不清的，是不具体的。说得直白一点，就是舞台上的白素贞跟他没关系，没有产生任何联想和作用。但这一次不同，他被白素贞“击中”，迷住了。她一身白色打扮，头上戴着一个银色蛇形头箍。她的脸是粉红的，眼睛是黑的，眼线画得特别长，几乎连着鬓角。美得不真实，惊心动魄。余展飞突然自卑起来，粗俗了，寒酸了。他无端地忧伤起来，无端地觉得自己完蛋了，这辈子没希望了。当他看到白素贞和四个仙童挑枪时，整个心提了起来，挑枪结束后，他发现手心和脚心都是汗，浑身都是汗。这是他第一次发现自己的手心和脚心会出汗。当看到白素贞下腰，将地上的灵芝仙草衔在口中时，他哭了，差不多泣不成声了。他觉得魂魄被白素贞摄走了。

散场了。对余展飞来讲没有散，他依然和白素贞在一起，如痴如醉，亦真亦幻。他不知不觉来到戏台边，来到后台。他看见了白素贞，不对，是正在卸装的白素贞。有那么一瞬间，他有失真感觉，却又觉得无比真实。卸装之后，舞台上的白素贞不见了，他见到一个长相普通的姑娘，身体单薄，面色蜡黄，眼睛细小，鼻梁两边还有几颗明显的雀斑。

舞台上下的反差让余展飞措手不及，让他惊慌失措。但恰恰是这种反差拯救了他，唤醒身体里另一个自己，他感到震撼，感到力量，更主要的是，他看到了可能——既然她能演白素贞，我为什么不能演？他突然萌生出一个念头：我要去越剧团，我要唱《盗仙草》，我要演白素贞。

这个念头来得凶猛，令他猝不及防。用父亲的话说是，丢了魂了。

但余展飞知道，他的魂没丢。是被舞台上的白素贞“迷住了”，也是被现实中的白素贞“唤醒了”。他回到店里，对父亲说：

“我要去学戏，我要唱越剧。”

莫名其妙了。突如其来了。父亲没有放在心上，小孩子嘛，心血来潮是正常的，异想天开也是正常的，怎么可能去学越剧呢？怎么可能不做皮鞋呢？说说而已。不过，父亲觉得不正常的是，这个下午，余展飞什么也没有做，鞋没有做，也没有修。他还是那句话：

“我要去学戏，我要唱越剧。”

父亲明白了，这孩子鬼迷心窍了。

问题的严重性在于，接下来，余展飞还是什么事也不做，见到他就说：

“我要去学戏，我要唱越剧。”

那就是疯了，走火入魔了。父亲不可能让他去学戏，不可能让他去唱越剧。父亲的人生只有皮鞋，当然，他还做了一件事，就是生下余展飞。对于父亲来讲，两件事也是一件事，可以这么说，他也是父亲的一双皮鞋，甚至可以这么说，他从出生那天起，便注定这一生要和皮鞋捆绑在一起，逃不掉的。这一点余展飞知道不知道？他当然知道。实事求是地讲，余展飞不排斥父亲，也不排斥皮鞋。恰恰相反，他喜欢父亲，因为他喜欢皮鞋，也喜欢修皮鞋和做皮鞋。他喜欢父亲，是因为父亲对待皮鞋的态度，父亲没有将皮鞋当作商品，商品是没有感情的，而父亲对待每一双皮鞋，无论是来修补还是来订做，都像对待儿子。也就是说，在父亲眼中，余展飞和那些修补和订做的皮鞋几乎没有区别。余展飞委屈了。确实有一点。但他内心却是骄傲的，他觉得这正是父亲与人不同的地方，他没有将皮鞋当作鞋来看，而是当作人来对待。这是余展飞喜欢的。余展飞也是将皮鞋当作人来对待的，他跟父亲不同之处在于，对他来讲，皮鞋是有性别的，是分男女的。这跟男鞋女鞋无关，而是跟皮料有关，跟使用的胶有关，跟使用的线有关，跟针脚的细密有关，最主要的是，跟皮鞋的气质有关。但是，无论是哪种性别的皮鞋，余展飞都是喜欢的，无论是他做的，还是别人拿来修补的，只要到他手里，他都会让它们发出独特的光芒，他会给它们全新的生命。

3

那一个月里，余展飞只说一句话，其他什么事也不干。皮鞋权先是惊讶，再是愤怒，然后是恐惧，最后是无奈。他懂儿子，就像他了解皮鞋和各道制作工序一样，不能“来硬的”。他做出了让步，但也是有条件的，他答应让余展飞学越剧，但只是业余，主业还是做皮鞋。这就是“以退为进”了。

余展飞答应了。只要能学越剧，让他不吃饭不睡觉都行。

父亲找到一个长期在店里订做皮鞋的人，也是父亲的酒友，他是信河街越剧团的鼓手。余展飞后来才知道，在剧团里，鼓手地位很高，类似于轮船上的舵手，起掌握方向作用，起控制节奏作用。父亲将那个鼓手请到家里喝酒，喝得脸色由白转红，又由红转白。最后，鼓手捏着酒杯，问他想学什么？余展飞说他想学《盗仙草》，想当白素贞。鼓手一听就笑了，说：

“要学《盗仙草》，想当白素贞，在信河街只能找俞小茹老师。俞老师是第一代白素贞，她的学生舒晓夏是第二代白素贞。这事非找俞老师不可。”

余展飞是从这一刻开始，才知道那天演白素贞的演员叫舒晓夏，因为那天演出就是鼓手敲的鼓，他告诉余展飞：

“舒晓夏现在是越剧团的台柱子，俞老师已经退居二线，但要学戏，还得找俞老师，姜还是老的辣。再说，舒晓夏不收学生。”

一个礼拜后的一个下午，鼓手带他去越剧团见俞小茹老师。余展飞记得是直接去排练厅的，一大堆人，有化装的，更多是没化装的。穿什么的都有，穿短打扮的，腰间都用一条红腰带扎起来；穿戏服的，比画着动作，沉浸在各自的情境中。排练厅一片混乱，却又秩序井然。他第一眼就找到正在排练厅一角的舒晓夏，她穿着白素贞的戏服，脸上没有化装。她的装扮让余展飞有不真实的感觉，既是白素贞，又不完全是白素贞。他发现，自己特别迷恋这种感觉，似真似假，如梦如幻，虚中有实，实中有虚，脚踏实地，却又飞在半空。余展飞很羡慕这些演员，他们哪里是在排练，哪里是在演戏，他们就是生活在天宫中的一群神仙，饥食仙果，渴饮琼浆，生活在各自的想象中，悲欢离合，逍遥自在。这样的日子才是有意义的，不用考虑柴米油盐，更不用考虑生意来往，只需要考虑自己和角色的内心。他们就是神仙，是漫无边际的神仙。他多么希望成为其中一员。

俞小茹老师穿一件黑色旗袍，烫一个波浪头，在排练厅走来走去，有时停下来，对某个演员说几句，或者用手纠正某个动作，偶尔也示范一下。鼓手将俞小茹老师叫到一边，俞老师显然已经知道他，笑眯眯地问：

“你为什么要学《盗仙草》？”

“我要演白素贞。”

“你为什么要演白素贞？”

“我要《盗仙草》。”

“你为什么要《盗仙草》?”

“我要演白素贞。”

俞小茹老师一听就咧嘴笑了，确实是个外行哪。俞老师告诉他，《盗仙草》是《白蛇传》一个选段，以武戏为主。《游湖》《断桥》《合钵》也是《白蛇传》的选段，以文戏见长。俞小茹老师当年最拿手的是《断桥》，其次才是《盗仙草》，余展飞说：

“我只学《盗仙草》。”

紧接着，他又补充一句：

“其他戏都不学。”

俞老师没有觉得余展飞这种思维有什么问题，她觉得蛮正常，而且蛮正确。余展飞不是专业演员，他学戏只是好玩，也可能只是一种寄托。再说了，如果能把一段戏学好，学到精髓，就很了不起了。俞老师问他：

“以前学过没?”

“没。”

“会一点吗?”

“我会下腰，就是白素贞用嘴去叼灵芝仙草的动作。”

这一个多月来，余展飞做了一件事，用脑子回忆那天看到的演出，模仿戏里白素贞的每一个动作，他比较满意的是下腰。

俞老师说：

“下一个看看。”

余展飞二话没说，扎个马步，一下就将腰“下”去了，而且是以口触地。他知道自己做得不错，下腰下得轻松，起腰起得利索，脸不改色，心不跳。站起来后，拿眼睛看着俞老师。俞老师“咦”了一声：

“腰蛮软的。”

越剧团是不收业余学员的，再说，余展飞已经十五岁，这个年龄才学戏，显然迟了。余展飞见俞老师面有难色，他说：

“俞老师，我只想学戏，只想演白素贞。”

俞老师想了一下，说：

“我给你化个简妆看看。”

俞老师带着鼓手和余展飞进了化妆室，让余展飞在一面镜子前坐下。俞老师先在他脸上打一层底粉，然后在脸蛋上涂点胭脂红，最后是描眉眼。描完眉后，俞老师往后退两步，看了看余展飞的脸，又“咦”了一声。这时，站在边上的鼓手拍起了巴掌：

“好俊的一张脸。好一个白素贞。”

俞小茹老师最后收下余展飞，当然是看在鼓手的面子上。鼓手说了，俞老师这次“破例了”，以前没有收过“这样的”徒弟。

余展飞后来才知道，俞老师当初答应收下他，一方面是出于鼓手的面子，另一方面也是可怜他，顺口允了而已。在她呢，也没有太放在心上。这些年来，她见过多少学戏的孩子最终还是选择离去。何况余展飞还有店要照看，家里还有一家皮鞋工厂刚开业。因为余展飞跟父亲有约定，皮鞋工厂开业后，父亲负责工厂，铁井栏皮鞋店由余展飞坐镇，他学戏时间只能在晚上。俞老师心想，这孩子也就是一时心热，正在兴头儿上呢，来几次，吃些苦头，自然知难而退。她也算做完人情了。

让她没想到的是，余展飞是真下了狠心学戏，什么苦都吃。学戏最难的是练基本功，单调、枯燥却费劲，譬如压腿、劈叉、踢腿、下腰、扳朝天蹬，哪一项不需要下死功？就拿最简单的压腿来说，一般人压个九十度试试？压不起来的，即使压起来，用不了五秒钟，保准抽筋，是那种不由自主的抽筋，身体就散了。再譬如劈叉，压腿也可以说是为劈叉做准备的，要将两条腿劈成一字形。对于一个十五岁的孩子来讲，要将腿劈下去，等于将他腿上已经生长出来的筋砍断，那得多疼？得下多大功夫？但余展飞一句疼没说，甚至没有发出任何声音。俞老师让他练拿大顶，让他拿三分钟，他一定拿十分钟。俞老师让他拿十五分钟，他一定拿半个钟头。他在店里练，做皮鞋时练，吃饭时练，睡觉也练。这就让俞老师刮目相看了：这孩子不是一时兴起，而是着了魔了。看得出来，他是真喜欢学戏。这个时候，俞老师的想法发生改变了，将余展飞“放在心上了”，对余展飞有了“新的希望”。当然，俞老师没有将这个想法告诉余展飞，不需要说，也不能说，这是她个人的事，是她和舒晓夏的事，跟余展飞无关。现在，跟余展飞有关了，但他还是不需要知道，俞老师不想让他知道。

练完一年基本功后，俞小茹老师才教他真正学戏。余展飞的嗓音又让俞老师咦了一声。余展飞平时说话属于偏柔和的男低音，很男性化的。他居然能变音，最主要的是，发出的声音不生硬，是很温和的女低音。太难得了。男生扮旦角，第一是扮相，第二是声音，他居然能唱出这么真实的女声。俞小茹老师心里想：是个旦角的料哇。

4

拜在俞小茹老师门下，余展飞最开心的事，是能见到舒晓夏，能向她学戏。

舒晓夏是他师姐，在内心里，余展飞却是将她当作师傅。没有拜入俞老师门下前，余展飞在家“瞎练”《盗仙草》中白素贞的动作，模仿对象就是舒晓夏。他脑子里既有舞台上的白素贞，也有卸装后的舒晓夏，两个形象既分离又合一。他记得白素贞的每一个动作、每一句唱词，甚至每一个眼神。如果要认第一个师傅，那就是白素贞，就是舒晓夏。

舒晓夏是在排练厅看到余展飞的，知道是俞老师新收的徒弟。她只用眼睛余光瞟了余展飞一眼，立即感觉到威胁：这人不简单。她感觉到余展飞身上有种“仙气”，也可以称为“妖气”，她能感受到他身上的“执拗”“一根筋”和“不可理喻”。他是个“疯子”，是个什么事都干得出来的“疯子”。艺术需要的正是“一根筋”和“不可理喻”，特别需要“疯子”的精神和行为。她就是个“疯子”，为了演戏，她可以什么也不管，可以什么也不要，包括自尊，包括身体，包括生命。她只想成为站在舞台中央的那个人，只想成为戏中的那个角色。

舒晓夏对这种威胁不陌生。她曾经给过俞老师这种威胁。当她第一次正式登上舞台，正式成为白素贞后，她从俞老师眼神看得出来，她是多么哀伤，多么无奈，那是一种被对方逼到悬崖尽头的怨恨，是走投无路的绝望。这种感觉不是长驱直入的，而是混沌的，是弥漫的，是眼睁睁看着自己枯萎的悲凉。眼睁睁看着自己消亡，却无能为力。

她现在感受到来自余展飞的威胁，她觉得，这是俞老师刻意安排的，是专门针对她的。她当然不甘心。她不是俞小茹老师，她不会束手就擒的，为了舞台，为了舞台上的角色，她会拼命的。

必须主动出击，但不能盲目。一个月之后，排练结束后，她在越剧团门口“无意中”遇到余展飞，她主动打招呼，主动自我介绍，主动约余展飞：

“有空的话，咱们一起排练《盗仙草》。”

这是余展飞做梦都想的事，只是没胆子提出来：

“真的?”

“当然是真的。”她停了一下，接着说，“这事不能让俞老师知道。”

她知道，俞老师是不会让她接近余展飞的，他是俞老师用来对付她的秘密武器。而她从余展飞眼神看出来，他是愿意接近她的。

那以后，舒晓夏经常去余展飞的鞋店，打烊之后，余展飞反锁了店门，一起排练《盗仙草》。

舒晓夏原来的打算，是想让余展飞放弃白素贞，那么多越剧剧本，他演什么不可以？扮演哪个角色不行？为什么偏偏要演白素贞？他可以演青蛇，可以演梁山伯，可以演祝英台，可以演贾宝玉，可以演崔莺莺，可以演杜十娘，也可以演穆桂英。想演什么，自己教什么，可是，余展飞说：

“不，我只学《盗仙草》，我只演白素贞。别的都不学，都不演。”

死心眼了。舒晓夏也是个死心眼，她清楚，跟死心眼的人是没有道理可说的，讲不通的。那么好吧，就学《盗仙草》吧，就演白素贞吧。“教鞭”在她手里，“方向盘”在她手中，她指哪个方向，余展飞只能跟到哪个方向。也就是说，余展飞始终在她掌控之中，余展飞是孙悟空，她是如来佛，逃不出她手掌心的。

一接触，舒晓夏就知道，遇到劲敌了，跟自己相比，余展飞或许算不上戏痴，他不会为了演戏，生命也可以不要，但他绝对是有魔性的，他心里住着一个白素贞，身体里也住着一个白素贞，一遇到白素贞，他就“魔怔”了，不能自拔了，意乱情迷，差不多是神志不清了。他怎么演都是白素贞，白素贞就是他。作为一个演员，舒晓夏明白，这有多么可怕，那等于说，这个演员进入一个特殊空间，这个空间里只有他，只有白素贞，他想怎么演就怎么演，他想演成什么样就是什么样，没人能够阻止得了。这样的演员，不是“疯了”是什么？一个“疯了”的演员，是什么都可以做得出来的，是无法估量和比较的。有时候，这样的演员就是个“神”，演什么角色都是“神灵附体”，都是“灵魂出窍”。这一点，舒晓夏是有体会的。

既然如此，教还是不教？当然教，而且要更认真教。她要做的事情其实也很简单，就是不让余展飞“疯了”，让他清醒，让他知道，他是在演戏，他不是白素贞，白素贞也不是他。

但是，舒晓夏发现，她做不到，只要一接触到《盗仙草》，只要一接触到白素贞，余展飞什么也不管了，余展飞不见了，只剩下白素贞，而这个白素贞也不是她通常理解和演绎的白素贞，而是一个陌生的白素贞，一个带着余展飞浓烈气息和情绪的白素贞。那还怎么教？

让舒晓夏意想不到的变化是，在与余展飞接触过程中，她的心理和身体发生了微妙改变。只有舒晓夏知道，于她来说，这个变化是翻天覆地的，是史无前例的。她居然对余展飞“动了心”，居然有跟他身体发生关系的念头和欲望。在此之前，她只对戏里的人物有过这种感觉，对戏里的白素贞，包括对戏里的许仙，她可以以身相许，可以合二为一，她没想到对余展飞会有这种感觉。但她没有慌乱，出乎意料的淡定。她对余展飞最初的“敌意”来自他的威胁，当她接触余展飞之后，和他排练《盗仙草》之后，威胁升级了，变成了压迫，她发现，一旦成为白素贞，余展飞的白素贞比她更疯狂，比她更迷离，比她更决绝，也比她更柔情。这种感受很不好，是被压挤和束缚却没能力挣脱的感觉。这让她丧气。在演戏方面，她从来没有丧气过，也从来没有服过谁。她是最好的。她演的白素贞，是真正的白素贞，天下第一。可是，跟余展飞的白素贞一比较，她自卑了，无论是扮相、神态、动作、眼神、氛围还是唱腔，余展飞的白素贞似人似妖似仙，却又非人非妖非仙，那是真正的妖孽，光芒四射，摄人心魄。她达不到这个境界。

她对余展飞“动了心”，还有一个只有她才能体会的原因，这种体会或许只有她这样的演员才有，她愿意与余展飞合二为一，因为他们都是白素贞，他们本来就是一体的。

有这个心思后，她才让余展飞来她宿舍排练。舒晓夏心思不在穿衣打扮上，不讲究，但干净。宿舍却是“垃圾场”，眼睛看得见的地方，都跟越剧有关：脸谱、盔头、戏服、拂尘、刀、剑、枪、剧本等等等等。随意堆放，杂乱无章。有一面墙壁是镜子，镜子让宿舍显得双倍凌乱。不过，杂乱无章却产生出特殊氛围，即使是兵器，在这里也变得柔和，变得温暖，变得含情脉脉，变得情深意长，变得真实又梦幻。这里每一件东西都可能幻化成白素贞，至少与白素贞有关。

他们是在排练中亲吻起来的，就在那面镜子前，他们穿着戏服练下腰，练白素贞口衔灵芝仙草。他们背对背，在镜子前做成m形，两张嘴便“衔”在一起了。是舒晓夏主动的，余展飞有过短暂迟疑，很快就热烈起来。脱下戏服后，又急切地抱在一起，继续“排练”。

亲吻是什么？舒晓夏理解，亲吻是正式演出前的“头通”，是热场子，是酝酿，是发酵，是含苞待放，是必不可少的过渡。可是，“头通”打了一个月，就是喧宾夺主了，正戏还唱不唱？舒晓夏有意见了，觉得余展飞在这方面的勇气和能力完全不像白素贞，更像懵懂迟钝的许仙。只能依靠自己了，因为她是白素贞，是完整的白素贞。

那天晚上，排练结束后，他们跟平常一样，戏服还没有脱就抱成一团。在亲吻过程中，舒晓夏增加了一个动作，主动探索余展飞身体。慢慢地，余展飞反应过来了，将手伸进她身体。戏服在不知不觉中被脱掉，身上所有衣服不见了，最后时刻来了，当舒晓夏要将身体交出去时，余展飞突然停住了：

“不能。”

舒晓夏心里一冷，问：

“为什么？你不喜欢我？”

余展飞回答说：

“不是，你知道我喜欢你，但我不能。”

“为什么不能？”

“我也不知道为什么不能。”

余展飞的回答让舒晓夏不满意，很不满意。但没再问下去，她觉得冷，嘴巴都僵住了。

5

俞小茹老师告诉余展飞，以他的天赋，如果一门心思将工夫花在学戏上，将来成就一定超过她，说不定能走出信河街，走上全国舞台，成为一代名角。但是，她没有要求余展飞这么做，她说余展飞的任务不仅仅是唱戏，他还有家族责任。最主要的是，她认为戏曲环境变恶劣，看戏人减少，社会关注点转移到赚钱，能赚到钱才是英雄，才是当家花旦，才是台柱子，才是“名角”。她感到戏曲行业在走下坡路，而且是一条看不见尽头的下坡路。这种时候，她怎么可能让余展飞来做专业演员？她甚至觉得，余展飞根本不应该来学戏，他应该跟父亲做生意，帮父亲把皮鞋厂办好，赚更多钱。但她也没有要求余展飞这么做。在这个问题上，她蛮自私的，她觉得遇上一个好苗子了。唱戏是她的事业，她这辈子只做这件事，当然希望这个行业能够兴旺，希望得到更多年轻人关注，更希望有潜质的年轻人投身这个行业，只有这样，这个行业才有希望，才有未来。

她用一年时间给余展飞“打基础”，又花一年时间，将《盗仙草》教给他。是一句唱词一句唱词教，一个动作一个动作教。两年之内，俞老师一直“捂着”他，没让他“亮相”。其实也不是完全“捂着”，俞老师每周会带他去一次剧团排练，跟他配戏的演员，都是俞老师特意叫来的。他演白素贞，不能总是一个人对着空气比画，要考虑和四个仙童配合，要有默契，特别是挑枪那一段，差一分一毫都是不行的。

他第一次在剧团正式登台，是两年后的汇报演出，听说信河街文化局局长也来“观摩”。俞老师安排他演《盗仙草》。他在排练厅和四个年轻演员对戏也很正式，都有化装和穿戏服，毕竟只是排练。汇报演出不一样，虽是内部观摩，但所有观众都是内行，都带着挑毛病的眼光，还有领导坐镇。其实是考试，是大阅兵。

余展飞没有紧张，恰恰相反，他内心是迫不及待的兴奋。他不是剧团的人，没有考试压力。更主要的是，他知道自己演白素贞时，舒晓夏就在台下。他一直想让舒晓夏看看自己在舞台上演的白素贞，他想让舒晓夏知道，自己演的白素贞是从她那里来的，她演的白素贞，改变了他的人生，他原来的生活除了皮鞋之外还是皮鞋，他看到的和想到的都没有离开皮鞋。是她演的白素贞帮他打开一扇大门，让他看到，除了皮鞋，他的生活还有梦想，而且是一个只有他看得见摸得着的梦想。或者可以换一句话，她演的白素贞让他突然从现实生活中飞起来，让他看到原来没有看到的东西，那些东西是他以前没有想过的。

在他演出之前，是舒晓夏，她演的也是《盗仙草》。舒晓夏上台时，余展飞在候台。他站在舞台右侧，一直盯着舞台上的白素贞。这是完全不同的体验。他上一次是站在台下看台上的白素贞，那时的白素贞是遥远的，是虚幻的，是可望而不可即的。这次不同了，他在舞台上，他能感觉到，自己就是白素贞，他和舞台上的白素贞是相通的。他能感受到白素贞每一个动作、每一句唱词，更能感受到白素贞内心的愧疚、悲伤和决绝。

确实是不同了。他离白素贞更近了，甚至就是白素贞。他也觉得离舒晓夏更近了，因为舒晓夏已经和白素贞合为一体。

轮到余展飞上台了，他依然停留在刚才的情绪里，他已经盗到仙草，飘飘荡荡回去救许仙。是锣鼓声提醒了他，让他重新回到舞台，哦，他又回到峨眉山，再盗一回仙草。余展飞不见了，舒晓夏不见了，舞台不见了，舞台下所有人，包括俞老师也不见了。他现在就是白素贞，白素贞现在只有一个目的——盗了仙草回去救许仙。白素贞更哀伤了，也更决绝了。白素贞一边担心许仙的生命安危，一边担心能否盗到仙草。但她内心是坚定的，是没有回旋余地的，必须盗回仙草，必须救活许仙。这事没的商量。

随着锣鼓声，白素贞使用了“莲步水上漂”。她确实是“漂”上去，腾云驾雾，晃晃悠悠，却又风驰电掣。在舞台上转了小半圈，又回到右侧，她一抬头，开口唱道：峨眉山。她能感觉到，这声音是一支射向峨眉山的利箭，穿破云雾，不达目的绝不回头。

一上台，余展飞就忘记了音乐，他不需要音乐，他要的是仙草。音乐似乎又是存在的，变成一种提醒，让他不断向前、不断飞翔的提醒。

回到台下，余展飞依然沉浸在那种情绪和情节之中，白素贞口衔仙草，飞向家中的许仙。他似乎听到舞台下巨大的掌声，看到俞老师跑到后台，激动地抱住他，不停地跺脚。

6

那次“汇报演出”后，俞老师对他说，文化局同意招他进越剧团，局长特批一个名额。

进越剧团演戏，是他这两年来的梦想。可是，当真正要成为专业演员时，当他即将成为真正的白素贞时，他又犹豫了。这意味着，他将抛弃皮鞋店和皮鞋厂。在没有直接面对这个问题时，余展飞一直认为自己更愿意当一名演员，那是他的梦想。可是，当机会摆在面前，他却犹豫了，但他不好意思直接回绝俞老师，只好说：

“我没问题，我回去问问我爸。”

余展飞记得，听他这么说，俞老师突然很夸张地笑了两声。但是，俞小茹老师那么骄傲的人，后来还是托鼓手去做父亲的工作，鼓手和父亲喝了一顿酒，回去问了俞老师一句话：

“你说做生意和唱戏哪个有前途？”

俞小茹老师再没说什么。或许，她已经想通了，或者，是绝望了。她在那一年提前办理了退休手续，与人合伙成立一家演出公司。

也是那一年，余展飞进入父亲的皮鞋厂，父亲抓生产和管理，他负责采购和销售，父亲主内，他主外。他向父亲提出要求，在工厂顶楼要了一个房间，装修成排练厅。下班后，他会去排练厅待一两个小时，有时更长。

也就是那一年，余展飞和舒晓夏开始每周一次排练，他们只排《盗仙草》。

他们两人演的白素贞是同一个白素贞，却又是不同的白素贞。舒晓夏的白素贞显得坚毅，甚至刚毅，眼神、动作和唱腔都显示出坚硬的力量，这种力量是掷地有声的。余展飞的白素贞是柔软的，甚至是哀怨和哀伤的。他的白素贞显示出另一种力量，是冰下流水的力量，看不见，但能够感受，那种感受让人忧伤，忧伤是一种无法言说的力量，特别“摧残”人。说不清两个白素贞谁更出彩，坚毅和柔软都能打动人。

皮鞋厂发展是飞跃式的，从刚开始的三十个工人，增加到三百个，然后又增加到三千个。余展飞的职务也在发生变化，从科长升到副厂长。皮鞋权不管生产管理了，只抓技术。

舒晓夏凭《盗仙草》参加省文化厅戏曲比赛，她挑枪的动作设计打动了所有评委，拿到一等奖。这是信河街越剧团几十年来第一次拿大奖，半年之后，舒晓夏被提拔为副团长，成了“有级别”的人。

两个人都到了谈婚论嫁的年龄。这几乎是顺理成章的事，一个搞经济，一个搞艺术，还有比这更般配的结合吗？不可能了嘛。

余展飞也是这么想的，他觉得这是理所当然的。他知道舒晓夏喜欢自己，而且，他也知道，舒晓夏没有别的人选。以前没提出来，是因为他没想过结婚的事，他想舒晓夏也是。结婚看起来是人生大事，但在决定婚姻上，往往是一刹那，甚至是草率的。

余展飞想结婚，是因为父亲想他结婚，父亲对他说：

“我老了，这个摊子要交给你，希望你早点成家。”

余展飞没有当面答应父亲，但也没有反对。那就是可以商量的意思了。他找谁商量？当然是舒晓夏。

周一晚上，他们在皮鞋厂顶楼结束排练后，初秋的晚上，天气还没有凉下来，即使开着空调，两个小时排练下来，也内衣湿透。他们脱了戏服，坐在镜前卸妆，余展飞突然对舒晓夏说：

“嫁给我吧。”

舒晓夏手里拿着卸妆湿巾，转头看着余展飞，一脸惊讶：

“为什么？”

她这么问，轮到余展飞惊讶了：

“你不爱我吗？”

舒晓夏停顿了一下，点头说：

“我爱你。”

余展飞松一口气：

“那就对了，你爱我，我也爱你，我们结婚。”

舒晓夏这时眼睛一动不动地看着他，然后，缓缓地摇摇头：

“不，你不爱我。你爱的不是我。”

余展飞从镜子前跳了起来：

“怎么可能？我还不知道自己爱的是谁？”

舒晓夏很镇定，面无表情地说：

“你爱的是白素贞，是舞台上的白素贞，而不是现实中的我。”

余展飞俯视着舒晓夏的眼睛，很肯定地说：

“我当然爱舞台上的白素贞，同时也爱现实中的你。”

“骗人。”舒晓夏仰视着他，“如果你爱现实中的我，为什么不能和我上床？如果你爱现实中的我，为什么要和我争演白素贞？你爱的是白素贞，一直是白素贞。白素贞就是横亘在我们之间的峨眉山，无法逾越的峨眉山。”

余展飞突然打了个哆嗦，一股冷气从头顶倾泻下来，立即覆盖全身。他想否认，可是，一屁股跌坐在椅子上，什么话也说不出来。

7

皮鞋权退居二线了。他这么做，当然是对余展飞放心，除了唱戏，他对余展飞确实放心。他是满意的。一切按照他的设计推进，唱戏只是小插曲，开次小差而已，他最后不是选择回皮鞋厂了吗？谁还没有个开小差的时候呢？同时，他又对余展飞不放心，除了皮鞋厂，只剩下唱戏，连婚姻都耽误了，这让他焦急，也让他伤心。但他能下命令让余展飞娶妻生子吗？这不是工厂赶订单，他没办法亲自“上马”，只能商量，只能提议，只能干着急。他提议多次，余展飞表面上答应“好的好的”，却没有实际行动。他知道余展飞和越剧团的舒晓夏关系密切，也委婉对余展飞说过：

“我看小舒这人还行。”

余展飞点头说：

“是的是的。”

表明态度了，方向也指明了，余展飞还是按兵不动。他按捺不住了：

“你和越剧团的舒晓夏到底在搞什么鬼？这样不明不白拖着算什么？”

余展飞装傻：

“我们关系很好啊，她是我师姐啊。”

心力交瘁了。皮鞋权决定将皮鞋厂交给余展飞，不管了，没个尽头。迟早要跨出这一步的。

父亲退休后，余展飞觉得最大好处是可以无拘无束排练。但余展飞是不会“乱来”的，所有排戏都在工作之余。他觉得很好，每天充满期待，精神和身体都是饱满的。一想到晚上可以和舒晓夏排练，他就觉得这一天是美好的。

舒晓夏当上越剧团团长后，余展飞想出资装修越剧团排练场所，舒晓夏不肯。她知道余展飞有钱，也是真心实意，但她不愿。她打报告给文化局，局里拨专款让她装修。

装修之后，多了一个小排练厅，余展飞和舒晓夏有时将排练移到小排练厅。

余展飞“主政”皮鞋厂后，做了几个“大动作”：第一是改厂名，将原来的“皮鞋佬”改成“灵芝草”；第二是将工厂改成集团公司，工厂名字带有计划经济痕迹，而公司是市场经济产物；第三是花十年时间，在全国各地开出五千家专卖店，他让“灵芝草”开遍各地；第四是“灵芝草集团公司”上市，敲锣当天，他个人市值三十三亿。

在上交所敲锣当天，余展飞特别邀请俞小茹老师、鼓手和舒晓夏作为嘉宾。他亲自上门送请帖，鼓手看到请帖里注明“正装出席”，一脸诚恳地问：

“中山装算不算正装？我只有一套中山装。”

余展飞一听就笑了：

“你穿法海的袈裟也是正装。”

俞老师现在老年大学教越剧。余展飞约好去她家送请帖，她问余展飞都邀请了谁。余展飞说邀请了越剧团的鼓手和舒晓夏。俞老师沉默一会儿，说老年大学教学蛮忙的，每天都有课呢。余展飞说舒晓夏有演出任务，去不了。她听了之后，改口说：

“我去请假试试，学校领导蛮尊重我的。”

舒晓夏确实因为演出没有参加，但余展飞认为，即使没有演出，她也不会去。这些年，除了演出，除了越剧团的事，舒晓夏很少抛头露面。她也很少提俞老师，余展飞倒是提过几次，她没有任何回应。余展飞后来就不提了。

舒晓夏没结婚。余展飞没问她原因。他动过再次向舒晓夏求婚的念头，但没提出来。

余展飞没再提，还有一个原因，他确实很享受和舒晓夏排练《盗仙草》，不但精神满足，身体也得到满足。他每天会去公司排练室坐坐。这个排练室是在原来基础上改建的，规模、设备和越剧团的小排练厅差不多，他有时会独自唱一段，或者练一阵枪花。有时只是坐坐，什么也没做。也就够了。

父亲走得突然，也不算突然。父亲身体一直很好，就像他做的皮鞋，经久耐用。可能是平时坐多的缘故，有高血压，也不是很高，低压一百，高压一百四十，按时吃“络活喜”，血压就“标准”了。他的死跟高血压没关系。余展飞觉得父亲是“闲死”的，他做一辈子皮鞋，突然不做了，空了。他原来喜欢喝点酒，喜欢喝信河街五十六度老酒汗。他喜欢老酒汗直扑脑门的冲劲，喜欢酒后不断升腾的幻觉。退休之后，喝酒的念头也没有了，他大概觉得“任务”完成了，再活下去没意思了，也没意义了。

父亲走时，虚岁才七十，很叫人惋惜。事发突然，更叫人痛惜。

按照信河街风俗，父亲葬礼之后，有场宴请酒席，余展飞想请越剧团来演一段《盗仙草》，他想用这种方式，送父亲最后一程。余展飞觉得舒晓夏可能不会同意，越剧团是艺术团体，怎么会在葬礼宴席上唱戏？太低贱了。出人意料的是，舒晓夏居然一口答应。宴请那天，她带来越剧团全班人马。

《盗仙草》安排在宴席尾声，也是酒至酣处，差不多人仰马翻了。这个时候，临时搭建的舞台上，锣鼓声响起来了。很多人知道余展飞喜欢唱戏，喜欢演白素贞，但从来没见过，大家起哄，让余展飞来演。一个人带头后，几乎所有人跟着喊余展飞的名字，一边喊，一边用手掌或者拳头拍打桌面。场面“不可收拾”了。余展飞去“后台”找舒晓夏，舒晓夏化好装，戏服也穿好了，她看着余展飞：

“你演不演？”

其实，听到锣鼓声后，余展飞身上肌肉已经抑制不住的兴奋，他感觉肌肉在跳动，在喊叫，在翻腾，发出吱吱声。舒晓夏这么一问，似乎身体已飞翔在半空，哪有不演之理？

他坐下来，舒晓夏给他化装。锣鼓声中，他看着镜子里的自己变幻成白素贞。镜子里还有一个白素贞，那是舒晓夏扮演的白素贞，两个白素贞时而分开，时而重合。他听见演出开始了，两个守护仙草的仙童上场，几句念白之后，手持拂尘做着练武动作。他还听见喊叫他名字和拍打桌面的声音。又是一阵锣鼓过后，两个守护仙草的仙童退场，轮到白素贞上场了。他看了眼扮成白素贞的舒晓夏，她表情穆然，并不看自己。锣鼓声催得更急，他不由自主、恍恍惚惚地被舞台吸引过去。他一身白色打扮，手执拂尘，上身纹丝不动，脚板挪移，飘上了舞台。舞台下立即安静下来，叫喊声和拍打桌面的声音戛然而止：哪里还有余展飞的影子？分明就是千年蛇妖白素贞嘛。分明是舍身救夫的白娘娘嘛。太妖怪了。

余展飞一踏上舞台，舞台便成了峨眉山，云雾缭绕，群山巍峨。他现在是她，是白素贞，是上峨眉山盗仙草救夫的白素贞。眼里只有千难万阻，眼里只有刀山火海，眼里只有灵芝仙草，眼里只有悲伤的希望。

她先是用拂尘与两个仙童对打。两个仙童不敌，向后山退去。

第二场，手持双剑与两个手持双剑的仙童对打，仙童败。

第三场是手持双枪与四个手持双枪的仙童对打。她突然感到双腿发软，双手发酸，沉重得抬不起来。客观原因是：为了父亲的葬礼，连续三天，余展飞每天只睡四小时。主观原因是：白素贞身心俱疲，她长途奔波，又挂念家中许仙性命，筋疲力尽了，她明知打不过四个仙童，却不甘心就此罢休。她知道，困难还在后头，还没到挑枪环节呢，她第一次怀疑自己能否顺利完成那套动作。此时，四个仙童将双枪从她头顶压下来，她使双枪往上一顶，感觉八杆花枪像八座山从头顶轰然而下，胸中有一口滚烫热流奔涌而上，被她硬生生咽下去后，这股热流更加凶猛地往上涌，她眼前一黑，几乎一屁股坐下去。就在此刻，意外发生了，舞台上突然多出一个白素贞，手持双枪，飞奔过来，和她并肩而立。

四个仙童这时围成一圈，轮番朝她们投枪。两个白素贞背对着背，将枪尽数反挑回去。舞台上彩虹飞舞，霞光闪烁，舞台下的观众伸长了脖子，仿佛忘记自己的存在。当四个仙童第四轮将双枪投向两个白素贞时，她们做出一个令所有人意外的动作——将枪悉数“没收”了。四个仙童见丢了兵器，慌了手脚，一哄而下。

舞台上只剩两个白素贞。她们舞出的枪花将身体团团包围住，成了两个既统一又独立的球体，发射出一道道让人睁不开眼睛的金光，既真实又虚幻。

（原载《十月》2020年第3期）

迷 失

◎梁 鸿

阳光强烈，植物绿得刺眼。没有一个人，没有一点声音。

小路如同箭光，闪亮刺眼，笔直向前。路边的植物俯在地上，一动不动，根根枝条却昂扬向上，如无数锐利的箭镞。乌黑斑驳的霉点布满路旁房屋的白墙，密麻麻朝小路压过来。

她不知道自己从哪儿回来，也不知道为什么事回来。她心里告诉自己，这是她熟悉的地方。

路被不断阻隔。她以为她就要找到了，可还是同样的路，同样的房屋。有那么一个时刻，她似乎终于走到她熟悉的一个广场上。广场后面，应该就是她要去的地方。她斜身走进一条窄极了的小路，两旁的白墙几乎要把她挤扁，奇怪的是，阳光还是能全部照到路上，没有一丝阴影。前面横插过来一排房屋，把路截断，她看到一个拐角。她往拐角方向走过去，那儿应该有条路，路的尽头就是她家。她走到路的尽头。一个死角。死角里面堆积着粪便、纸团、红红绿绿的衣服，它们都保持着僵硬的姿态，像被风化好久。

她又退回来，发现自己又回到了广场上。她像进入了一个迷宫。

小镇静极了，没有一丝生机，没有立体感，如同在一块电影幕布上，人、植物和房屋随风飘浮，又静止不动。她在小路上来来回回地走。她被困在幕布上了。可是，她还在观察，并本能地记住这死一般静寂又蕴含着莫名生机的场景和气息。

她微微低下头去，好像为此有点羞愧。

也或者就是这个小镇。

她最后的记忆是她的二儿子才几个月的时候。她没有和丈夫孩子一起住。她住在小镇医院一个废弃的后院里。院子里长满荒草，一排土坯房已经坍塌，只有最里面的一间还可以勉强住人。她就住在那里。她不记得她怎么生活，她内心的意愿是那样的，她就那样做了。

有一天，好像是傍晚时刻，她去看儿子和丈夫。她似乎一直没去看过他们。她走出那个院子，走出医院，走到连接医院和小镇的那条路上。荒草沿路蔓生，周围是深陷于地平线下的广袤荒地，再往远处是层层叠叠的树林和越陷越深的河坡，她像走在世界尽头。就像这时候，一切都安静极了，世界好像只在她心里某个角落存在。一种奇怪的飘浮状态。

她走到镇上，走过所有房屋都关门闭户的街道，拐进一条小路，小路的尽头，就是她家。门大开着。灯光从门楣上方照出来，刚好形成一束弧形的光，光把她丈夫罩进去。他坐在凳子上，一手抱着孩子，另一只手拿着小勺，去喂孩子。他的嘴巴微张，专注地盯着孩子，孩子也张着嘴，努力去咬勺子。他们互相看着对方，就好像这世界不存在。

那是一个独门独户的小院。院子里青砖铺地，四面种着各种花果树木，梨树、枣树、山楂树、夹竹桃、凤仙花，靠左墙边还有一个砖砌的花坛。花坛旁边一个小秋千架，从粗大的枣树枝悬下来。深秋的微风吹过，一阵凉意，有馨香飘入鼻中，那是成熟的枣子的香味。

也许是听到了声音，她丈夫扭转过脸。他看着她，像看一个熟悉的，但与他无关的人。他的面部表情、身体姿势都保持着平静，没有透露出丁点儿埋怨她的信息。这里面似乎包含着一种了解：她来了，她还会走，他对她并不抱期待。他是经过多长时间才明晰这一点的？

“谁来了？”

屋子里有人扬声问。

她朝房门望去。从逆光的黑暗之中，跨步出来一位女性。高大肥胖，目光严厉。是姨妈。

姨妈手里端一个盘子，盘子里放着青白水嫩的果泥。看到院子里站着的人，她朝着另一边的他嚷道：“谁让她进来的？她来做什么？！”

丈夫朝姨妈笑了一下，接过果盘，低头又去喂孩子。姨妈大踏着步子，没看她一眼，又进到房间里面去了。房间里传来勺子盆子相撞的声音，姨妈响亮的声音传了出来：“自己亲妈亲爹不管就不说了，亲儿子也不管，世间可有这种人？这就是你说的自由？我看就是自私自利。”

她记得她当时有些羞愧，姨妈的话句句属实，她无可辩驳。

她弯下腰，从丈夫手里接过孩子。孩子很小，脸还没有她的巴掌大，身上的绒毛还没有褪干净，皮肤刚刚有点水分，眉毛黄黄的，很脆弱的样子。他两个月，还是三个月大？她不太清楚。

她紧张极了，不知道怎样摆弄这柔软的身体，她想把他抱入自己怀里，却又害怕，她害怕自己过于依赖孩子的爱。她似乎一生都在拒绝这种依赖。自己依赖别人，别人依赖她。她不想形成这种债务。

她一只手捧着孩子的头，另一只手把他往自己怀里抱，可孩子的身体太软了，她两只手没有衔接好，孩子的头脱离了她的手，慌乱中她用另一只手去捧孩子的头，却忘了孩子的身体，她听到孩子身体触地的声音，一声闷响，柔软的肉体落到坚硬的地面上，并没有回响。孩子哇哇哭了起来。她双手张着，不知道怎么办才好。她看到地上孩子的眼睛，盯着她，杏黄褐黑的瞳仁，似笑非笑的样子，那骤然凝聚而产生的亮光把她推得很远很远。她待在那里，眼睛模糊，心像被什么东西狠狠揪住。

丈夫走过来，弯下腰，把孩子从地上捧起来。

姨妈颠着肥胖的身躯出现在亮光之中，高高的门槛差点把她绊倒。她跑到孩子面前，扒开他的头发，细细检查，又检查耳朵、手、腿。姨妈的脸被阳光照着，光洁异常。她突然想起小时候的一个模糊场景，在雨中她哭着扑向姨妈，姨妈用手臂紧紧圈住她，把她按在自己的胸前，她就像一个小人儿掉进了棉花堆里。

姨妈抱起孩子，用她的大手抚摸着孩子的身体，直到孩子的哭声变小。她把孩子递还给了丈夫，咚咚踩地，又转身进屋了。

丈夫抱着孩子，在直腰的一瞬间，他微微看了她一眼。

“我不是故意的。”她低声说。

“你抱得少，出个小问题也正常。”丈夫的声音平淡。

“你怪我吗？”

“我？”丈夫把孩子抱到怀里，轻轻拍着，说，“我不会怪你。早已订好的契约，你严格遵守，没什么错。”

他们是订有契约。她总和别人订契约。她认为应该这样。人之为人，第一条便是单独的个体。她强烈地要求自我。因此，她要求距离。当丈夫追求她的时候，她给他订了十项原则，第一条就是必须给她空间。她会随时离开，她需要独处。姨妈说得对。母亲生病时，她曾经下定决心要住到家里，陪母亲度过最后的时光。可是，在家住还不到两天，她就无法忍受。她不能忍受衰老，不能忍受每天围在床边聊天感叹的人们。明天还要继续，太阳照常升起。惋惜和泪水只是在掩饰自己内心的冷漠。于是，在姨妈来探望母亲时，她溜走了。她留下纸条，说她出去静两天就回来。两天之后，母亲已经去世。她在殡仪馆见到母亲最后一面。

"不是……我只是没法……没法承担……责任?"

她竟然用了问句。她试图对自己的行为辩解，但又意识到这是为人母的"责任"——抛弃儿子，是你用怎样的解释都无法抵消的原始罪行。

"我只是需要空间，你知道的，我不能……我做不到……我害怕……陷进去……他那么软。"

"他是很软，你必须得同时抱住他的身体和头，他手张着，老想抓东西，不是想吃什么，而是他害怕，他才从一个安全的地方出来，他哪知道这世间如此坚硬?"

她看着丈夫。他心里有怨，更多的是爱。如果他不是她丈夫，而是别人，她该多欣赏他啊。可他是她丈夫，她展示她的爱，就得"陷进去"。她不能。

丈夫看着她。

他肯定明了一个事实：她也许会因为小孩摔倒在地而痛哭，也许会因孩子的可爱纯真而大笑，但她不会因此停留在他身边，照顾他，爱他。

她和丈夫之间究竟发生了什么事情，让他有如此笃定的看法和行为?他甚至都懒得谴责她。而她呢，有些羞愧，却又认同了丈夫的定位。那是她自己定位给自己的，是她经过长期斗争而让丈夫记住的。她只有这样继续下去。

她想伸手再抱下孩子。丈夫把孩子放到小床上，说："他累了，让他休息吧。你忙去吧。"

她踩着一地鲜红的枣子，转身走出院子。

此刻，那羞愧穿越记忆，萦绕她的灵魂。她想立刻找到那院子，看到那梨树、枣树和山楂树下的男人、小孩和胖胖的女人。她觉得那场景充满意味。她迫切地想弄清楚一些事情。她必须让它再现，否则，她无法找到合适的词语。

她被困住了。

她找不到回家的路，找不到那扇敞开的门。阳光越来越强，她没办法穿过那一团团光看到前面的路。她又回到广场上，来到那座老楼房面前。老楼房前面的长廊还在，那个破烂的木椅也还在，就好像一直在等她。她坐了下来。

广场上的核桃树无精打采，枝条倒在地上。地砖缝里的野草快长到核桃树冠上，瓦砾、喷泉、花坛半掩其中。老楼房的侧门边上，一个老人坐在一个艳蓝的冰柜后面，冰柜上面撑一把满是洞的黑色大伞——死神到来前的最后遮蔽。老人满脸倦怠，皱纹如刀刻。他没有朝她看一眼。

她陷入一种奇怪的状态，极端不真实的感觉。她隐隐约约知道，她来这个小镇是为了回家，可她却并没有激动。她努力捕捉空气中的气味，想发现其中矛盾的存在。死一般的寂静与内在可能的生机。她好像一直沉迷于此。她只对此感兴趣。不管是在故乡还是他乡。

广场的正前方、左方、右方突然卷起阵阵灰尘。这是她回到小镇，到目前为止看到的唯一的活动物。灰尘越卷越近。她闻到一股危险的气息。人的危险。那危险是她熟悉的。

三个人从灰尘里现出身来。他们围着她，静静地站着。她看不清他们的面孔。他们是一伙强盗。在如此荒凉的小镇上，他们只为她而来。

她站起来。他们围得更近了。两个人走在她左右两边，一个人走在她后面。他们要带她到什么地方去？他们好像知道她从哪儿来，一直在跟踪她、监视她。她体味着他们几个人之间流淌的气息：紧张、笃定，他们吃定她了，她无处可逃。还有另外一点奇怪的气味：默契。他们之间是有默契的。这样的场景也许不是第一次。

那么，他们抓她不是第一次了。他们强迫她也不是第一次了？

她从哪儿来？她好像一直没为这个事情担心。她突然走在这个小镇上，没头没尾。她不知道自己从哪儿回来，不知道要达到什么目的，也不知道要往哪儿去。她就这样置身于这个小镇之中，置身于时间的黑洞之中。

这三个人的出现，似乎在告诉她，她是逃出来的。她只能跟着他们走。她有些恐慌，可似乎又安之若素，甚至，还有点听之任之。

他们来到宽阔的道路上。蓝天长远，田野里的玉米阴森密实。喧嚣、嘈杂的声音从玉米秆下面的缝隙里传过来。她听到车轮隆隆的声音、父亲喊女儿的声音、夫妻两人吵架的声音、情侣呢喃的声音，她闻到玉米的清香、泥土的腥味、人体的汗味，无数声音和气味朝她涌过来。她浑身发抖，想流泪，想沉浸其中，狠狠地享受。她的脚步不知不觉快了起来，她想超过那两个人，跑到人群之中，去感受那一切。

左右那两个人紧靠她的身体，挤着她，拥着她往前走。玉米地深处出现另外一条岔道。他们带她走上了那条道。声音、气味逐渐遁去，他们又走上无声无味的世界。

他们在惩罚她。

在长满荒草的后院，她找到期待已久的自由。

她坐在书桌前写字，她躺在唯一的竹椅上休息，她想吃时吃，想睡时睡，想写时写，不想写时就看书发呆。她要一个人和世界相处。她要创造一个世界。那个世界是她的。

这是她一心追求的形态：一个人，不受任何打扰，完完全全属于自己的时间，享受阳光从早到晚的变化。早晨那一抹金光从腐朽的木头窗棂里透进来，照在她蓝色的笔记本上，笔记本上是昨天写下的字，是关于昨天阳光从早到晚变幻的叙述。她坐在这唯一的桌子面前，久久咀嚼那每一缕光、每一寸时间的移动，然后，一字一句把它们写下来。有时候，清晨起来就下雨。天是空旷遥远的灰色，雨丝和缓均匀地下落。她常常不自觉地就泪流满面。她觉得她是大自然的女儿，心甘情愿被放逐在这儿，守着这大地的角落，耐心地为这一切寻找命名，并记录下来。即使以后经历了漫长的岁月（她不记得发生了什么），那阳光移动之中光线色彩的变化仍然如同印刻，烙在她灵魂深处。她一生都被这烙印控制。在埋头前行，为某些琐事忙碌，或为某项荣誉兴奋的时刻，那烙印就如同古老的伤疤，突然疼痛，光与影再次出现。她看到那些时刻的自己，会为此一时刻的自己感到羞耻。她会自动疏离人群，把自己再度埋藏起来，于是，那烙印慢慢淡下去，化为身体最为安静的那一部分。

后院里到处是没至半腰的荒草，有一天，她发现那竟然是一畦畦空心菜。不知道是哪个人在哪一年种的。它们被遗弃了，就像野人那样一年年生长了。叶子大得像向日葵盘，秆子比玉米秆还粗，底部深红见紫，不知道多少年了。她掐一下最顶部的叶子，居然还嫩得出水。她掐了很多，在锅里焯一下水，用盐和油拌好。它们吃起来就像带筋的干野菜，难以下咽，却也有丝丝清香。

她不知道吃了多少空心菜。她觉得她是苦行僧，守着世间最大的秘密，她受的苦就是她的荣誉。

有时候她也会到街市上去。熙熙攘攘的人群。她喜欢极了。她身在其中，热切地爱他们，但她又是旁观者，她和他们没有任何关系。她喜欢极了这种既置身其中又自由超脱的感觉。她觉得她是人群中的王，所有的一切都属于她，属于她笔记本上那金色的字。她贪婪地吸收着气味，马粪、机油、青菜、水果、沙砾、泥土、雨水，没有一样不是她最爱的。她热切地寻找它们之间千丝万缕的差别，寻找世间最恰当的词语把它们一一描述出来。

她远远看见丈夫在人群中走。他抱着孩子。丈夫看见了她，把孩子举起来。孩子头发微黄卷曲，眼睛里含着笑意。一个祭品。他是她的祭品。他无辜的笑容只是为了展现上帝对她的惩罚。她的身体朝前又倾了倾，想走过去。可只迈出半步，她又停下了。她想到她门前野人一样的空心菜。她走了，就再也没有人照顾那些菜了。

她是爱空心菜本身，还是爱空心菜恣意生长的状态？她当时没有想那么多。她是爱人群，还是爱在人群中的那份疏离感？她当时也没想那么多。

丈夫随着人流远去了。那是她最后一次见他。

也许，只是昨天的事情。她觉得她已经过了一生。她被这三个人胁迫、威逼，已经走了很远很远的路。她有些累了，不想走了。可他们是强盗，他们不会说你不愿走了，就可以不走了。

一踏出无声无阒的玉米地，她发现，他们又回到了小镇。是小镇的另一头。有人在小路上缓缓地走，有孩子在布满霉点的墙边玩耍。他们没有发出声音，他们只是看一眼走过的这四个人，就又干自己的事情了。

他们来到一座小院面前。独门独户的小院。仿佛经过万千年阳光曝晒，房子的石墙被腐蚀得厉害，人走过去，带动一点风，粉尘就扑簌簌往下掉。大门半掩着。他们推开门。院子里整洁异常。红砖铺地，砖缝里只有浅浅的草芽。

她有点迷糊。这地方好像来过，好像有熟悉的气味在流动。她突然感受到那三个人的紧张和凶狠。他们的圈在缩小，想把她紧紧裹在里面，他们不想让她进去，可又似乎无法阻止她。

看到老枣树的那一刻，她想起来了，这是她的家。她看见当年孩子摔倒在地的那块砖，砖中间的那一块还有一小点凹陷，像是在提醒她的罪行。

她坐在院子里的一把竹凳上。她知道这把竹凳，她坐过很多次。

那三个人散开去。一个人退到院子深处，一个人站在她左后边，另外一个人站在院门前。

她丈夫来了。坐在另一把竹凳上。

“我怎么找不到你了?”她问。

“是你要跟着那个四眼男走的。”

“我不认识什么四眼男。”

“也许他把你抛弃了。”

“我从来就不认识他。我不知道我在哪儿。我们的孩子呢?”

“他早已长大了，离开我了。”

她陷入了迷惑之中。

“怎么可能?”

丈夫看了她一眼，说：“孩子都三十二岁了。”

“三十二岁。”他又强调了一下。

她记得这眼神。她记得他把儿子从地上抱起来时看她的眼神，和现在一模一样。他的背仍然笔直，他的头发仍然是黑色的，他的眼睛仍然明亮，只是有一点疲倦。她感到一阵疼痛袭来，强烈的孤独如硫酸烧蚀着她的心。

“我只是一个人走了走，转了转，我只是想一个人待一待，写点东西。”

“你是这样告诉我的。”

“可我不记得我到哪儿了。”

“你当然不记得。”

“我记得，记得。”她记得丈夫抱着二儿子贴心又舒适的样子，她记得他喂饭时小心翼翼的样子，她还记得她最后一次见到二儿子时他长长的微黄的睫毛和杏仁似的瞳仁。

“都三十二年了？那，我都在哪儿？”

“我不知道。”丈夫垂下眼睛。

“姨妈呢？”

“她已经去世二十年了。儿子十二岁的时候就走了。儿子很伤心。”

她想起姨妈的气味，像沼泽，热气腾腾，你掉进去，舒舒服服就昏睡过去了，就再也不想出来了。母亲打她的时候，姨妈旋风一样冲进她家，抱住她，质问母亲为什么打她漂亮的外甥女。她带她到镇上去，买那支她一直想要的多色圆珠笔，吃热辣喷香的面。那是全世界最好看的笔和最香的饭。姨妈说，以后你就是我女儿，别理你那不懂事的妈，有这么好的闺女还打，真是不知足。

姨妈走了二十年？那么说，她离开家真的至少二十年了？

“可我从来不认识那个四眼男，从来不。”

“他肯定是抛弃你了。”

“没有四眼男。是不是你弄错了？”

“那是一件尽人皆知的事情。”她丈夫低声说，声音里仍带着当年她给他的羞辱。他仍然那么年轻。她不知道他眼睛里面的她是什么样子。

“我老了吗？”她问他。

他抬起眼睛看她，从他眼睛里，她看到苍老、无助的自己。

那三个人，朝她围过来，簇拥着她。他们像吸血鬼一样，打定主意要囚禁她。

“你忘记他们了？他们和那四眼男是一伙的。”丈夫看着她面前这三个人。

“我不认识他们。他们是强盗，逼迫我跟着他们走。”

“你再看看。”

那个靠在枣树上的女人。她才看清楚她的面目。那个女人一头长发，穿紧身的黑色皮裙，走路摇摇摆摆，一晃三折。她漫不经心地四下望，眼睛却斜睨着她，凶狠霸道，像要随时扑过来把她吃掉。可再稍微和她对视一刻，她发现那女人几乎是在哀求她，眼神里藏着软弱和羞耻，她好像在害怕她抛弃她和他们。

一发现她在观察，那女人马上垂下眼睛，又开始锉指甲。她和她的指甲杠上了，一路都在锉。剪一点，锉一下，来来回回。她身上有股子风尘味儿。一个人走在人世间久了，一个女人打定主意依靠自己过日子，而日子并不顺遂时，就会有这样的风尘味儿。风尘和纯真矛盾又和谐地交织在一起，有点神秘、不可思议和震惊之感。她是个迷人的女人。

也许是意识到她仍在盯着看，那女人仰起头，挑衅地回视她。

那个站在院子深处的男人。一个粗暴野蛮的男人。他懒洋洋地看着她，浑身洋溢着原始的蛮力。他身上的道德是单一的，他只看见纯粹的恶与善，只懂得最为简单的美与丑，他心目中的人只分为两类：好人和坏人。这使他成为世间最好的人，也是世间最可怕的人。譬如此刻，如果她离开他，她就是坏人。他就不会再怜惜她，因为她是他的。她有些迷惑，为什么他会认为自己是他的？她并不认为他们之间发生过亲密关系，可他确定无疑的样子，又让人不得不想到点什么。

她想起她年轻时代，还十四五岁的时候，她在篮球场边看一群高中生打球。她看见一个身材均匀、肌肉突起的男生，阵阵眩晕。她想象如果那样一双胳膊箍着自己，会是怎样的感觉。她总觉得，那样的人，是上帝派来人间的天使，他们检验人性，检验人最纯粹的冲动和最纯粹的美好之间的距离。为了研究这样的男性，她不惜献上自己的身体，哪怕是在书中。

那个站在院门口的男人。他手中的刀在黑色皮裤上来回摩擦，过一会儿，就把刀举到阳光下，眯着眼睛，用手试刀刃，薄薄的刀刃在阳光下闪着金光。他不看屋里的这些人，他只看他的刀。他眼睛里没有他人，没有世界。他不对阳光、植物感兴趣，也不对美女、美食感兴趣。他不爱任何人，包括他自己。在他的人性深处，有某一处断裂了，他无法连接到世界，无法感受人间的酸甜苦辣，他只是吃饱、穿暖，跟着一个人走。

她看着他们。好像是第一次见他们，却又无比熟悉。她肯定认识他们，却想不起在哪儿认识的。她好像并不真的恨他们，甚至，还有点喜欢他们。她隐约意识到，她害怕他们，不是因为他们绑架了她，而是因为，她担心自己过于喜欢他们，她担心自己陷进去拔不出来。

“你想忘记我们？你别想后悔。”那女人的声音既凶狠，却又像对自己的母亲撒娇耍赖。那女人似乎能够读懂她的心思，一边说着，一边扬起胳膊，把指甲剪往花坛里扔。一道光飞出去，指甲剪掉进了砖缝里，消失了。

“我跟你们有契约吗？”

“当然有。我们说过要彼此奉献。不只是青春，而是一生。”

“可是我都不知道你们从哪儿来？”

“从哪儿来？”那女人朝着另外两个男人喊道，“她问我们从哪儿来，她居然有脸这样问？”

那两个男人抬头盯着她。她被那灼人的眼神逼得低下头。

“每次你想逃跑，想毁掉我们时，你就说你想家了。喏，家就在这儿了，你回来了，你想了吗？”

那女人朝她走过来，黑色的皮裙包裹着她丰满的臀部，从前面就能看到后面的左右移动，风情，老道。

“你说你爱我们，你不厌其烦地描述我们，创造我们，你给我们安排各种人生，游历世界，并借此完成你对人性的探索——这是你常说的，天知道我一听见这句话就想吐。你说你喜欢这种既性感又纯洁、既粗野又单纯的形象，你把我搞成这样，你看……”那女人开始脱自己的黑皮上衣，“你看，我里面穿着棉质的白背心，这是他妈的什么搭配？每次你让我这么穿时我都紧握着手以防我伸出手打你，你以为棉质白背心就是纯洁？你天天叫嚷着那个叫什么的作家太俗气，其实你还不如她。你就是名气不如人家小说卖不过人家你嫉妒。”

那女人又开始脱黑色皮裙，露出里面的黑色蕾丝边儿内裤，说：“你看，这简直就是妓女的打扮，这么说就是污辱妓女，你以为这样就是风情？你的观念落后多少年了？要不是我们忠心耿耿地跟着你、维护你，你还有什么？”

她愣在那里。那女人说的每句话她似乎都听过。甚至，她扭着屁股往下褪皮裙时的动作她似乎都见过很多次。

那女人走近她，逆光而立。她的五官更加立体，眼角的黑色眼线斜刺出来，狰狞凄惨，像一个年老色衰的女王，居高临下，以暴躁又狂野的伤感逼视着她。

“你热衷于塑造我们，你说这就是自然界的法则，是自然界之所以美和充满奥妙的原因，可你看看，我们像什么？在你心里，根本就没有美好的事物。所以，你塑造不出美好的形象。”

“美好？”她被那女人暴风骤雨般的话给轰炸得有些头晕。这么多年来——如果她知道到底多少年的话，她孤独地行走于人世间，难道不就是想寻找真正的美好吗？难道“美好”不是藏于复杂的事物内部吗？

“你是世上最伪善的人！”那女人朝她的头俯过去，说出这样一句结论性的话，回转身，拾起黑色皮裙和上衣，重又穿上，靠回到枣树上，看着院子外面。

“可你和我们签有契约。契约！魔鬼契约！”她扭过头，恶狠狠地补充一句，带着某种虚张声势。

像晴空突然炸了几个霹雳，她的心被劈开一刀，她瞥见了深渊里的秘密。她早已把灵魂交付了出去。她创造了他们，同时也被他们要挟。她害怕要挟，却又沉迷于这被要挟的快感之中。

阳光强烈。外面灼白一片。

她回过头，看着她丈夫。

丈夫说：“你看，你喜欢他们胜过喜欢我，胜过喜欢你的儿子。”

她艰难地问：“为什么是二儿子？大儿子呢？为什么不偏不倚是三十二年？”

她看到他的眼神就明白，他知道她还没有走出来，她在想关于这个数字的象征或寓意的时候，她离他仍然无限远。

“就是三十二年而已。没有任何意味，三十二的意思是，你现在只有一个儿子，你儿子三十二岁了。他还没有多大成就。可也没有关系，不是谁都能成才的。他有他自己的生活。”他认真地给她解释，声音中带着怜悯，“就是如此简单。你儿子三十二岁了。你离开我们三十二年了。这是一个单纯的、确定的事实。没有象征，没有寓意。”

三十二。三十二岁。三十二年。这个数字是在告诉她，这一切不是梦，不是某种可能，而是一个真实，一个因为干燥怪诞的数字而显得极为清晰的真实。因为失败就是这样突兀和傲慢，它随时而来，不给你象征或隐喻的机会。三十二年了，她被自己追逐着，无法找到回家的路。

这不是梦。她使劲摇摇头，想确定一下自己到底在哪儿。梦不会给出“32”这样一个不伦不类的数字来，梦没有这样一丝不苟的科学精神。只有现实生活才有。只有现实生活才是真正残酷的、毫不留情的存在。

三十二年，她在哪儿生活？如何生活，依靠什么？

时间断掉了，她无法接续起来。她的丈夫仍然年轻，她已经老了。她的二儿子已经长大，可她从来没有见过他。

她依稀记得自己有过荣光的时刻。她从那个粗暴野蛮的男人眼睛里看出他对她的崇拜。他像个孩子，双手紧抓母亲的乳房，纯洁又凶猛，试图宣示自己的绝对主权，世间最绝对的纯洁和最纯粹的自私。

她曾经站到过高台之上，站在强烈的聚光灯下，面对黑暗中的人说话。她的眼睛被刺得模糊生疼，她想象着台下崇拜的眼神和山呼一样的掌声。她和观众、读者也签了契约，她出让自己所在意的自由去换取那些。

她背叛了自由，背叛了这三个人，背叛了丈夫、儿子。现在，她回来了，又想索取她当初背叛的。她太贪婪了。

好像在汹涌的大河里漂流了漫长岁月，终于被波浪冲到沙滩上，她睁开眼睛，仍然有些眩晕，有些漂浮的感觉，她还不适应着陆时的硬度。她努力回忆梦的最后一幕。

他们就那样坐着。那群人坐在她身后，长发女人仍在修理她的指甲，他们根本不看她，但是，她能感觉到她和他们之间的张力，他们在撕扯她，警告她，她必须乖乖地跟他们走，一旦发现她背叛他们，他们将会毫不留情。她的丈夫坐在她对面。她感觉到丈夫还愿意接受她。是无可奈何地接受一个无家可归的亲人，还是怀着一点残留的爱意？她不清楚。梦没有给她暗示。

她留恋那个植物翠绿、阳光强烈又荒凉死寂的小镇，或者说，她留恋走在那个小镇上的感觉。强烈的孤独，万物归一的荒凉，走向死神时的恍惚。在一刹那，她突然明白，那群人就隐身在小镇之中，一旦发现她要走出小镇，走出那个迷宫，他们就会扑过来，把她拽回来。

窗帘后面，缕缕阳光透进房间。她抬起头，发现自己躺在一张简陋的床上。对着床头的桌子上面放一台电脑，别无他物。房间另一侧靠里墙是一个小小的灶台，单灶，加一个极小的水池，灶台上面的横档上放着两只碗、两个盘子，盘子上面放一双筷子、一把勺子。紧靠灶台是一个单人沙发，沙发前面摆一张几乎看不出本来面目的圆桌，圆桌上一盘绿萝浩浩荡荡铺满桌面，又往地下肆意蔓延，枝条昂扬凌厉，四面出击，那沙发底部似乎已经陷落入无底的黑洞中，马上就要被吞噬。她俯身看了一下床，床脚已经没进绿色海洋之中，无数枝条正蓄积着力量，朝床上进攻。她打了个冷战，感觉自己躺在一堆锋利无比的绿色箭镞之上，稍有所动，就会万箭穿心。她明白了梦中小镇路边的植物从何而来。这些箭镞监视着她的梦。在紧靠门的位置，竖着一个薄薄的书架，书架底部几层堆着一些书和一些杂物，顶部两层放着各种各样的奖杯，木头的、玻璃的、陶瓷的，书本、灯塔、海浪，材质和形状不一而足。它们排列整齐、威武骄傲，和下面几层的随性放弃、灰尘蒙面形成鲜明对比。

她有些疑惑，这是哪里？她怎么会住在这里？

太阳穴处隐隐作痛。她经常这样，在醒来的一刹那，脑子一片空白，不知道身在何方。右边胳膊疼得厉害，她发现，她手里一直攥着手机。她抬起手，手机的屏幕亮了，一张照片闪了出来。

一个中年男子正看着她，目光严肃忧郁，很有心事的样子。她在脑子里回想一下，她并不认识他。他是谁？他为什么会出现在她的手机里？她是看了有多久、多累以至于抱着手机就睡着了？

她起身下床，踩在柔软又坚硬的箭镞上，忍着钻心的疼痛，走到窗边，拉开窗帘，一轮红日正在地平线上徘徊，绯红的霞光平和地环绕着它。她分不出是落日还是朝阳。那红日既不刚健，也不温暖，只是一个冷淡的红色圆球，被涂抹在一块巨大的幕布上。层层叠叠的房屋一直延伸到地平线之外。地面的立交桥上，小汽车一辆挨一辆，尖锐的喇叭声经过空气的层层阻力传到她耳朵里，仿佛铁锹被拖过水泥石子路的声音，那是她小时候听到的最恐怖的声音。耳朵被刺破，心脏被割裂，横膈膜被震破，她觉得，整个五脏六腑都在变形，脱离她的身体，直接飞了出去。

“幕布”？“画面”？“海市蜃楼”？她发现自己在喃喃自语，不停重复这几个词语，又试图去找其他词。她紧张得浑身发抖，脑子里越发空白。窗外的风景变得阴沉，慢慢地竖起来，积蓄着力量，仿佛如果她不能给它以命名的话，它就会扑过来，压倒在她身上。它要那唯一的、唯一能够表达它的词语。这世间每样事物都应该只有一个最恰切的表达。她找不到。她被下咒了。被困在词语的方阵里了。

她又感到一阵钻心的疼痛。这疼痛她很熟悉。随之而来的，是麦子的清香，枣树的涩香，楝香的苦香，她想起荒草覆盖的大地，想起那在年深日久的岁月里跟随她的人们。那是更遥远的梦。她永远丧失了它们。为了找到命名它们的方式，她丧失了和它们赤裸相对、肌肤相亲的感觉。那命名就是对她的诅咒。谁又能够为上帝的造物命名？你只需要在现实的泥淖里哭喊、欢笑，只需要认真地接过那一团血肉，享受那眼睛里天然的依赖。而不是像现在，面对窗外，张口结舌，绝望到面目扭曲。那是僭越上帝所必然遭受的惩罚。

她拉上窗帘，转过身，一步一步踩在箭镞上，箭镞刺穿她的身体，鲜血汩汩流出，溢过绿色的叶片，朝无边无际处蔓延……

她听见自己“啊”地惨叫一声，她从床上弹起来，后背一阵尖锐的疼痛，像被什么利器刺中。她看到床上那副眼镜。镜片已经破碎不堪，眼镜腿也被压断。她捏起一个碎片，仔细看那尖锐的三角形状，一股遥远的疼痛慢慢袭来，她记起那漫长、痛苦的经历——她可怕却又充满诱惑的人生。那是未来生活的预演，还是现实生活的再现？她有些恍惚。她是真的醒来了吗？那眼镜从何而来？她不曾记得自己有过眼镜。她拿起眼镜碎片，狠狠刺自己一下。疼的。火辣辣的疼。那么，这次，她是真的醒过来了？可是，刚才，她也明明已经醒来，明明看到窗外的风景，明明看到手机上的那个中年男人，她还记得他的样子——三十岁左右，无所欲求却又郁郁寡欢，他似乎在掩饰某种哀伤，他疲倦炽热的眼睛出卖了他。他是谁？

近处传来阵阵呼吸声。很近很近。她侧耳倾听，那呼吸悠长、均匀，仿佛整个灵魂都是轻甜的、自在的。她扭转身，看到床的另一边，一个身形在薄薄的被子下面，随着呼吸一起一伏。他在熟睡之中。他背对着她。

她躺下来，一阵突然的舒适和放松涌了上来。她挪过身体，紧紧贴住他，抱着他，怀着波浪一样阵阵涌来的感激和爱意，她进入沉沉的梦中。

那男人转过身来。她看到了他的脸。

（原载《天涯》2020年第3期）

潮间带

◎王占黑

一

我常常觉得，这世上并没什么真正惊心动魄的事情。历史的一波三折，完全可以被拆解成更多的一波三折，最后渐趋于平。这是从几款不争气的理财产品中悟出的，将年化走势缩小了看，每日的跌跌涨涨算得了什么。我甚至敢说，人的生活也绝不像大多数传记或采访所呈现的那样，总有什么至关重要的转折点，什么不可逆的巨大影响。戏剧可以被提炼成两小时，活着不行，上天没空为谁勾描过于工整的曲线，你得一秒一秒地熬，迎头等着各种事情自然而然地出现，消失，再出现时，你得毫不尴尬地继续望着。

比如拗分这件事。长相不够凶狠的少年大多碰到过，场面并不紧张，更谈不上暴力，也就不足以践踏少年最珍视的尊严。无非是一个年纪或身高略胜你一筹的人走过来，不大声地说一句，哎。你一眼认出他是附近哪个小区的，甚至想得起他好赌的父亲在乱糟糟的阳台上抽烟的样子——他比他父亲嫩多了。你看他一眼，他身后的人紧跟着说几句，哎哎。于是你从口袋里掏出一张皱巴巴的五块或十块，他伸手接住。这过程如同一场熟悉的交易，干脆利落。你从对方手里买到了一样东西，比如他们收到钱后反馈给你的满意微笑，比如他拍拍你的肩膀，比如他问你一个问题，交女朋友了吗。再不济，至少买到了一段时间的庇护。一次如此，往后大多如此。他们从不翻我的书包，也就不会知道，我摸口袋时甚至会产生一种优越感，觉得自己在大发善心，家人喂养我，我分一点给街上的混子。但也许他们感到这种难堪了，所以愈发少地说笑，走过来就伸手，而我迎上去就给，默契十足。从来这样，没什么校园欺凌，也构不成心理阴影。

比如单亲家庭这件事。小学几年级，我记不得了，思想品德老师毫不忌讳地当堂提问，哪些同学的父母离婚了。教室四面都有人毫不忌讳举起了手，甚至有人很激动地站起来抢答，老师，我我我！其他人非常新鲜地看着，就像看一个被国旗下讲话表扬了的人，看一个率先解出难题的人，静候老师宣布：你答对了。我同桌也举了手，下课后她说，我奶奶想要孙子，我妈妈不想要，我爸爸做不了主，我就跟我妈过。我明明没问，她还是讲个不停，说她心里更喜欢她爸，他肯花钱给她买球鞋，买蛋糕，最重要的是，他对成绩的要求不严。我没打断她。她一边讲话一边喝酸奶的样子很好看，酸奶流过她的下巴，因为太浓厚而停住了，刚好覆盖一颗黑色的痣，像小山上落了雪。然后我说，我也和我妈过。她骂我，那你不举手，敢骗老师！她是个好学生，什么委员吧。我忙解释，不知道离没离，但他们真不住一起。她哦了一声，上课铃响了。我打算下课再告诉她，我爸在牢里，虽然我不懂原因，妙华不说，我从不问。但我第一次花了整整四十分钟去想象一个男人，打架、放火，还是偷窃，高大威猛，还是猥琐恶劣。铃一响，同桌冲了出去，我才想起饭点到了，再无可讲。有些事发生了，有些没有，一切都是这么自然。就像当我要填初中新生家长信息表而真的问起时，妙华说，空着，不用写。我也并未追问。

比如妙华的再婚。邻居们常说，妙华靠男人的钱养活自己，我靠妙华的钱长大。我想她们应当把话说得更敞亮些，男人养活了我。我记不清这些年来过多少男人，分别长什么样，反正各取所需，不必感恩戴德，这一点上，我和妙华总是有心照不宣的默契。小时候我在一个房间，他们在一个房间。后来我住校，他们在家，进进出出，偶尔打个照面。有时妙华身上会多出一样东西，手镯、项链，或是新烫的头发。有时家里会多一样东西，不实惠的水果篮、DVD、按摩椅，或是被修好的热水器。男人们以各种各样的方式在家中留下印记，或早或迟，又会被下一位的印记取代。在邻居眼里，这不过都是钱的印记，因此她们留意着同妙华行走说笑的每一个身影，讨论哪一位来得勤，哪一位出手大方。而我只当他们是水在墙上的印记，终究要蒸发的。除夕夜，谁也不会出现，家里永远只有两个人。她负责烧，我负责吃，我放鞭炮，她负责看。

这些年来，我对妙华情感上的关心，就像过去她对我的成绩一样，从不指望突破。可是这个冬天，她超常发挥了。两周前，我说起按最新的排班表，除夕可能回不来，妙华说不要紧，小厉陪我，然后宣布了她的决定。我在电话那头由种种情绪所引发的失语，被妙华以平静的口气打了一记闷拳而消散。她说，超超，你饭碗有了，房子也摇到了，我不欠什么了。我匆忙挂下电话，怕自己再不识趣地说些看似理智的蠢话，当即命令自己积极畅想一番，可以的，从此她可以像别的女人那样，因为男人的出轨而哭泣或控诉，反复犹豫要不要冒着风险再生一个，她可以把喜糖一一送到邻居面前，不经意露出戒指，一洗多年的指指点点。尽管，小厉只比我大了十岁，也就是比妙华小了十一岁。

二

我只见过小厉一次，是在我的卧室。上个月吧，临时回家找东西，妙华正在灶间忙碌。开水呜呜响，夹在碗柜缝隙的手机播着电视剧，“皇上、皇上”地喊着。我脱了鞋进去，见到书桌前一个深深埋头的背影，肩不宽，背不厚，勉强撑起一件灰白色羽绒背心，如同见到另一个自己。我停住，等那个“自己”转身，发现他前额微秃，双腮略鼓，显示出更为老迈的正面时，我竟寻回了一丝喘息的余地。他站起来，你好，厉建彬。头一个字发音黏腻。我伸手，田于超。脑中便浮现起那个曾被邻居们火热讨论的男人，湖南人，年纪不大，在快递公司上班，坐办公室的那种，同妙华好了小半年，在她的情感中实属难得。我和小厉相对站着，似乎都想要从这个房间里退让出去，而妙华倚着门框笑道，已经认识啦。小厉点点头，加个微信？他将手机留下，把妙华的围裙系到自己身上，走了出去。妙华问，来拿什么？我说，考单位的编制，要复印毕业证书。妙华就从床底拉出两只纸箱，一边翻找，一边说，我洗菜，小厉烧菜，他喜欢烧的。我点头。

那片亮着的屏幕渐渐逼近，定睛看时，我脑中被激起一个久违的游戏ID，双木三刀，以0808结尾，高中沉迷魔兽那会儿，我常常碰到这样一位高手，头像是穿8号球衣的科比，定格在二〇〇六，湖人对太阳，经典绝杀，王者的头颅当年还很茂盛——我愿意相信，我们早就认识了。妙华掸了掸身上的灰说，蒸了玉米，你先去吃，我再找找。灶间的辣椒气味冲得人无处可躲，我几乎是忍着眼泪对小厉说，加了，你通过一下，叫鱼潮。他转头笑。我愿意相信他也将认出我来。第一次注册虚拟账号后，我再没改过名，头像永远是那只戴透明浴帽的翻盖垃圾桶，盖翻到一半，撑破束口，像快窒息的人头，初二暑假在家拍的，用我人生的第一部手机，那时叫小灵通。小厉冲着锅问，你在工业园上班？不回家住吧？我点头。他笑道，吃过再走，正好尝尝我的手艺。排气扇呼啦啦地在我和小厉的头顶响起，空气浑浊，刺鼻的香料令我清醒又迷困，我感觉两个人时隔多年再次跨入同一战壕，赤手空拳，乌云密布。然后我说，我吃不了辣，先走啦。游戏闪退。

我不清楚妙华看上小厉什么，照邻居们的说法，妙华的眼力一向是不行的。所幸看上妙华的人眼力也不一定行，因此这些年来，妙华孜孜不倦将自己投身进去，有时一手好牌打成垫底，有时手气极差却能全身而退，浪里来去，并未落得满地狼藉。好了伤疤忘了疼的脾性，让她看起来过于轻松，身心皆不像近五十的人。可是这种微弱的年轻，到了小厉这里又毫无优势，小厉能看上妙华什么呢。我想不出。毕竟活到二十五岁，我还没正经谈过恋爱。最近的一次，确切说，距离恋爱最近的一次，是大学毕业前。

那天我走进食堂，被一个年轻女孩拉住。你愿意参加新生舞会吗，她望着我问。据说她是被一时兴起的室友捉弄，下一个进门的人只能连带被捉弄。我说我没有礼服，她说她会准备，于是我被拉进小树林练了两个星期的基本步，并等来了一套毫不合身的行头。当天她看起来挺后悔的，疏于理我，也不主动和别人打招呼，也许是我实在太拿不出手了，方方面面上。可我觉得她自己也挺一般，身材比较松散，长相比较模糊，某种程度上，这和我们的穿着十分一致，平庸且廉价。两个小时内，乐曲不断，她看着我的时候满是煎熬，望向别处的时候满是遗憾，我明白她不尽兴，可我无能为力。几周后，我去还洗好的衣服，她说，拖这么久，老哥，你不会想叫我还你一次毕业舞会吧。我说并不，没及时是因为面试。事实上，我没想参加任何毕业活动。她又问，那工作找到没。我说找好了，在老家。她说，那就祝你也能在老家找到女朋友吧。说完谢谢，我们再没联系过。直到去年，我在同学朋友圈的婚礼照片上见到她，去当伴娘，比以前好看很多，不知道是不是修过。

除此之外，我认识的女性只剩下妙华和邻居了。阿姨们向来亲昵，总是超超、超超地叫着，夸我懂事，也借机打听我家里的事。近两年，她们开始频频暗示我，超超，你也要抓紧了噢。这件事我仔细考虑过，发现要么是喜欢，要么是需求，否则生活中并不必要。小厉对妙华属于哪一种，还是如邻居所说，小白脸碰到老女人，一开口，能骗几钱是几钱的那种？在被骗钱和骗感情的大循环里，妙华这辈子的损失可以说是一半一半。

三

妙华上一次结婚，是二十一岁半，小姨婆告诉我，那始终被娘家认定是一个骗局。但妙华不承认，也就始终没能与娘家人和好。照姨婆的说法，镇上的年轻女孩碰到大篷车歌手，听不进劝，是常有的，但头脑发昏，直接跟着走了的，少有少见。等到大篷车散伙拆账，一场群架，几块红砖将人拍废，妙华的靠山就进去了。消息传回来，姨婆叹道，我晓得，不听命的人，命是不会顺的。那时我还没断奶，妙华去婆家，婆家不收，回娘家，娘家不认，她接下姨婆半夜送来的一叠钱和一只手镯，进了城，从此单过。往后的事，姨婆不知，我也记不清了。但她说忘不了我那些咿咿呀呀的回答，漏雨、晒月亮、被人赶出去之类，害她掉眼泪了。而我忘不了的是另一些零散而快乐的地点，酒店、超市、洗浴厅、养老院、百货商场，以及别人宽敞的家。妙华在哪上班，我就去哪里找她。放学后要去的地方，大概是我认识世界的起点，认识到世上有很多个妙华，很多个我，还有很多个我和妙华的生活中不曾有过的角色——他们不是在家里，就是在离家的路上，他们总要回去的，但妙华和我更喜欢外面，酒店的马桶干净，商场冷气充足，澡堂的热水器从不会突然跳闸，一切比家里好。我渐渐看懂妙华对这类工作的偏爱，她擅长清理打扫，也擅长把各种物品走私回来。自从固定于几间酒店，一次性生活用品就渐渐占据了家里的大小抽屉。我想妙华的朋友，大概也是从这些地方带回来的吧，他们来了又走，如同对待他们的酒店。

我就像一只蟑螂、一只蚊子，静静停在房间角落，什么都听见了。我听出那些情愿把钱花在妙华身上的人，过一阵就会花到别人身上去了，也听出妙华把钱借给那些声称手头紧的生意人，人就跑了。她再去跟别的生意人借，就等于又有人把钱花在了她身上。似乎她总会搞砸，又总有办法消化。好多次我开门，妙华在客厅里哭，我倒一杯水，她喝完，就开始骂人。无需谁来多嘴，骂一会儿，她就好了。不忘补上一句，姨婆问起，什么都别说。这样的下午并不少见。也有过偶尔几次，她坐在客厅里笑，超超，我们要搬家了！最后仍是伤心下午的情景再现。直到高中毕业，我勉强挤进二本线，妙华快乐极了，夸我给她省下一笔大钱。半年后她买下这套二手的两室一厅，对着房产证大哭大笑。她说，超超，等你毕业，我再给你攒一套，讨老婆用。最近想起邻居的话，我才反应过来，“也要抓紧”的意思，是妙华在和我共同赛跑。可她们不知道，妙华只有为我铺好了路，才肯全力为自己冲刺。

我曾在电话里问起，不怕又叫人骗去？妙华说，有啥好骗的？房子摇到号了，交完，我身上一分没有。我表示受之有愧。妙华笑，这有啥，你的事我解决，你负责解决你小孩的事。那你的事谁负责？我问她。她顿住了。许久再开口，话又绕回去了，有经济适用房就好了？赚钱换套大的，不要叫对方娘家人看不起。说得好像要结婚的人是我一样。

这次，妙华依然没有娘家，姨婆死后，她再没回过镇上；也没婆家，小厉说老家早没人了，不知真假。这倒给了她最大限度的自由。她说，什么照片啊，酒席啊，统统不要。她只想去上海，跨一个美满的新年。至于会选择外滩还是豫园，我没问，只告诉她，元旦我要值班。意思是不会来打扰二人世界。但妙华主动叫我请一天假，她说，喜糖要当天带到，叫姨婆开心一下。我答应了。姨婆的坟在镇外的竹林里，靠近余杭，据说那是她丈夫的老家。于是我买了一张去杭州的火车票，妙华也将开启她的蜜月之旅。候车时，我看到妙华发了一条朋友圈：2020，新生活！配的是家门口一树新芽。我想，春天来得早了点。

四

火车上挺挤的。今年春节早，很多人开始拎着大包小包返乡了。包里藏着棉被，藏着小孩，竟然还有藏着一棵半人高的树的。老头护着箍桶在狭小的过道里边走边喊，让开让开，碰坏我的发财树，你们赔得起吗！众人明明在言语上吃了亏，却叫这滑稽的场面逗笑。有好事者故意撩拨顶上露出的叶片，好说好说，借我也发发财嘛！被老头打了手背。我拎着妙华吩咐的各色供品，松糕、酱鸭、自制腊肉，还有喜糖，踏进车厢的一瞬间，我也成了返乡的一员。陌生人十分自在地拍我肩膀，小兄弟，这腊肉几钱一斤，仿佛我若指个地点，他还来得及下车去买似的。

那棵树最终停到了我对面，结实的一声，箍桶落地，我的脚尖隔着鞋面触到一丝冰凉，立刻缩了回来，树冠刚好挡住我去看老头的脸。他旁边坐着一男一女，各玩各的手机。我旁边则是一位戴金项链的光头大叔，一落座，大呼挑错日子，乘了趟民工专线，然后开始讲电话。四下吵得他像在演哑剧，手脚钳起，表情总是卡在一个“啊——?”字上。发车后，车厢渐渐安静，一些本地人不得不随之听到了事情的轮廓，光头刚出门，老娘就发热了，父亲要他带老娘去医院。他显得非常急躁，不说自己回不回，只反复质问明明早上还蛮好，怎么吃过中饭就发热了。兜来兜去，人们渐渐听出他常年和父母同住，而父亲腿脚不便。他说话时，金项链一直在太阳底下发光，头顶也有个神奇的光晕在晃，挂掉电话，嘴上仍旧骂骂咧咧。直到发财树旁的年轻女人用北方口音问起，真的要回去吗？我才明白她身边那位专心玩手机的年轻男性，不过是同我一样毫无关系的路人。我立刻想到了妙华和小厉。他们会被人猜出是一对吗？会尽量避免被人看出有什么关系吗？我想不出妙华会用怎样娇嗔的语气对小厉说，不要回去了嘛，然后被厌烦且粗暴地打断，火车都开出了，怎么回去啦！我突然想问妙华，出发了没，但没点开手机。她给了我房子，我不该过问什么了。

很快，光头又接到了一个年轻男人的电话。他的听筒开得比免提还响，车厢愈发安静，所有人都在等着听他的后续。光头说，去问你妈借。并反复强调自己在外地，不知道对方要用车。而对方不容辩驳，坚称让爷爷转告过了，明天一早必须拿到车钥匙。光头抿紧嘴唇，一时说不出话，这叫我意识到不去打扰妙华是明智的，甚至是慈悲的。此后半小时，光头反复打给大哥，还是没能协商好代送老娘去医院的事。又打给酒店，要求提早退房，却与客服争执起来。我在他愈发急促的语气中感受到结成块状的愤怒，整个车厢都感受到了，只他的小女友还没，反复说着要买皮衣什么的，丝毫得不到理会。光头的话破碎凌乱，不妨碍车厢里的耳朵知道得越来越细，他团购了周末酒店，违约退订，房费却不能退。车票改签，已错过了规定的时间。电话来来去去，像一次次定点密集轰炸，光头以机关枪式的凶狠口气回击，却显得节节溃败，颅顶冒汗，面部扭曲，而在电话的间隙，女人若无其事地划着网购软件，反复声明，皮革城是一定要逛的。我突然想起听到过光头父亲在电话里的一句埋怨，大冷天的，看潮有啥看头啦，发神经啊。我为他感到难过。

我转而去想象妙华和小厉吵架的样子。妙华会让着小厉吗？小厉会当众人面不给妙华台阶下吗？旅行总是很考验人和人之间的权力分配，我从不和同学同事一起出游，化解冲突的最好方式，就是不去制造冲突。小时候和妙华去过几次近郊，都是她提议的。遇到要作选择时，我说，随便你，她说，我都行，我们就点兵点将来决定。可是光头没有机会决定了，他面前的每条路都和他背道而驰。发财树老头试图安慰，老弟，出来了就好好享受，人嘛，样样都要管，是管不过来的。光头顺着这话，扬起的无名火渐渐衰弱，化作一摊苦水，不是我要管，是样样事体倒逼进来，有啥办法？不出来是坐牢，出来是受罪，有啥讲头？广播响起，他从包里取出鸭舌帽，抹掉汗，盖上自己的光头。年轻女人继续划着手机。海宁到了，发财树、光头和他的女伴，在站满人的过道上杀出一条小缝，依次从车身剥落。空气沉静了些，叶子留下一两片，喧嚷之间，空出的座位又有新的乘客进来填补。我暗暗希望光头能看到他想看的潮水。否则，我想不出他要用什么样的心情原路返回。

这时妙华发了一条，你到了吗，我要出发啦。我看了看窗外，景致与家附近无异。同为一小时左右的车程，妙华向北，我往南，我感觉自己正在进入一场与人分道扬镳的仪式，每朝前一寸，身后就断裂一寸。

五

小学暑假，妙华带我坐火车，转汽车，到镇上停下，她放我在姨婆家东面的菜地里，自己就先走了。姨婆家西面是外婆家，我从没进去过。听到过几次泼水和对骂，但不懂两家在吵些什么。后来我在电视剧还是地摊杂志上看到了什么过继，什么白养，什么倒贴，觉得熟悉，并没找谁细问。譬如一道白天解不出的数学题，忽然在梦里解出了，似乎也没有讨回作业本重写的必要。那时起，我悄悄观察姨婆和妙华，年纪越长，两个人就越像，瘦小的身材，眼睑下的黄斑，说话时故作轻松的语气，走路一定要拉着我，以及千方百计向对方隐瞒自己的事。

比如妙华的丈夫何时出狱，何时离婚，妙华不说。姨婆来套我话，我一问三不知。她就骂，一个屋檐底下，你妈的事你一点不上心！我很委屈，连第一集都没看过，你让我怎么讲第十集。姨婆笑了，就给我讲大篷车歌手的故事，唱"年轻的朋友来相会"，跳"路灯下的小姑娘"，讲了几句，她手一甩，算了，都过去了，还讲来做啥。于是我永远只看到第一集。

比如姨婆晚年的病，她瞒着妙华，妙华又因我住校，也瞒着我。腊月里，镇上来了一个电话，妙华去了一趟，几天后，她给我打了电话，姨婆从此在我生活中消失了。譬如床底下少了一样旧物，本不占地方，也就谈不上有多舍不得。隔出半年，我陪妙华回去，走进竹林，我恍然想起，也曾有过这样一个女人带着我，大包小包，兜兜转转，停在一块石碑前，菜肉摆好，倒酒，点香，烧纸。那时姨婆低着头说，看一眼噢，阿姐头当年送出去，现在小囡送回来了噢。她叫土里的人别哭，自己却哭哭啼啼。要让一些土、一些灰去代替一个人，在年幼的我看来毫无道理。我只能朝天看，竹林茂密，像一阵箭雨倒插入土，很牢固。如果地里真的有人，他们应当会为此而受苦。

这次从镇上走去竹林，沿途几乎无法相认，粉笔小路和零散的矮房子隐没了，两三层高的小红楼成群出现，铁栅栏，玻璃房，处处力求着同城市一样的工整。游戏如果进错一个房间，后面的体验会完全不同。当我没能从姨婆家后院出发，穿过小树林，沿着一条往南的溪，而是自一堆破屋乱石中钻进竹林时，就再也无法找回记忆中那些字迹模糊的土堆。我感觉竹林在缩小，竹子变得稀疏，冷风一吹，要去的地方凭空消失了。

我犹豫着要不要打扰妙华，甚至想随意找一处石牌，把好东西大方留下，乡里乡邻的，也算完成任务了。可转了一圈，什么都没找到，只好先回镇上填个肚子。这时节，外乡人开的饮食店大多歇业了，剩几家规模稍大的本地饭馆，门外还挂着征订年夜饭的广告。手提一些俗气的特产，若被问起，总不好直说是要献给死人的，我便把东西放在门厅。走进去，靠窗坐下，几十张圆桌空无一人。直到酒水柜前的人发现了我，喊道，自己过来点菜噢，看吃啥。我听这声音，平心静气，不像招待人的喇叭，倒像竹管里吹出来的，总觉有些耳熟。渐渐走近，那面孔迎上来，我们几乎同时在彼此脸上识出了一个只有彼此能识出的印记。那人说，你是，叫斌斌？……还是超超？

我看着点菜板一角的“德红酒家”四个字，想起了这个叫阿德的人。

六

有过一个伤心的冬天，及要谈婚论嫁时，对方跑了，妙华人财两空。此后很久，我家没来过新的客人。妙华成天躺着，不做饭，不出门，哭哭笑笑，很快耗完了一个春节。那日我放学，见到家里难得敞着大门，她和一个陌生面孔坐在客厅里聊天，吃着瓜子，看看电视，有一句没一句地接着，好像是关于剧情，也好像是关于共同认识的人，大大方方，十分沉静。此人穿着考究，衬衫外面套一件背心，挺括长裤，皮鞋在门外工整地等候。两个人见到我，妙华喊了一声，超超回来了啊。她晓得我不喜欢喊人，并不管我。我关上房门，外面依然清静，电视剧的声音时轻时响。中途妙华进来，说阿德买了桃酥，给我拿几片尝。我才得知这个名字。

没过多久，妙华重新上班，每到休息天下午，阿德就称一斤点心过来，偶尔附几袋熟食。两个人很少进房间，阿德总是那一身套装，头发清爽，腰板笔挺，吃吃茶，聊聊天，妙华的情绪渐渐稳定。唯独一次，我回家拿作业，客厅没人，房门溜开一条细缝，隐约露出半截身体，一片黑色，以及掉在地上的背心。我冲出去，脑子里全是前一秒见到的黑乎乎的东西。很多年后，我看到高架的水泥支柱上爬满了野草，绵延的，须状的，仍感到一阵惊恐的熟悉。

邻居们从未停止过侦察，相反，她们看起来比往常更兴奋，又更谨慎。而妙华的开门，像一种底气十足的挑衅，让对手想近而不敢近，远观又不甘心。她们中有人沉不住气了，索性跑来问我。当头一棒，我被打得不知所措，于是我开始努力寻找这个问题的答案。

阿德生得很白，个头高，上身宽阔，喉咙却很细，声音像竹管里来的，自带一种清凉的温度。我仔细听阿德小便，听不出是站着还是坐着，我跟踪阿德下楼，没见到转进公厕的一瞬间。很难相信这么近的距离内，我判断不出一桩大是大非。那时，学校要求所有女生剪齐耳短发，有人还没发育，正面背面都和男生无差，无论如何只是乍一眼像，细看就恍然大悟了。可阿德让我摸不着头脑，正如我从没见过哪个叔叔能让妙华安心坐着，以聊天度过一下午，我也从没见过这样一个不知如何去称呼却丝毫不感到危险的人：一位体面的男士，一位和善的女士，一个看起来绝不会临阵脱逃的相处对象。邻居们的猎奇渐渐在我身上发芽，我越看越看不明白，甚至梦到过阿德的身体，是漫画人那样扁平的，身上除了两个黑点和一个肚脐眼，什么也没有，阿德的气质是那样的气质。

有一次，妙华临时出去，阿德照常带着点心来敲门。我不知出于什么原因，私自把人放进来了。阿德坐下，我说我妈过会儿就回来，然后泡了茶，一壶一壶地冲。阿德去完厕所，我也去了，马桶盖安然无恙，也对，这样有礼节的人，怎么可能像我毛手毛脚。我坐下来，看阿德的脸，白，长，眼角和眉尾上翘，下颌是一个清晰的直角。阿德打电话给妙华，问在哪里，何时回来，语气中毫无焦急，反而满是关心。讲话的时候，好像有喉结在蠕动，又好像没有。我盯着阿德的裤裆，然后是阿德的腿，很细，裤脚管空荡荡的。我盯着阿德的背心，觉得从来不换，又好像从来不脏。在找不同游戏里找不到不同，失败令我难安。

于是我跟阿德聊天，你叫什么，住哪里，上什么班。阿德的回答一板一眼，像对待一个成年人，使我感到平等。原来阿德老家也在镇上，很早就进城了，做餐饮生意。我又问年龄、属相。阿德讲，比你妈大一点，伊属虎，我属猫。我说我早就过了听猫被骗上树错过生肖的年纪。阿德却说，真的，我有一只养在家里，其他的散养在外面。饭碗还没伸出屋顶，十几只野猫就围过来了，野猫吃起来快，地上抢完了，就爬到我手上来舔、身上来舔，晓得我围裙上全是油腻。说起猫，阿德就笑开了，我看到阿德的瞳仁以极小的幅度左右晃动，鼻翼轻微地一伸一缩，脑中便出现了这样一只猫，轻巧，安静，披着背心，远远立在檐上，分不清公母。我又问，你结婚了吗。阿德点头。有小孩吗？阿德点头，比你大一点。你小孩也属猫？阿德摇头，看你喜欢呀。我说那我选鱼。话题越扯越远。我从没想到，一个问题如果不能直截了当地问，就怎么也无法旁敲侧击地获取答案。最近这种感觉出现，是苦于不能当面问小厉，对妙华到底是真是假。成年人的忌讳是直来直往，而我当时太过急于模仿了。

那天我问了很多问题，阿德总是点到即止，那副沉静的笑脸甚至让我怀疑，对方明明知道我最想问的是什么，却稳稳地守在底线，绝不主动向前。像压在石缝里的一只老头蟋蟀，你出草，它不动，你只能一脚踢掉石头，但它知道你不会，你也知道，因为石头底下很可能还藏着红脚蜈蚣，甚至是蛇。那天阿德没等到妙华，我看着阿德起身，穿鞋，离开，始终没能踢开那块石头。我安慰自己，东西丢了过几天自然会出来，谜团也是。但很快，妙华找到新朋友了。大门紧闭，一切照旧，阿德再没来过。

七

老了以后的阿德成了一道开卷题。像整容失败的脸，不是皱纹，不是黄斑，是各处的劲道都用错了。下巴垂落，颧骨耸起，原本硬朗的轮廓被松弛的皮肤拉得模糊不清，五官陷落于膨胀的面颊，眉眼尤为挤兑，气势尽失——她比妙华显老多了。我脱口而出一句阿姨好，瞬间在心里吓了一跳，明明从没把阿德当成阿姨过，而现在，她浑身都是阿姨的样子了：穿着最普通的高领毛衣和黑色羽绒背心，微卷的红色短发，身形在虚胖和魁梧之间不定，成了另一款没有性别的人。

阿德笑着解释，一见到，名字就在嘴边，可惜记性不好啦。

我说没记错，是叫超超，便问起竹林的事。阿德说，前一阵搞郊外绿化带，靠马路的竹林全砍了，靠河的竹林划成好几段，用水泥马路隔开，她猜我只走了其中一段，等我吃好，要陪我一道去。然后推荐了几个招牌菜，荤素都有，我说吃不了那么多。

这有啥啦，吃点酒就开胃了，我请客。阿德从身后选出一瓶黄酒，叫人拿去后厨温。

我穿过包厢和门廊，见到了另一栋房子。和此前看到的小红楼格局类似，空阔明亮，院里有两个小孩蹲着玩耍，年轻女人陪护。墙上挂着全家福，正中心的中年男人旁边，依然是微卷的红色短发，正式而保守的连身裙，体面富态的笑。见到这个也许叫德红的中年女人之后，我忽然想不起阿德原来的面貌了。

找卫生间吗？年轻女人抬头，笑着给我指路。我走过去，见到附近矮棚里有鸡，有鸭，有不拴绳子的土狗。我在动物的叫声和屎味中放出一泡，抬头看了看屋顶，没有轻跃瓦片的身影。

回来时，桌上已有几碟开胃小菜。阿德走过来，问合不合口味，又问几岁了，在哪工作，结婚没，就像当年我问她一样，简单且密集。我一一回答。我们借此扯了些无关紧要的话题，比如我上大学的那座城市，养老金的交法，镇上关门的小店，即将要来的春节，然后她问起了妙华，我猜到了这一步。

我说我妈很好。话落定，心里仍犹豫着要不要多加几句，关于结婚，关于结婚的对象，主动将话题引上某条猎奇的路线。阿德却问，怎么今朝来上坟？

我顿了顿说，冬里没的。

阿德讲，亏得你用心了。出了镇的人，除开清明，没几个想到要回的。自己来的？

我说我妈在上海，过不来。

阿德没有追问，只感叹，多少年没见了，见到也认不出了。

我翻了许久，找出几张手机照片给阿德看。最近的也是夏天了，妙华穿着半身裙，齐肩发，刘海被风吹得很乱，脸笑得有点僵。那天我们走到桥上，远处是住别墅的人的屋顶花园，妙华说自己穿着小花，正衬大花，无论如何要隔空合一张影。

阿德说，啧啧，真真一点也不老。

我只好礼貌一句，德红阿姨也不老。

阿德叹道，我是，没啥讲头，真真变一个人了。然后起身去端菜。虽是谦虚的套话，我却觉出了她诚心诚意的失落。

阿德端来一碗蛤蜊汤，菜齐了，我邀她坐下一起吃。她说，店里人都是午后一顿，晚间一顿，这时段不吃的。我笑，你是老板，可不是店里人。阿德也笑，这年头，老板莫不是混得顶差的那一个。我便问起是何时回镇上开的店。

阿德说，人嘛，总归要回归家庭的，有了小孩，总要以小孩为重。你看你妈，不也是……我便夸她孙儿成双，好福气。

阿德摇手，养了一儿，就要准备好养一孙。旧年又添一个，还是男的，这下是开银行也不够用了。她说起儿子在镇上当民警，忙起来全脱手，我们就闲聊了几句她儿子办过的案子，传销、诈骗、老人遗产、婚姻纠纷之类。阿德突然说，当时你妈日子也是蛮难过的。

我只当她说的是妙华独自带我的那段时间，不愿多聊，闷头吃菜。阿德却跳了进去，再绕不出这个话题。她说，妙华的路子，人家是看不懂的。在牢里一直没舍得离，总觉得还有感情，出来了，见了面，反倒离了。人家都讲傻，讲闹笑话，我倒是蛮理解，人一定要亲自死心，才能真的死心。我愣了一会儿，追问这是何时的事。

阿德说完，给自己倒了一杯酒。我才明白妙华失魂落魄的那个冬天，并非为了某一桩感情。当逃兵的男人她见多了，怎么会毫无心理准备呢，她把自己锁在家里，是在犹豫更要紧的事情。但她一定不会找我商量，也不会告诉姨婆，她就这样一天天闷进被子，醒醒睡睡，想到想不动了，或许用点兵点将法，逼自己作个了断。至于阿德是在这过程中，还是在一切落定之后出现的，我不确定。阿德只说，落子无悔这种道理，从来不必别人关照，自己心里都是有数的。

日近傍晚，客人渐渐多起来，阿德忙着招待，她的声音沉稳清亮，听不出过分谄媚，也丝毫不显冷淡，落落大方地安排好每一间包厢、每一桌散客，频繁在前厅和后厨走来走去，在客人和家人之间走来走去。我也开始喝酒，很少尝到这么鲜的菜。妙华的手艺一直平平，她不喜欢厨房里的事，厨房要一一摆开，她擅长的是收拾规整。我看了眼手机，才想起回复一句，已经到了。

阿德坚持要陪我去。我说你忙你的，她说预订的都来了，散客让伙计去管。我们离开酒店时，她带了几包东西，一路走一路撒，我回头，已经有几只猫蹿了出来。我问她，你现在养了多少。阿德笑说，镇上的我都认识，不比家里的鸡少。我就提起当年她教我选生肖的事。阿德大笑，选来选去，选了簿子上没有的，就过不上本命年了，吃不吃亏？我问，那你现在是选回来了？她说，我马上就轮到啦。我想了想，是鼠年。

在熟人的陪伴下边走边说，周围随之少了一丝陌生，见到竹林时，我竟完全不觉偏僻，只像散步到了家附近的公园。阿德问我坟墓的位置，我简单复述了妙华的话，她领我几进几出，头顶的天色渐渐稀疏。很快，在最茂密的一片林中，我认出了姨婆带我去过的坟，然后是姨婆自己的坟，光秃秃的，什么也没有。阿德从包里拿出一束香，我这才想起，供品还在酒店门厅放着。只好点上三支烟，从口袋里摸出一盒喜糖，我对姨婆说，我妈叫我带的，你吃一粒，开心一点。

阿德说，妙华结婚了？很快又说了一句，妙华一直没结婚啊。

我点点头。

阿德又问，你妈在上海？

我点头。

阿德将香凑近烟口，一把甩亮，插进土里，白色细线从她的脚边升到腰身，渐渐散形。她说，两个人下了班，老是跑到厂办公室看地图，我讲要去大上海，上东方明珠，看外滩。妙华讲，要去川沙。我找了很久，没找到呀。妙华就讲，同东方明珠一样，也在浦东。我笑，你真想得出。妙华讲，川沙有一条妙华路，自己没有娘家，那条路就算娘家，要到妙华路上去开汽车，穿婚纱，放炮仗，还要给路上的人发喜糖。这句话多少年了。

我用手机查了查，这条叫妙华的路细细窄窄，和此处的竹林一样，沿着一条河而动。我忽然感到快乐，仿佛已经看见妙华在这条路上走来走去，脸被西北风吹得发红，她的喜糖撒在地上，撒进河里，像炮仗屑一样满。人们走过，没留意到小厉，只当是一个女人在拍电影，纷纷停下来看。

妙华真真厉害啊。阿德说这话时，神情有些难以形容。也许是竹叶太密，也许是天色渐暗，也许她僵硬的面容早已不足以传达自己的情绪了。

阿德问我讨了支烟，她一支，姨婆三支，风渐止，烟丝上逸。我总觉得她想说什么，但她什么也没说，觉得自己应当说些什么，又想不出要说些什么。我们的沉默，和土里的沉默，让竹林轻晃起来更像人的呼吸，它们沙沙，簌簌，如同第三个人在努力弥补言语的空白，然而一开口，又让空白变得更加明显。

阿德突然打破了沉默，当时我以为小田会带你妈去的。

我说，我妈离了婚，为什么不让我改名叫于超？

阿德说，改不改掉，你都是你妈和你爸生的。

八

阿德让我带鸡蛋腌肉之类的给妙华，还要开车送我去火车站。我说不麻烦，回程打算坐大巴。心里明白，为的是一种前后分割的仪式感。告别时，阿德提出加我微信。你扫我，我扫你？她这么说，我突然想起来，那天小厉并没有通过我的好友申请，我扫了码，他不通过，我这里便是毫无印记的，如同从没做过这件事。也许我和小厉的交集，只能在妙华的话语中产生，也许小厉根本不是那个我早就认识的游戏玩家。世上这么多人，头像和ID同时重合的也不奇怪。我瞥了一眼门厅，东西还在，突然决定假装再次忘拿，希望阿德的伙计能在打烊时看到，悄悄带回家，然后带上返乡的火车，被陌生的同路人热情询问。

在酒店里，在竹林里，我有些模模糊糊的想法始终难以结成语句，关于那件马甲的去向，曾经开在城里的餐饮店，关于我所不知的妙华的年轻时代。阿德似乎会错意了，只当我的拘束是为着另一件事。也对，谁都觉得血缘是无法断绝的。于是回来的路上，我们聊几句什么，她就主动把话题扯到一个男人身上，努力以一种最不经意的表演方式，尽可能多地将信息释放给我。阿德说，小田是北面人，出狱后一直没回老家。小田又结过一次婚，不清楚和谁，后来听说离了。他们在棋牌室见过一次，急诊大厅见过一次，还在电动车修理店见过一次，小田都是一个人。问起做什么工作，小田不是说在工地上，就是在看大门。阿德叹道，估计连这些也是骗骗人的，做不长的。语气处处透出一股不屑，好像小田的不中用，是早就被她看穿了的。直到重新聊回酒店和春节，我才意识到，阿德已把她所知道的小田全部告诉我了，而我依然拼凑不出一个足够清晰的形象，除了姨婆曾提过的那首歌，正渐渐嵌入其中。再过二十年，我们来相会。美妙的春光属于谁？属于你，属于我，属于八十年代的新一辈。

我在一位本土导演的故事片里看到过，也是小镇，也是音响，也是一些青年男女在欢唱，他们把歌词改成不雅的句子，被领导批评了，脸上还是嘻嘻哈哈。那堆篝火旁围着的人里一定会有妙华、小田、阿德，还有别的什么人，但没有小厉，更不会有我。他们有一个属于自己的竹林，遮挡天色，隐于外人，最后消失在城乡道路的灰尘里。

大巴发动，我坐在一群刚从附近厂里下班的工人之间，目睹他们一天下来的疲劳和昏倦。好几位上了年纪，车一颠，仰起头鼾声激荡。我不免想象他们的过去，其中会不会有人认识小田，会不会有人就是小田，或从我脸上看出小田。关于这点，妙华也好，姨婆也好，从没提过。也许是不够像，也许是太像反而成了忌讳。我们会不会如妙华和姨婆那样，年纪越大，就越活得像同一个人。如果是，我们见面的时候大概无法拥抱，无法落泪。如果是，很快我意识到，我们就不会碰到对方，认出对方：这成了一件无从实现的事。

但我还是停在了阿德有意提起的那个镇上。夜已深了，有钱人家在屋外放新年的鞭炮，没钱的继续守望几周以后的新年。这是二〇年代来临前的最后一夜了，一个歌里没畅想过的时间悄然而至。一些人走在路上，喝酒的，打电话的，走到半路被朋友的摩托车载走的，我来不及仔细去看。远处是大面积的黑暗，更远处是银河般耀眼的灯光，城市的集体狂欢，让此地显出过分的冷清和老迈。大多数人已睡下了，一觉醒来，有些想当然地以为自己和时间的节奏保持高度一致，有些则遗憾地认识到自己还是慢了几拍。小田呢，大概会同往常一样，没留意到什么日历，也没留意到梦里的卡车和音响被一泡蜡黄的晨尿无情冲走。

路牌告诉我，这里离光头下车的地方不远。一天结束了，不知道他后来是去逛了皮革城，还是如愿看到了潮水，不知道他母亲的病和儿子的车解决了没。我想我的担心是多余的，即便白来一趟，他也不至于就此崩溃。活到那样的岁数，难以实现的东西见过太多了。过去的一切像雪球一样越滚越大，好的，坏的，叫他统统背在身上，他早就习惯了。

听说冬天的早潮是很凶的。人们无条件崇拜八月钱塘江的暴力，却很难顶住一月的刺骨和昏暗。天还没亮，人哪里能看得清潮水呢。潮水也知道来早了，只好尽力发出最大的声响让自己被听到。它们翻过丁字坝，不断上升，上升，然后爬坝，抓住堤岸，向铁丝网奋力冲去，潮头如万马奔腾，如舞龙舞狮。在黑暗中见不到黑夜，反可以暂时忘掉黑夜的恐怖而彻底释放。它们凭直觉朝前扑，扑向那些快要干涸的地方，虾蟹贝壳们等了很久、几乎要放弃的地方。那片土壤松软潮湿，有着最为丰富繁杂的生态，反反复复上演着拯救与遗落，绝望和希望。大部分人只见过退潮后的潮间带，他们以为此时的裸露意味着安全与平稳，他们以为所有生物都像他们一样，觉得上了岸就是劫后余生。事实上，那也是一场无比漫长的焦躁的等待。

妙华打电话来，超超，今天不结了。语气中听不出任何波动。我明白今天不结的意思，是明天、后天都不会结了。我竟有一丝放松，似乎再次得到确认，任何男性都不可能与妙华发生长久的交集，除了我。按她的话，我是她身上掉下来的一块肉。这种联结不可能在我和小田身上出现，这是男性之间无可驳斥的软肋。

我问妙华，你在哪？她发了个定位，我见到那条熟悉的路名，便主动说起今天见到一位熟人，她托我带些鸡蛋腌肉回来，还没来得及讲名字，妙华就说，蛮好，蛮好，过年正好有货了。她开始清点今年除夕的安排，八宝饭有了，鱼、草鸡和走油蹄膀还没，哦哟，早晓得不送给姨婆了，还要排队去买，年底肉价不好看了……她的声音听起来像一阵小的涟漪，以精准老练的力度制造出常规的急促，底下冻结着不知多大多深的浪头。我说不要紧，一样一样来。我们约定明天回家见。

我挂了电话，决定继续朝前走，如果彻夜步行，也许能在四五点赶到光头要去的那个地方。天一定还没亮，那段中间地带也没什么人，我站上去，一定能听到潮水在黑暗中的呼喊，我若躺下，潮水会带我走。

（原载《小说界》2020年第3期）

绳 技

◎邱华栋

一

情况变得紧急了。

燕王的大军一路南下，经过两年多的苦战，占领扬州之后，朝廷里就乱了套。建文帝十分焦躁，满朝文武也很焦虑，却拿不出什么好主意。

方孝孺给建文帝出了一个主意，那就是和燕王划江而治，算是割地求和。一句话，长江以北全给你啦，燕王朱棣啊，这还不行吗？

建文帝同意了，派庆成公主前去扬州，和燕王朱棣见面，带去了求和并划江而治的意愿。

庆成公主是朱棣的堂姐，从血缘上和关系上，两人都比较亲近，想来他们姐弟俩是能说上话的。实际上也是这样，燕王朱棣和堂姐庆成公主一见面，场面就十分感人，堂姐弟一下子抱头痛哭，久久不愿分开。稍后，等情绪平复一点之后，燕王说了自己起兵南下，纯粹是被逼迫的，是不得已。那侄子，那建文帝太狠了，向叔叔下手，削藩削藩，不是真削藩，是要他的命啊。

庆成公主也说明了来意，那就是，建文帝想要求和，给出的条件是划江而治。朱棣老奸巨猾，没有正面回答，心里想，现在来谈条件，已经晚了，我都逼到你家门口了，我这两年多的仗白打了？嘴上却说，当年父皇给他在燕北的封地都没有保住，要被削去，现在又冒出来这划江而治的说法，又从何说起？

朱棣告诉姐姐庆成公主说：公主姐姐啊，您就回去告诉我那个侄子建文皇帝，这一次，我燕王南下的目的，没有别的，就是清君侧，只想保住大明的江山不被围绕在建文帝周围的那些奸臣所败坏。我没别的企图心。另外呢，我还想给父皇上上坟、添添土、烧烧香，顺带朝觐天子建文帝，求他免去一些亲王的罪责，然后，我就回北平了。

朱棣这么说，庆成公主也就没有再多说什么，又寒暄了几句，也没有心情吃饭，告辞回去。

朱棣送她到门外，又意味深长地说，咱姐弟俩，过几天就在南京见面了。他的话不言自明。

庆成公主回到南京城里，赶紧给建文帝报告了此次前往燕王军营见面的情况，并潸然泪下。

建文帝一听，知道划江而治不被燕王接受，那下一步他肯定要渡江而来。一旦渡过长江，这南京城能不能守得住，就是一个迫在眉睫的问题了。

他又找来了方孝孺，询问他布防情况。

方孝孺这个大儒信誓旦旦地说："不打紧。我听探马回来说，燕王的部队几年征战，队伍疲乏劳顿，军中疫病多发，士气低落。再说了，叔叔和皇帝侄子打仗，朱棣天理不存。现在是六月酷暑，长江又是天险，怎可能让他燕王轻易过了长江?"

"长江是天险，可也得好好守住才行。"建文帝忧心忡忡。

"陛下，臣已经周密计划，布置兵士前去袭击燕王渡江的船队了。朱棣的船队很小，等到他的小船队火烧连营，灰飞烟灭，别说渡江，他到时候想回北平都得问我们同意不同意了。"

"南京总掌长江水师的是哪个将领?"建文帝又问方孝孺。

方孝孺慷慨激昂："江北铺子口的水师是盛庸在统领，他英勇顽强，作战勇敢。江上水师总指挥是都督佥事陈瑄，他多谋善断，指挥的水师实力强大，肯定能消灭燕王的区区杂牌水师。"

二

就在燕王的大军占领扬州后不久，我开始四下找寻能在关键时刻派上用场的武林高手。

我是建文帝的护卫统领，我相信高手还是在民间，而不在庙堂。现在庙堂里他们的本事就在于天天吵架，对实际发生的情况毫无帮助，而我要为建文帝想到最后的一招，那就是出逃。

我隐约觉得会有这么一天，只是当时我没有说。

有一天，我到南京郊外的集市走了走。那里是引车卖浆者和打把式卖艺人的集合地。我换上平民的衣裳，前去走了走，看看有没有什么民间奇人，能被我发现。

武林高手素在民间，我就看见了不少练武术的在那里表演。有表演梅花桩的，两个赤膊高手在梅花形的高木桩上游走、对阵。打了一会儿就分出了胜负，其中一个应声跌落在梅花桩之下。

一棵树下，有人在练习沙包功。只见一根绳子绑着一个沙包，沙包来回激荡，一个汉子左右躲避并不断击打沙包。

旁边还有一个人在练习排打功，只见他手拿一块砖往身体各个部位打，把自己的皮肉排打得鲜血直流，嘴里还在不断地吆喝着。

再往前走，看到几个人正在练习轻功，小腿绑着沙袋，加助跑不断地向一面墙壁冲去，试图翻身而上，却不断跌落下来。

看来，轻功绝不是一天就能练成的，得练十年以上。

还有人在练扫堂腿，不断前扫、后扫，用腿横扫一根木桩子。他的腿肯定很坚硬。忽然有个人冲出来，他一阵筋斗翻起来，连着翻了好几个翻，又翻着筋斗不见了。这是翻腾术。

看了一圈，这些打把式卖艺的，我稍微能入眼的，就是空手夺白刃的功法了。只见一个人手拿双刀，舞成了一片雪花飞舞，另一个人表演空手夺刀。这要看眼法、身法和步法的灵活了。只见那人左冲右突，一下就近身而入，顷刻间到了舞刀人身旁，拳掌齐出，双刀被磕击落地。

我鼓了几下掌，扔了几个铜钱。

都不是我想找的人。我继续溜达，看到前面一群人围着看表演。

我走过去，原来是有人在那里表演蹬碗，这就是杂耍了。只见一个漂亮女子躺在一条长凳上，一只脚接旁边一个身穿蓝色粗布衣衫的男人扔过来的碗，一只接一只，都挪到另一只脚上，蹬了十几个碗，没有一个掉下来的，姑娘用力再一蹬，那一摞碗飞向了空中，她从长凳上翻身而下，单手凭空一接，那摞粗瓷饭碗都被她接到了手里，毫发无损，没有一只碗掉在地上。

她向大家躬身表达谢意，但却不出声。难道是个哑巴？

我一看，这个姑娘眉清目秀，留着一条很长的辫子。隐约感觉到她身手不错。旁边那个蓝布衫汉子十分精壮，看年龄是这个姑娘的父辈。

我就上前问："你家姑娘年方十几？还有什么绝招没有？"

身穿粗布衣衫的汉子看着我："我家小女红莲，年方二八。绝招？当然有了。但不给钱，不表演。"

我掏出了一锭银子："这点银子，够不够？不够再给。"

汉子说："够了！那就让红莲给你表演个绳技吧。"说罢，他从身后的一个袋子里取出一卷指头粗的绳子，交给了红莲姑娘。

红莲姑娘笑吟吟的，朝大家鞠了一个躬，然后就又回到了场子里。围观的人越来越多了。只见那姑娘来到场子中央，将那一卷绳子的绳头取出来，一点点地解开，解到了一定的长度，她就抓住绳头向空中抛去。

我看到她抛上去，绳子落下来，她再抛，绳子又落下来。她继续抛，那绳子越抛越高，绳头飞着飞着，就不再落下来，而是伸向了看不见的地方，伸向了街巷深处的某地，似乎绳头挂在了那里，姑娘猛地一拉，绳子很吃力，绷紧了，成了一条倾斜向上的绳桥。

姑娘把手里剩下的半卷绳子交给了她爹，汉子把绳子一拉，绳子又绷紧了，只见姑娘腾身一跃，就站在了绳子上，如同狸猫一般轻巧，嗖嗖嗖地就走了上去。红色的绳子在她脚下轻微弹动，依旧绷直着。

我还没有反应过来，只一眨眼，姑娘从绳子的尽头消失了。众人看呆了。姑娘凭空消失，这绳技之高妙，我从来没见过。

我们还在诧异中，片刻后，她笑吟吟地出现在我们的背后。

原来，她早就从绳子那一端下来，从我们的身后绕过来了。

我明白这是一位高手。我赶忙拉住汉子，说要和他喝一杯。

我把父女俩拉到了旁边的酒肆中。汉子说，他姓林，是河北沧州人，因北方战乱，燕王起事南下，战事不断，他带着女儿才逃到了南京。

我了解到他还擅长土行术，而他家小女林红莲，最擅长的就是绳技。红莲确实是个哑巴，不会说话。

我问："她是哑巴？看不出来。您的土行术，是能在地底下飞快地行走吗？"

他笑了："呵呵。所谓的土行术，不是真的能在土里行走如飞。那是不可能的。土行，是善于在地底下挖掘通道。我的土行术，就是挖暗道，打通各种横井竖井，然后逃跑。这南京城地下有很多明道暗道，还通着水系。我肯定能在南京城地底下挖通通道，自由出入南京城。”

我很高兴，建文帝现在最缺的就是他这样的奇人了。“我需要你帮忙，告诉你吧，我是建文帝身边的人，今天就是为了来找奇人的。我找到了。你家红莲姑娘的绳技，也非常神奇，闻所未闻啊。”

“小女的绳技，今天只是露出一点点，这绳子可以抛得很高，再高的城墙，她都能把绳子抛过去，然后顺着绳子跑上去。”

我简直喜出望外。我想，一旦建文帝遇到了危厄，这对父女就能派上用场了。他们的土行术和绳技都是绝技。作为建文帝的护卫统领，我必须替主子着想。建文帝优柔寡断，燕王朱棣的人马步步紧逼，早晚南京城会有一场谁都无法预料的血腥之战，必须未雨绸缪。

三

方孝孺完全夸大了盛庸和陈瑄统领的长江水师的实力和作战能力。实际情况是，六月三日，燕王在浦子口江面，一举击败了盛庸的水师。消息传来，建文帝心急火燎，命令陈瑄率长江江南水师立即增援盛庸的部队。

在城墙垛口远远看去，只见陈瑄的水师旌旗招展，在长江之上浩浩荡荡，接天而去。

建文帝说：“这样威武庞大的水师出马，他燕王岂不瑟瑟发抖，立即投降？”

但陈瑄带着水师却不是去增援盛庸的，他是去投降的。

陈瑄要率部投降的消息传入江边的燕王军营中，朱棣大喜过望。

为什么？因为他的部队大都是骑兵和步兵，水军很少，为了渡江战役，他派人从扬州运河上临时拼凑、征集了一些船只，数量少、载重轻，很难完成他的渡江计划。这下陈瑄统领的长江水师不战而降，对于他实在是雪中送炭。

他赶紧下令安抚和嘉奖陈瑄，又悄悄让自己的部将接管了陈瑄的实际指挥权。

这时，南京方面也得知了陈瑄叛变的消息，建文帝一口气没上来，在朝廷里当场晕厥了。方孝孺赶紧让太医来，诊治救护了半天，建文帝才苏醒过来，却愣怔半天，无法言语。

方孝孺征得建文帝的首肯，派兵部侍郎陈植去长江城防部队督战。

陈植作为兵部侍郎，十分焦急，他心里清楚，假如长江防守部队的军心涣散了，士气低迷了，胜败的天平就会倒向燕王朱棣。

他到了长江城防部队里谈话摸底，发现这些士兵都知道燕王朱棣能征善战，心里十分惧怕，加之水师统领陈瑄都迎降了，这对他们的心理冲击很大。这仗还怎么打？普遍认为没法打。

陈植召开军队统领高级会议，有一位姓金的都督也明说了这个仗没法打，自己也想投降，结果被陈植严加斥责。陈植认为，此时金都督不仅不想打仗，还要临阵变节，不顾君臣仁义，简直猪狗不如。

两个人吵起来了。金都督恼羞成怒，在他的部队指挥所里，金都督纠集党羽把陈植杀了，然后金都督率领长江塞防的士兵向朱棣投降了。

这金都督心里喜滋滋的，他以为自己率部投降会得到燕王的厚待，还想邀功请赏。燕王朱棣却十分老辣，他立即下令，杀掉了赶来投降的金都督。他认为，这人关键时刻毫无气节，丧失做人为官的基本底线，应该斥责并严厉惩罚，杀头以儆效尤。

同时，朱棣下令用最好的棺木盛殓被杀的兵部侍郎陈植的尸体，厚葬忠臣陈植，还大张旗鼓地派人把他埋葬在白石山。

四

六月的渡江战役打响之前，朱棣祭祀了长江之神，同时宣读了一篇誓词。誓词强调，大明的江山社稷是明太祖打下来的，必须要捍卫大明的秩序，保卫大明的子民安危，清君侧而使大明江山不被建文帝身边坏人动摇根基。

这一天天气特别好，江上波澜不惊，天上白云飘飘，燕王下令渡江，渡江战役打响了。

由于陈瑄率领的长江水师已经投降燕王，现在朱棣的水师十分壮大，在长江上一字排开，浩浩荡荡，旌旗招展，万船齐发。船上的士兵盔甲鲜明，兵器闪闪，旌旗猎猎，气势如虹，战船在江上连绵几十里，向对岸开去。

盛庸前几天被打败，并未投降，他重整水师，从高资港口快速出击，迎战朱棣水师。

只见江面上炮声隆隆，水花四溅。这一番战斗进行了一个上午，才分出了胜负，盛庸的水师在气势上矮了一截，他的战船有的被击沉，有的被凿沉，有的逃跑了。盛庸水师落败了。剩下的战船都落入了朱棣的手里，南岸的驻军大营也被燕王的骑兵偷袭击垮。

盛庸逃跑了，手下将士死伤枕藉，大部分投降了朱棣。

燕王朱棣命令，将投降他的所有建文帝水师的船上都挂上黄旗，在长江之上来回巡游，宣示着燕王的胜利。

但他没有急着立即进攻南京。他知道，南京城内还有二十万士兵守卫。再说附近的镇江还有建文帝的精兵守卫，一旦他们从侧翼打过来，自己就腹背受敌了。

善于用兵的朱棣决定先把镇江拿下来，然后再给南京致命一击。

长江之上，投降朱棣的建文帝水师船只挂着黄旗来回游走，的确使得镇江的守军胆战心惊，军心涣散。

燕王又悄悄派出说客，找到镇江守将童俊，试图劝降童俊。童俊眼看着长江塞防已经完全解体，建文帝的水军如今大部分都在朱棣的手里了，就横下一条心，率部投降了燕王。

镇江被拿下来，燕王的心里就有底了。他继续西进，到达龙潭，从这里都能看到南京钟山的影子了。

消息传到了南京城内的建文帝那里，他心急如焚。听了方孝孺的建议，将南京城外的居民都迁入城内，无论物品、存粮和各种用具，全都运回南京城内，广积粮，深挖洞，准备进行南京守城保卫战。

同时，建文帝厉兵秣马，一边让人操练城内的十多万守军士兵，口号震天响，以壮士气，一边又派出曹国公李景隆、兵部尚书茹常前往龙潭面见朱棣，继续表达愿意割地求和的心愿。他还派了朱棣比较亲近的亲王谷王和安王一起随同前往。

就像见庆成公主那样，朱棣看到来客，把原来给庆成公主的话又说了一遍，还讽刺谷王和安王：“两位兄弟亲王，建文帝的削藩都削到了你们头上了，你们来做说客，脑子是不是有病啊?”

他们没有任何收获，回来了。看来朱棣发起攻城之战，置建文帝于死地是肯定的了。

一向有些优柔寡断的建文帝，在廷议的时候反而坚毅了起来。他说他倒是不怕死，但担心的就是南京的臣子和老百姓。有的大臣建议，说皇帝陛下得赶紧走，劝说他立即南走浙江，或者去湖南也行，总之南京是要放弃了。

建文帝没有了主意，控制不住情绪，在大臣面前痛哭起来。

方孝孺安慰了他，说必须要死守南京，决一死战，天道在他这一边。一边要守城备战，一边赶紧派人出去，四处寻求勤王。

建文帝让魏国公徐辉祖和弟弟、左都督徐增寿抓紧布防守卫京师城池，一边派人出城，寻求勤王之兵。

五

燕王的大军距离南京只有一步之遥，他的部队包围了整个南京城，就像是铁桶一样，里面的人插翅难飞。有消息说，他即将发起总攻，只要是不投降，就屠杀全部守军。

我在这个时候劝说建文帝，赶紧逃走吧!

但建文帝十分坚决，“不，朕要与南京共存亡。”

等到了傍晚，传来了燕王的大部队从金川门进入南京的消息。连方孝孺都着急了，他跑来劝说建文帝:

“走吧! 陛下必须离开了。留得青山在，不怕没柴烧。”

“可勤王的士兵在哪里呢?”建文帝还在盼着勤王的部队驰援南京呢。他不知道的是，他派出四处求援的骑兵信使，都被燕王的部队擒获了。燕王还缴获了密封在蜡丸里面的求救密信，燕王更加痛恨建文帝了。

此时，进入南京城的燕王士兵正在清剿建文帝的队伍。南京城内到处都是喊杀声，尸横遍野。不知道是哪里着火了，火光冲天，滚滚的浓烟飘进了皇宫，南京城到了最乱的时候。

很多大臣力劝建文帝离开。燕王的大军正在一层层地包围着南京城，进城的士兵也不断杀败守城的士兵，在向皇宫逼近。

方孝孺得到消息，燕王密令，见到建文帝先杀了再说，谁先杀了建文帝，谁就是头功一件。那些如狼似虎的将领和兵士正在向皇宫这边赶来。

方孝孺又去布置守卫宫城的防卫了。

我劝说建文帝："人心已经散了，人心都在陛下这里。可燕王如狼似虎，与其死在他手里，不如现在就走吧！"

"好吧，我走。可我怎么走呢？"建文帝愁眉不展，他似乎从来都没有料想到会是这样一个结局。

我们却都想到了这一点。有他的旨意，就好办了。我立即着手实施建文帝出逃计划。

我找来红莲姑娘，让她给建文帝化装。红莲心灵手巧，这个哑巴姑娘是侠女一个，她随身斜背着一个包袱，打开，都是她用来装扮人的东西。在给皇帝化装之前，我向建文帝鞠躬说："陛下，请恕罪！"

建文帝眼神空茫地摆了摆手，意思是都听你们的吧。

红莲姑娘手脚麻利，用剃刀三下五除二就把建文帝剃成了一个秃瓢，然后拿出准备好的黄色僧衣，让建文帝穿上。

建文帝穿上了僧衣僧鞋，苦笑了一下："还真像个和尚。可是我这么出宫，目标不是更明显了吗？"

我们护着建文帝来到了内宫大门，我指给他看站在院子里的人。只见黄压压的几百个和尚，正站在院子里候着呢。我说："陛下混入他们中间，谁都认不出来的。"

我拉着建文帝，迅速走入了和尚的队伍里。这些和尚一共有三百人，趁着暮色向宫外疾走。

一出宫门，我们就闻到了浓烈的硝烟气息。到处都是奔走的百姓、哭号的孩子和咒骂的老人。南京城乱了，陷入了恐慌之中。人们在大街上奔走，方向却不一样。到处都是逃跑的人。三百个和尚的出现也没有引起太多人的注意，建文帝混在他们中间，实在看不出任何分别。

第一道城门在混乱中，被我们通过了。大批燕王的士兵和我们相向而行，却并未阻拦这群和尚。

暮色低沉下来，南京城内火光熊熊，到处都是“抓建文帝！抓建文帝！”的呼喊。

我紧紧地护卫着建文帝，我能感到他薄弱的心跳，感觉到他外表很平静，内心里却很悲凉。我也能感觉到他内心的坚毅在一点点增强。他明白，现在他必须要活着逃出南京，才是对燕王朱棣的最大否定。

六

眼看到了第二道关，这时，前面已经被燕王的士兵封锁了。道路被堵得水泄不通。从城里往外逃的人特别多，但都过不去。我们这群和尚有三百个，也在人群中间拥挤着，无法通过。

这时，我要启用我的第二个方案了。

前面说了，红莲的父亲老林是一位土行高手。我早早就让他开始挖掘地下暗道了。他挖的暗道连通了贯穿南京的河汊，还直通秦淮河。

这么一来，从南京城的地底下走，建文帝也是可以逃出去的。

“走，这边走。”我拉着建文帝朝一处街坊疾走。到了一处院落里，我说：“陛下，咱们从这口井里钻进去，然后进入地下暗道，可以一直通达秦淮河，然后再上船，从河道逃到外城，有接应的人带陛下向南走。”

建文帝神色凝重地点了点头。他才三十多岁，但这几天似乎老了很多。我们下到了枯井之中。这时红莲又取出了一套淡蓝色的衣衫给他换上，脚上也换成了轻便的布鞋，建文帝变成了一个布衣男子。僧衣僧鞋被红莲卷起来，塞到了一处缝隙里。

在枯井中，适应了一阵井下的暗黑，我点亮了油布毡子火把。一阵小风将火苗吹向一个方向。这个时候，我看到建文帝的眼神亮了一下，那是希望的火苗，点亮了逃生的通道。一条横向延伸的地道，出现在我们面前，而在通道的深处，传来了一个沉闷的声音：

“往里面走，我在这边等你们呢。”

原来，那是红莲的父亲。他用他的土行术，在我的布置下，将一条暗道贯通了。

我们猫腰前进，建文帝在最前面，我和红莲跟在后面。很快和老林会合了。

老林拜见建文帝，泪如雨下。建文帝苦笑了一下。我们都知道，此刻的建文帝已经不是过去的那个皇帝了。

建文帝说："不必客气了，我也不是皇帝了，从此之后，你们就按照朋友的称呼，称呼我吧。"

老林在前面走，我们喘着气跟着，在地道之下东拐西拐，走了半个时辰，只有老林知道南京城的地下是多么复杂。一条条暗道连接了横井和竖井，有的还是废井，废井又连接了下水道，下水道连接了暗河，暗河连接了明河，明河直通秦淮河。

"真是没有想到，这南京城的地底下，还有这么多的横井、竖井和暗道。"建文帝的体力不支，我搀扶着他，走走停停，走出了暗道，走到了外面，算是过了第二关。

我们距离逃出南京城，就剩一点距离了。

从暗道出来，靠近河道，一条空船在一处渡口等待着。

我们四人上了船，继续朝前走。忽然，岸上出现了一群士兵，看到了我们，大喊："停下来，检查！检查！"

老林不停，继续使劲划船。

那些士兵开始放箭了。嗖嗖的箭射过来，我手里的刀，红莲手里的短剑在格挡着。我们护卫住建文帝。老林赶紧划船，向另一侧的河岸划去，打算靠岸。只听见他"啊呀"一声，我一看，老林中箭了。

"你们快走！不要管我！"老林在黑暗吞噬了天空，也吞噬了他的最后时刻，留下了最后一句话。

我会永远都记住他的这句话，不要管我，你们快走！

红莲泣不成声。我们停顿了一下，看到老林的身体软了下去，鲜血从后背渗出来。我一看，多亏了他的土行术，我们才到达了这里，而我必须保卫建文帝，顺利逃出南京城。

七

我们上岸，继续奔走。走啊走，眼看着城内火光冲天。有那么一阵子，建文帝无限眷恋地遥望着皇宫的方向，那是他在里面待了四年时光的皇宫。从此，那里再也不会属于他了。我能够想象到建文帝此刻悲愤和绝望的心情。这时，我听到了遥远之处的厮杀声。

阵阵硝烟飘来，可以想见，守卫南京城的士兵还在继续和燕王的士兵厮杀。而我们要继续出逃，逃出南京城。

我感觉，此刻的建文帝意志坚定。四年多以来，他即位后，削藩，勤政，免税，做了很多好事。他肯定是一个好皇帝。但现在情况变了，燕王的部队已经攻入了南京城，南京城不再是他的了，王朝也不是他的了，就像他现在已经脱去了皇帝的冠冕和服饰，穿着最普通老百姓的布衣，潜藏在民间一样。

我们抵达了城墙边。我知道，此刻我们不能朝金川门那边走。南京城的任何一道城门，都被燕王的部队把守着，进出门洞的人都被严密盘查，他们唯一的目的就是抓住建文帝，不让他跑了。这一点我们都很清楚。

面对横亘在面前的高大城墙，建文帝发出了绝望的哀叹：

“这下，我是插翅难逃了！”

“不，陛下，您可以越过这道城墙。因为，红莲有绝技。”我笑了笑。

哑女红莲不动声色，从背包中取出了一卷绳索，还是几个月前我见过的那套绳索。

我说：“陛下，请看。”

“不要再叫我陛下了，陛下没有了，我现在就是无名之人！”建文帝说。

红莲解开了绳圈，然后把半卷绳子交到了我的手上。她站开来，距离我们一丈远，开始把手里的绳头向天上抛。

一下，两下，三下，四下，五下，六下，七下，八下。

她越抛，那绳头飞得越高，直直地飞上天，就好像天上有一个人在接她抛上去的绳子一样。即使在黑暗中，我们也能看见，那绳子抛着抛着，就斜斜地越过了南京城那高大的城墙。我用力一拉，绳子绷直了。

“走了！”我喊。只见红莲把建文帝的手一拉，建文帝就已然腾空而起，红莲在前面腾跃，双脚走着，建文帝在她手拉着手的助力之下，两个人沿着绳子斜斜地向上走去。

我看呆了，我确实看呆了。尽管这一切都是我策划好的，可当这一幕终于出现在我眼前的时候，我还是看呆了。是的，红莲这绝妙的绳技真是让我大开眼界，让我觉得匪夷所思，又眼见为实，让我长吁了一口气，又短短地惊叫了一声。

我看见红莲姑娘拉着建文帝的手，在那细细的绳子上迅速上升，腾腾腾就跑了上去，跑进了黑暗里，越过了南京城的城墙，然后不见了。

那一天，很长的时间里，我都在城墙的这一端，紧紧地拽着绳子。绳子绷得很紧，我不知道绳子的那一头到底挂在了哪里，这简直是有如神助，是我怎么都想不通的事情。

我呆呆地站在那里，我早就看不到他们了。

我知道建文帝一定逃出了南京城。许久，我感到手里紧绷的绳子忽然一松，眼看着从斜刺里的黑暗中，那绳子猛然地弹缩回来，像一条死去的长蛇没了生气那样掉落下来。

我慢慢地把绳子一圈一圈拉着，收在自己的手里，然后放进背囊。我笑了，建文帝从此逃出生天，我的任务完成了。

我转身向那火光冲天的内城而去。

在那里，燕王的士兵正在杀伐，而鲜血在泼洒，兵器在格击，火焰在燃烧。我的使命完成了。即使死亡在等待着我，我依然向那个方向返身而去。

（原载《青年作家》2020年第7期）

最后一天和另外的某一天

◎艾　伟

窗子很高，几乎直接抵在厂房屋檐下。窗外的天空飞过一群麻雀，发出叽叽喳喳的声音。天空寂静，鸟声惊心。这儿地处城郊，四周都是农田。窗子太高，厂子里的人没法看到农田和庄稼，只能看得见天空。麻雀成群结队出没。

早上六点钟起床铃准时响起。屋子里有十二个人，有六张上下铺的床。她们起床，穿衣服，然后开始折叠被子。被子折叠成部队那样方正，棱角分明。一阵忙乱后，十二个人都整理好了。房间寂寂无声。晨曦从窗外透入，房舍整洁，一尘不染。半个小时后，门打开了。有一个小时可以洗漱。洗漱的工具放在走道尽头的卫生间里。每个人的洗漱用具都放在那儿。俞佩华洗脸。卫生间东、西各有一面镜子。一些人排队在照镜子。俞佩华难得站到镜子前面去。今天她有些想去镜子前看看自己，又害怕看到自己的脸。

方敏正在大门处等着她。方敏脸上没有表情，用惯常的不容商量的口吻说，今天你可以不去厂里。俞佩华低下头，没看方敏，她回答，还是去吧，最后一天了。

厂房生产一种模仿芭比娃娃的玩偶。她们不知道这些产品在商店出售时会贴上什么牌子。洋娃娃有三十厘米和四十厘米两种。三十厘米那种供幼童玩，服装艳丽，服装的领子和衣袖上夸张地镶着蕾丝边。四十厘米那种是给成熟一点的女孩玩的，橡胶身体有精致的乳房，穿上衣服后，俨然是个性感女郎了。工作台上摆满了手臂、腿、头部、身体、各种颜色的头发、眼睛和服装等。她们要把它们组装起来，成为一只成品的洋娃娃。

除了干活发出的声响，厂房里没人说话。工作是定量的，有数量及成品率的要求。她们要把一天的任务完成了才能上床休息。工作量大，要按时完成不太容易。那些新来的，手脚笨，更得抓紧时间。吃中饭也是狼吞虎咽，吃完就抓紧干活。俞佩华完成定额没任何问题，她在这里待了十七年了。

黄童童来了一年或者更长。俞佩华感觉她来很久了，好像一直在她身边。

在这里时间变得特别漫长。时间又特别清晰，每一天她们算得清清楚楚，像用刀子在心里面刻了一道做记号。黄童童在俞佩华左边干活。黄童童长得很漂亮，有点像她们在制作的四十厘米那种洋娃娃。她以前的头发应该是染成棕色的，刚来时，她发端的颜色还是棕色的。黄童童有点傻，并且是个哑巴。不过不奇怪。到这里来的人要么特别聪明，要么特别傻。

眼睛是最后一道工序。洋娃娃没放上眼睛时，会呈现出骇人的表情。俞佩华想起黄童童刚来那会儿也是这个样子，目光里的恐惧深不见底，就像一只没装上眼睛的洋娃娃。

三十厘米的洋娃娃会说话，需要在身体里安装一个电池盒。黄童童正在把电池盒的接线焊接上去。这是最见功夫的一道工序。黄童童拿着焊枪，双手老是抖，焊了几次都失败。如果再焊接不上要成为废品了。黄童童以往不是这样的，她能准确地把接线焊接好。一年训练下来黄童童已是个熟练工。这不奇怪，只要安装超过一万只，任何人都可以闭着眼睛把电池盒子安装好。

黄童童终于安装好了。俞佩华松了一口气。

今天黄童童有些恍惚，做工时老是控制不住双手。她生病了吗？黄童童正在找她的镊子，可镊子刚才还在她的右手上，这会儿不知跑到哪儿去了。这是黄童童的老毛病。她老是丢三落四，找不到工具。俞佩华告诉过她，工具一定要固定摆好，熟练到“盲取”的程度。黄童童向俞佩华要镊子。俞佩华没把自己的镊子递给她，让黄童童自己把工具放整齐之后再干活。黄童童突然问，你要走了吗？这一年俞佩华学会了手语。她吃了一惊，她没告诉黄童童明天要离开这里。同宿舍的人是知道的，但她们都没有说起这事。一个人离去，她们的心会空一阵子。大家都懂这种心情，这种时候会绝望。不说出来就好多了。在这儿情绪波动越少越好，否则会麻烦。俞佩华没有主动提这事。一切像什么也没发生一样。

俞佩华没回答，看着黄童童，黄童童的目光凶巴巴的。或者不是凶，是恐惧。俞佩华一把从黄童童手里抢过那只玩偶，做起来。她看到黄童童盛玩具娃娃的盒子里没几只成品，这样下去，她将完不成今天的额度。难道她今晚不想睡了吗？俞佩华用手语告诉黄童童，让她把俞佩华装满洋娃娃的盒子堆放到号子处，并要她冷静一些。一百二十九号是俞佩华的号子。黄童童是一百三十号。中间的皮带上放着收纳成品的盒子。等到中午，皮带会转动起来，运转到另一个厂房质检。

我会来看你的。俞佩华用手语说。她刚做好一只四十厘米的娃娃。有一天，黄童童完成一只性感娃娃，对俞佩华说，我好喜欢，真想带一个回去。这是不可能的。俞佩华说，千万别偷偷拿回去，这不是闹着玩的。我以后会送你一只。

你不相信我会来看你？俞佩华说。黄童童没看她。黄童童的目光这会儿投向东边的高窗，天空上的白云一动不动。

窗外的太阳照在工厂的水泥地面上，缓慢地从西向东移动，快到中午的时候，太阳光束立在东边的墙边，好像白色的墙面拉了一层光幕。

厂子里有八十多人。从监视器里看，场面相当壮观。她们坐在工作台前，穿着同样的衣服，年龄各不相同，动作也有差异，但还是能找到一致性。她们面部没有表情，专注让她们显得更为机械。她们手上的洋娃娃，有的正在装配身体，有的正在穿上衣服，有的在固定头发。她们做好的玩具整齐地躺在工作台上。即便厂外的阳光很好，工厂的大灯依旧是亮着的。现在是夏天，大灯散发出灼人的热力，厂内的温度更高了。一些人脊背处渗出细密的汗珠。

陈和平一直观察着俞佩华和黄童童的一举一动。方敏忙于手头的一份档案。明天俞佩华要走了，俞佩华的相关文件需要归档封存。她寄存的物品不多，方敏已让人把物品放到一只简易的旅行包里。方敏复印了各种表彰的官方证明。方敏觉得俞佩华不一定在乎，但这些证明在她以后的生活中是用得着的。十七年里，俞佩华几乎年年都被评为优等。也就是说她在这儿没出过一次差错，没扣过一分。方敏查过并且熟知俞佩华的档案内容。在做化学老师时，她也是年年先进。可就是这样的人干出了那种事。

有一个年轻的女警进来，告诉方敏，她通知了俞佩华的儿子，她儿子说不来接。方敏点了点头，这在她预料中。来到这里后，俞佩华几乎谁也不见，儿子和母亲来看过她，她拒见。她的案子太骇人听闻。她难以面对亲人。她只见过丈夫一面，原因是为了和丈夫离婚。她没多说话，只说把她忘掉，因为她会在这儿待上一辈子，这对他们来说更好。没想到她能减到十七年。十七年在这里一成不变，外面发生了多少事啊。俞佩华的母亲这期间过世了。方敏记得，把母亲亡故的消息告诉俞佩华时，俞佩华并没有停止手中的活，好长时间没有抬头。电焊条冒着青烟，方敏担心俞佩华把焊枪刺入她的手心。

陈和平朝方敏这边望了望，继续看着监控，好像发现了什么秘密。陈和平问，俞佩华来这儿时儿子多大？方敏说，九岁吧。

方敏看了陈和平一眼。方敏偶尔会感慨，职业真是有着自己的生命方向，会带着人往某个方向长。陈和平虽然是方敏的同学，但他现在成了一位艺术家，这个年龄了，身上竟还带着一些少年气质。而她长久在这儿待着，整天板着个脸，大概这张脸已经面目可憎了。

方敏来到监控器前，看到黄童童一脸不悦地在搬东西，俞佩华也是怒气冲冲的样子。方敏说，我本来想安排你和俞佩华见上一面的，你来一趟这里不容易。

陈和平说，进你们这里确实麻烦，我手机被缴了，介绍信和身份证也押了，到这里过了三道大铁门，每次到你们这儿都有一种进了中央情报局的感觉。我看不出她们有什么危险。

方敏说，可不能小瞧她们，要是由着她们的性子，不少人可是致命武器。当然大多数人与外面的人相差没想象的那么大。

俞佩华今天拒绝休息，方敏有点意外，也有点不高兴。俞佩华违拗了她的指令。这是俞佩华第一次表现出同平常不一样的意志。不过方敏没往心里去，猜想这同黄童童有关。

这儿表面上有严格的秩序，一切井井有条，但只要有人的地方，都是复杂的。这儿暗地里比哪里都遵循丛林法则。方敏当然知道犯人们之间的勾当，既然无法根除这种人与生俱来的恶习，只要不露出水面，谁也不会去管。黄童童刚进来时是这丛林里的小白兔，很多猎枪对着她。她又是个哑巴，被欺还不会开口说话。她动手能力弱，完不成任务，好不容易做好几只玩具娃娃，在她上厕所时还被别人占为己有（上厕所是要申请的，并且只能上下午各一次，她们不能喝太多的水）。黄童童回来后大吵大闹。这很幼稚，也很危险，监控记录得一清二楚，事闹大会被处罚。俞佩华把黄童童叫到一边，让她从自己那儿拿走做好的成品。

黄童童心智极不成熟。在食堂做伙食的欺生（这女人是从她们中抽调到伙食班的），给黄童童打的饭和菜很少，黄童童一直处在饥饿之中。食堂的饭菜并不好，仅能维持生存以及劳动所需要的营养。荤菜比如猪肉不是每餐都有，有也只有那么一点点。黄童童终于失去控制，发泄了压抑已久的不满，把刚打的汤泼到那女人的脸上，烫伤了那女人的脸。这是露出水面了，看得见的错全在黄童童。黄童童因此关了一周的禁闭。

黄童童一周后放出来已不成人样。那地方谁忍受得了。她都有些疯疯癫癫了。俞佩华向方敏要求黄童童在自己工号边做工。方敏意识到俞佩华想帮黄童童。在这里，难得有人对另外一个人表现出同情心，光凭这一点，俞佩华就值得称赞。她同意了。这是俞佩华这么多年向方敏提的唯一请求。

陈和平一直盯着监视器，好像他今天有什么意外的发现。上次陈和平带来一位演员。应该有些年纪了，不过保养得很好，一举一动带着某种受过舞台训练的仪态，既自然，又优雅。陈和平说让演员来体验一下，深入生活对演出有帮助。

你剧本已在排练了？方敏问。

是的，效果意想不到的好。陈和平说。只要说起他的剧作，他就一点不谦虚了。不过倒也不讨厌，他灿烂的孩子般的微笑把“无耻”完全消解了。

什么时候首演？我想看看。方敏说。

陈和平拉住方敏，指了指监视器上的俞佩华和黄童童，说，她们看上去像一对母女。你瞧见了吧，这就是母爱。女人母爱泛滥是极其可怕的。要是主演看到这一幕就好了，她会受到启发。

你可以手把手教给她啊。方敏讥讽道。

方敏听陈和平讲起过他的一次艳遇。女方把他当孩子，源源不断的母爱让陈和平窒息。

吃饭时她们聚在一起吃。打饭的时候，俞佩华已经知道昨天晚上黄童童哭了一夜，同宿舍的人都被她烦死了。“你自己耳聋，我们听得见。”“是你亲娘死了还是相好死了，哭丧啊？”同宿舍的人毫不客气。俞佩华这才知道今天黄童童做不好工的原因。俞佩华打好饭坐到黄童童对面。黄童童这会儿看上去蛮高兴的，她用手语问，你出去打算干吗？

俞佩华没想过这个问题。她想了好久不知怎么回答。她想起出事那天，她和儿子在看一场电影。要不是看那场电影，要是当时她在家里，母亲发现阁楼里的秘密时，就不会去报警，那就不会有后来的事，她还在过正常的日子呢。

想去看一场电影。俞佩华比画着。她的手语没黄童童打得漂亮，黄童童的手语带着表情，有情绪的时候，手语会变得快而有力，像飞快地做着某个决断。

黄童童的目光又转向窗外，好像有谁在召唤着她。她说，我恐怕这辈子不能在电影院看一场电影了。

这里很明亮，很干净。劳动成为她们生活的所有。她们会被集中在一起唱歌，唱歌时脑子一片空白。她们不让自己想事。每个人背后都挂着一个长长的暗影。在这里，谁都不谈自己是怎么进来的，奇怪的是过不了多久人人都知道谁干了什么事。黄童童杀死了自己的继父。继父欺负她母亲还欺负她。

如果活儿干得好，你可以像我一样，十七年后就可以去电影院了。俞佩华说。我到时候陪你一起看。她又说。活儿干得好不难，你只要照我说的做，一定能干好。她的手势停在OK的位置。

我不可能十七年就出去。黄童童说。

熄灯铃响了。大家上床。俞佩华没脱衣服，好像脱掉衣服睡觉的话，她会永远留在这儿。她没睡着，时间仿佛停止了。在这儿十七年，她从来没像今天晚上这样感到时间凝滞不动。好像不会再有黎明，长夜将永远留在今晚。这也是她愿意今天继续干活的原因。当然黄童童也是一个重要的原因。她很难想象这个女孩能够承受得了这里的一切，待上漫长的一生。想到黄童童吃饭时高兴的样子，她有些不安。

窗子没有窗帘。月光从窗子射入。月光像一把刀子，插入这间小屋。这个地方没有植物。这个地方不允许有任何遮挡物。有时候俞佩华会认为这个地方也是从地上生长出来的，是这片空旷田野里的另类植物。她们都睡了。在睡梦中，人就落入黑暗之中。如果她们还有意识，应该也是暗的。凭俞佩华的经验，在这里必须修炼到彻底的暗，彻底的无意识，才能熬过漫长的时光。黄童童做不到。在这不足二十平方米的宿舍里，俞佩华住了十七年，每一个角落她都了然于胸。门边上，她们每人有一个小小的格子，存放个人用品。那个地方存放的东西千篇一律。凡是明处的东西都千篇一律。人与人总是不同的。每个人都有自己小小的标记。在这十七年中，去了几个，也来了几个。新来的那人发现床板上刻满了字，是一句诗词：哲人日已远，典刑在夙昔。曾为教师的俞佩华记得那是文天祥的诗，一句很励志的诗。不知道是走的那个妇女留下的还是这之前的人留下的，这次走的女人七十六岁了，她把漫长的岁月留在了这里，她竟在这个地方追慕圣人。俞佩华是上铺，她能看到斜对面那个女人。她已沉沉睡去。俞佩华知道她的床头贴着一幅幼稚的儿童画，不过平时用一块布蒙着。

走道上出现混乱的脚步声。在这里每个人都是警觉的。她们虽然一动不动，但俞佩华相信她们醒了。她们的耳朵一定竖了起来，辨析着走道上的每一个细节。如果能够，她们会让耳朵像手臂那样伸出去，以便听得更清楚。这里出事可不是好事，会殃及每一个人。俞佩华的心揪了一下。

黎明究竟还是会到来的，也只有她这个彻夜不眠的人才会有那种不必要的念头。俞佩华看着月光在窗外的远处消失，看着晨光在窗外的远处一点点升上来。早晨的空气从窗外透进来，是夏天清冷的空气，有点儿庄稼的香味。俞佩华听说离这儿不远处有一片橘林。每年橘花开的时候，能闻到橘皮剥开时那种清香。终于，她听到了起床的铃声。

她洗漱完毕。方敏来了，面色浮肿，一脸憔悴。也许昨晚真的发生了什么。

她跟着方敏来到一间更衣室。她要在这里把身上的这套衣服换掉，换上自己的衬衣。这是一件十七年前穿过的衬衣，她怕不合身了。还可以穿。这十七年，她的身材竟没走样。幸好是夏天，可以穿衬衫。这些十七年前的外套根本无法穿了。

俞佩华看出方敏心情不好。她不敢问。她没资格问一位管教任何问题。她跟着方敏，向大门走去。她第一次看见那扇铁门。来的时候她坐囚车，现在，她得走着出去。方敏走得很快，到了铁门，她回头看了看俞佩华，神情严肃。俞佩华的心悬了起来，好像只要方敏改变主意，她就得回到那个地方。

昨晚出了不好的事，黄童童自杀了。方敏说。她偷藏了厂里的那把镊子，用镊子刺破了血管，幸好发现得早，没生命危险。要是死人的话，是大事件，监区会被究责。

俞佩华愣在那里，好像她的思维停止了运转。这感觉很像她出事那一天。

俞佩华收到一张话剧的票子。票子做得相当考究，比普通票子要细长，上面印着一个不知道谁画的尖顶房子，一半黑一半红。边上印着剧名：《带阁楼的房子》；座号：六排十三号。她猜想应该是方敏寄给她的。她不吃惊。在那儿，方敏告诉过她，有人准备以她的故事写一出戏。在方敏的安排下，她和作家见面。她没办法拒绝，在那儿，她没有任何拒绝的权利，她必须配合。只是她什么也不想说。那人戴着一副精致的黑框眼镜，笑起来依旧带着奇怪的孩子气，表情和善，至少没把她当怪物。她怀疑这么一个天真的人能写一出戏。作家在她心目中是鲁迅那样的形象，警觉、严厉、深刻，一眼可以把人看穿。眼前这个人，他的目光单纯，好像在他眼里，她是位天使。她不是。她是个罪人，法庭也是这么判的。这一点必须清楚。那天她没说什么，全是作家在自说自话，但方敏后来对她说，作家觉得很有收获，因为他握她的手时，她的手很暖和，比一般女性要暖和。这是一个重要的细节。作家是这么告诉方敏的。

现在住的房子是租的。刑期快到前的一个月，方敏问起她出狱后的打算。她不可能回老家。她让自己的亲人都抬不起头来，她不能再出现在他们面前，让他们平复的伤口再次被揭开。她想找一个地方度过余生。方敏主动提出帮她租房子。房子在北部城郊，房租便宜，合她心意。在里面劳作每月有五百元补助（前些年没那么多），十七年下来积下五万多块钱。汶川地震时她捐了两千元。其他的钱她没用过。在那儿她没任何消费，生活水平降到最低程度。

她很快找到了工作。她去了一家玩具厂。十七年的训练让她已是一位最优秀的工人。车间主任对她还算照顾，从来不问她的来历。民营小企业不关心你来自哪里。

有一天她突然思念起自己的儿子。她回了一趟老家。她不敢让人看见她。他们一定以为她将在牢里待上一辈子。人们见到她会吓坏吗？会把她当成鬼吗？也许他们根本认不出她来了。她躲在家对面公园的一棵大树后面观察。儿子和她想象的完全不一样，她差不多认不出他来了，他面色苍白，看上去一副落魄的样子，脸上带着长期熬夜后产生的混乱气息。她后悔来看他。这应该早已料得到的。出了那样的事，同她有关的人都不会好过。她把他们的生活毁掉了。某一刻，她有冲动想站到儿子面前，告诉他，妈妈出来了。她忍住了。她不能这样做。那天她在大树后独自掉泪，待到天黑，然后安静地离开。最好装作是一个不在世上的人，这对儿子是最好的。不过儿子也许早已把她当成不存在的人了。

她不再想儿子。她更多想黄童童。她听说黄童童治愈后又关了禁闭。她写过信。黄童童没回。她相当忧心。她曾许诺过会去看她。当时黄童童不相信是对的。她没有勇气。那里的人都认识她，在她们眼里她或许不配以自由人身份到那里探监。她想，也许黄童童过段日子会回她信的。

这天是一个星期天，是话剧首演的日子。她收到票子时心里一直在斗争，是不是要去看。那是个噩梦，为什么要去面对它呢。她自己都快忘掉那档子事了。她起床，叠好被子，像在那里一样，她把被子叠得有棱有角。她有几次想改掉这个习惯，发现很难。另外她怕一旦改掉，她的生活和精神会垮掉，变得不可收拾。她最终决定去看戏。也许能见到方敏，可以问问黄童童的近况。

出门前她收拾了一下自己。她需要坐一个半小时的公交车才能到市中心。她坐在公园的长椅上，看到西湖边游客摩肩接踵。一个中年男人走过时一直看着她，目光毫无遮拦。中年男人走了一段路，脚步慢下来，然后停住，往回转，在她坐着的那把长椅上坐下来。那男人说，给一百元，可不可以同他开房。她吃了一惊。这个男人怎么会往这边想？她吓坏了，马上站起来，几乎是逃跑的，样子十分狼狈。直到走远，她才回想刚才那一幕，有点无来由的兴奋。她竟有那么一点点后悔没跟他去。那人看上去不讨厌。她很久没有了。没碰过男人的身体。她几乎也感觉不到自己的身体。她努力把脑子里浮现的画面抹去，星星之火得尽早熄灭。她无法向另外一个人敞开。很多时候她更希望自己成为空气，别人看不到她。

在南山路的一个角落有一家不起眼的玩具店，很窄的一个门，店里很冷清。老板娘说他们卖的是高档玩具，不是地摊货。进去后，里面空间倒是挺大的，布置得很考究，每一个玩具都有固定的龛子，好像它们是供奉在那里的神祇。她看到绿皮火车、金色五子棋、红色的奥特曼、定量版金刚、微型恐龙骨架……在墙壁的空白处，挂着一些抽象油画，绚烂的光点和线条天真而随性。这时候，她看到在转角处有一只洋娃娃。她吓了一跳，那玩具同她做的几乎一模一样，四十厘米那种，棕红的头发，蓝眼睛，向上翘着的嘴唇，还有穿着的裙子，全都是她记忆中的模样。她最初本能地缩了缩身子，好像重回那个幽闭的监所。一会儿，她慢慢恢复了体力，伸出手去，把那只性感的娃娃从龛子里取了出来。这款产品，从她手中生产了成千上万只。她仔细辨别，是不是自己做的。

她拿起玩具娃娃闻了一下，好像那儿真的留存着她的气味或黄童童的气味。老板娘是个时髦的女人，奇怪地看着她的举动。我要这个。她说。她没看老板娘一眼。价格不便宜，一千二百元。她有点不敢相信。不管是不是那个厂子的产品，她没想到她做的娃娃值这么多钱。那她一年创造了多少价值啊！老板娘夸她有眼光，说这款娃娃是店里最畅销的，许多人都喜欢。老板娘开始替她打包。她说，不用，只要娃娃。老板娘说，这盒子多漂亮啊，免费的，为什么不要呢。她不再反对。盒子确实漂亮，也许洋娃娃放在这样的盒子里才这么值钱。她对老板娘说，我是做洋娃娃的，这种娃娃我做了无数个，数都数不清了。老板娘的脸突然沉了下来，说，我这儿的东西都是进口的，同国产是两回事。

从玩具店出来，俞佩华很高兴。她伸手摸了一下口袋，那张戏票在的。今晚她一定要想办法见到方敏，托方敏把洋娃娃送给黄童童。盒子必须掷掉，那个地方每样东西她们都要开包检查个透。她喜欢把一个没有包装的洋娃娃交给方敏，那感觉像是她刚刚从车间里生产出来一样。她答应过黄童童，会送她一个。她想黄童童会高兴的。她虽然不能把洋娃娃带进宿舍，不能抱着洋娃娃睡觉，因为洋娃娃里面有金属，会有安全隐患。但某些特殊的日子（比如联欢会），管教会允许她和洋娃娃待一段时光。

俞佩华抱着洋娃娃，盼着夜晚的降临。

方敏和陈和平早早坐在胜利剧院。观众陆陆续续地到来。方敏看出陈和平有些紧张，他应该在担心剧场能否坐满。要是空出一大块是很难看的。观众比方敏想象的要多，在开场前十分钟几乎满座了。陈和平又得意起来，对方敏说，现在看话剧是时尚，你应该多看戏才对。看戏的大多数是年轻人。方敏在前排寻找俞佩华的影子。俞佩华在第六排十三号。她在十排。她不确定俞佩华会不会来。在三分钟之前，那个位置是空着的。这会儿，那里已坐着一个人。

她很快认出来了，就是她，端正地坐在那里，腰板挺直，好像在那里听一堂思罪课。方敏不知道她是什么时候进来的，她真的像影子一样无声无息。不过那地方的人都有点像影子。她想过去打个招呼，转念放弃了。这样或许会让俞佩华不能安心看戏。等演出结束再说吧。

对俞佩华，方敏怀着同陈和平一样的好奇心。方敏作为俞佩华的管教，和俞佩华相处了十七年，她在那里的行为堪称楷模，没有一个人能像她那样如此严酷地对待自己，不允许自己出一丝一毫的差错，这种意志力无人能及。方敏相信，这样的人干什么都能成事。另一方面，她一点也不了解俞佩华。她杀了自己的叔叔。九年后案子意外暴露。那时候她已结婚生子。她承认犯案，在法庭上详述了杀死叔叔的整个过程，并坦承当时神志清醒，但法官问她动机，她要么回答不知道要么沉默。在每一次的思过教育时，她发言全是判决书上的判词，只是加深了程度，并且表现出真诚和悔恨，从不涉及当年为何要这么干。陈和平采访她，也是这种态度。有时候方敏觉得俞佩华依旧是一个陌生人，是一个谜。这也是陈和平试图用戏剧的形式探索她内心的原因吧。方敏想看看陈和平怎么理解俞佩华。

七点半，演出正式开始了。俞佩华怀着好奇心看着女主角声嘶力竭地一唱三叹。她好久才认出她来，她见过她一面。一年前她跟着作家来过那里。她提的问题毫无逻辑，无法回答。看了一会儿，俞佩华断定这戏虽然有她的影子，但已同她没有太多关系，那演员演的不是她。她打了一个长长的哈欠。边上一个年轻女孩恶狠狠地看了她一眼。她打起精神装作专注地看戏。

方敏也很快得出结论，这出戏对俞佩华的故事作了全新的想象和拓展。职业也改了。戏中女主角父亲被人谋财害命。女主角和母亲相依为命。一年后，远在广州工作的叔叔住进了这一家，叔叔充当起父亲的角色。女主角对叔叔和母亲的结合非常反感，并怀疑父亲的死与此有关。有一天，女主角洗澡时，叔叔意外闯入，虽然叔叔看上去是无意的，但女主角认为叔叔居心不良。

女主角有一个邻家妹妹，是个哑巴，她喜欢在屋顶攀援，满脑子幻想。夜里，哑巴妹妹来到女主角房间。哑巴说（手语配字幕），我梦见你爸爸了，他同我说，他是被叔叔杀害的。女主角相信这是父亲托梦给哑巴妹妹。看来她的怀疑并非无本之木。哑巴问，要真是这样，你打算怎么办？女主角说，我会杀了他。在舞台的暗处，叔叔听见女主角和哑巴说的话。女主角出门时，看见叔叔匆匆离去的背影。女主角感到不安。

女主角在硫酸厂工作。叔叔和母亲结合以及背后的阴谋开始在厂里流传。有同事拿此事当面嘲笑女主角。女主角像豹子一样扑过去，掐住那位同事的脖子。有人拖开了女主角。女主角告诫所有人，要是有人再敢造谣，再敢胡说八道，她会把硫酸泼到他脸上。话说得狠，但女主角看上去很无助，她蜷缩着抽泣起来，浑身打战。

方敏看出来，导演是用日常化的方式处理戏剧性，舞台平和沉静，某种悬疑氛围又让观众感觉到不安。演员显然完全没有做到导演想要的，表演略显夸张。音乐不错。她没把感受告诉陈和平，免得他笑话她这个外行。

女主角的疑心越来越重，变得疯疯癫癫。女主角发疯的戏演得好极了，每一句话都像胡言乱语，可句句都如利剑刺向叔叔。叔叔认为侄女得了疯症，在母亲的恳求下，叔叔把她送往精神病院治疗。

此时，整个剧场鸦雀无声。观众沉浸在某种悲剧氛围之中。六排十三号的俞佩华一如既往地挺直腰板，这个动作坐下后没有动过，仿佛她是一尊雕像。方敏想，如果剧场里每个人都如俞佩华这样，演员会崩溃。

演出继续。女主角从医院出来后回到硫酸厂工作。她变了一个人，沉默寡言，独来独往。她恨叔叔，残忍地把她送进疯人院。他们用各种仪器对付她（她没病不肯吃药被电击过）。现在女主角坚信是叔叔杀死了父亲。叔叔不但占有了父亲的财产还占有了母亲。接着女主角又遭受了一次打击，她十分喜欢的哑巴妹妹，在一次攀援中意外从屋顶落下摔死了。对哑巴妹妹的死，女主角怀疑是叔叔所为。

一天，家中无人，叔叔喝醉了酒来到女主角的房间，叔叔酒气熏天，说侄女冤枉他，他为这个家操碎了心，可侄女从来不感谢他，还……叔叔悲伤地哭泣起来。女主角用早已准备好的二十颗安眠药放入开水中，递给叔叔。叔叔拿过杯子，仿佛得到巨大的安慰，悲伤地哭了，口中说，我的好侄女，谢谢，谢谢你接纳叔叔，然后一口喝掉开水。在安眠药的作用下，叔叔睡死过去。女主角用一根电话线勒死了叔叔。她把叔叔拖到卫生间浴缸里，把她从硫酸厂搞来的硫酸倒在叔叔的尸体上。在舞台上冒出一股白烟……

女主角：没流一滴血，他就死了。（她看了看上苍，好像爸爸和哑巴妹妹正看着她）看到了吗？这个魔鬼已化成了一股烟。不过，还有几根白骨，可是我的硫酸用完了。（突然失声痛哭）我杀人了，我做得对吗？为什么你们沉默不语？也许我真的生病了，我总是心神不宁，妈妈说我已疯了，邻居也说我神志不清……（慢慢平复，自语）我还得处理这几根残骨……等等，我想起来了，我房间有一只盒子，我把残骨放在盒子里吧……

方敏研读过俞佩华的案宗，剧中杀死叔叔的场景，除了对话，其中的细节和俞佩华在法庭上的陈述完全一致。从开场到现在过去了一小时，应该还有差不多一半的戏。叔叔已经死了，下面会发生什么？叔叔的突然消失，母亲非常伤心，疑虑重重。邻居们倒是没感到任何奇怪，他们都带着嘲讽的口吻说男人抛弃这家子回广州了。

故事的转折来自于父亲案子的破获。父亲是被另一个人杀死的，警察抓到了那个人，那人也招供了。这件事震惊了女主角。这么说她无缘无故杀了一个人？难道是她错了？难道是因为她不能接受叔叔和母亲的行为，把想象当成了事实？难道当年自己真的因为失心而疯魔过？也许这就是她被送往医院的原因。

愧疚感开始折磨女主角。母亲又念叨起叔叔，对女主角说，我知道你不喜欢他，但你生病时，他每周来医院看你，只是你不肯见他，他很伤心。他如今在哪里？怎么把我们抛弃了呢？

戏开始向高潮推进。女主角再次在楼道口对着阁楼祭祀。这一场面震撼了方敏。舞台的灯光是红黑两色。黑的这一方是女人，红的是阁楼。舞台上只有女主角一人，她烧了很多纸钱，然而高举三支清香，说出大段台词，台词里面纠结着痛苦、悔过、悲伤和恐惧，她被抛入万劫不复的深渊里挣扎。那被灯光打成红色的阁楼里突然传来叔叔的声音：可怜的侄女，你把我放在阁楼，你在你的头上悬了一把剑啊……

方敏落泪了。陈和平转头看她。她有点不好意思。

终于到高潮阶段。左邻右舍都在传说这间带阁楼的房子是一间鬼屋。母亲变得疑神疑鬼，她决定请来道士，在屋子里做一场法事。

一帮道士穿着道服在舞台上跳着阴森的舞蹈，嘴中念着咒语。咒语伴着音乐，仿佛这咒语来自另一个世界，既神秘又悲悯。其中一个道士手中握着一把宝剑，剑刃闪出寒光。道士的剑突然向上一指，轰的一声，阁楼上掉下一只盒子。母亲打开盒子，昏厥了过去……

方敏看到六排十三号的人站了起来。俞佩华退场了。这一行为可以理解为她忍受不了内心被人窥探，也可以理解为她不喜欢这出戏。方敏很想跟她出去，问问她看戏的感受。戏还没结束，这样做显然不合适。她看着俞佩华穿过黑暗的剧场，消失在剧场的门口。

尾声。舞台的布景中间出现一块电影屏幕。女主角和儿子坐在舞台上，从舞台的环境可以看出两人在看一场电影，播放的是《东方快车谋杀案》。

剧终。剧场里响起热烈的掌声。接下来是演员谢幕的环节。舞台上大灯亮起。主持人开始一一介绍并感谢演员以及主创。首先演员们依次上台谢幕。有观众献花给主演。最后是导演登场。编剧原本是不用上台的，但主持人一定要陈和平说几句。陈和平客气了一下上台了，他没多说，只感谢了一个人，他没说出名字，大概只有方敏听出来他在感谢俞佩华。可惜俞佩华已经走了。在舞台光耀下，陈和平显出和平常不同的风度，举手投足很有艺术家风范，且不做作。方敏有点刮目相看了。在主持人的鼓动下，观众的手机成为一支一支的光棒，在黑暗的剧场内晃动，向主创致敬。方敏想，这一刻这些演员无论演的是主角还是配角一定都很幸福，是人生的高光时刻。看戏的人久久不肯散去。

方敏等着陈和平从台上下来，然后一起向剧场外走去。

方敏没想到的是，在剧场的大厅，俞佩华正等她。方敏看不出俞佩华此时的心情，她的表情永远是那么平淡。俞佩华的手中捧着一只洋娃娃，方敏看出来了，洋娃娃和里面生产的几乎一模一样。

方敏说，怎么样，戏还好吗？

俞佩华没有回答。好像她刚才根本没看过戏。她把玩具娃娃递给方敏，拜托方敏，把它带给黄童童。

俞佩华说，我答应过她的，我会送她一只洋娃娃。

方敏愣住了。她没接玩具娃娃。好一会儿，方敏长长地舒了一口气，艰难地说，黄童童已不在女子监区了。

俞佩华吃了一惊，问，黄童童去哪里了？方敏转过头，回避了俞佩华的目光，没有回答她。俞佩华突然面色变得狰狞，她几乎是喊出了声，告诉我，她在哪里？方敏吃了一惊。十七年来，她第一次感受到俞佩华不被驯服的力量，她似乎理解了十七年，不对，应该是二十六年前俞佩华的行为。

方敏和陈和平对视了一下，陈和平看上去像白痴一样不明所以，同刚才台上谢幕时判若两人。

（原载《收获》2020年第4期）

县城报告：刘小花与王小玉

◎黄孝阳

陈元庆想不通刘大贵为什么不与他老婆王小玉离婚。县里的有钱人，有哪个没二婚，哪个不是家里红旗不倒外面彩旗飘飘？这些有钱人中间，刘大贵又是坐前排的。“王小玉是什么东西啊，三十年前的事不提，算是小时候。二十年前老子去她学校办事，一块梅花表忘在会议室，回头去找，没影子。隔几月，我就在刘大贵手腕上见着了。你说她怎么就这么不要脸呢？这也就罢了。刘大贵，老实人，这些年挣下这笔身家，没养情妇包小三，与人搞什么婚外恋，一心一意就扑在他那个厂里。可这个妇人呢……”醉醺醺的陈元庆朝我叉开一个巴掌，又觉得不够，松开另外五根握着酒瓶的手指，一起在我眼前晃了下道：“有名有姓的，起码得有这个数。”陈元庆这是要替刘大贵打抱不平嘛。这个我理解。不过婚姻这种事大抵是脚与鞋子的关系，合适与否只有穿鞋人自个儿知道。陈元庆拍案而起，“破鞋就是破鞋，又不是共享单车！”陈元庆这是逻辑混乱，有哪几个人的新欢不是别人的旧爱呢？我没兴趣听这些狗血故事，王小玉的私生活再混乱，那也与我没关系。我把酒一杯一杯地倒入喉咙。我只是有点想念刘大贵，又黑又瘦又矮的刘大贵兄弟。

刘大贵是我的初中同学，来自龙岗乡下辖的一个偏僻村庄，村庄名我忘掉了，有十里桃花，真是漂亮，有云烟缭绕的浅白粉红，如蹈花海茫无涯际。又如踏足一座梦幻宫殿，那平日里看腻了的土坡山丘，当真若美人坐卧。如此良辰美景岂可辜负？我和陈元庆抄起木棍，不是对打，是打树，打得花瓣如雨，心头快意难当。又扮戏，陈元庆说自己是《西游记》里杏脸的桃妖，捏兰花指，咿咿呀呀地唱，什么“桃李芳菲梨花笑，怎比我枝头春意闹”。

刘大贵怯怯，说《西游记》里唱这个的是杏仙吧。陈元庆恼羞成怒，说《西游记》我没看十遍也有七遍，哪天你到我家去，我再放给你看。我说是桃妖就是桃妖。陈元庆这不是在强词夺理，是在耍无赖。《西游记》我没看十遍也有九遍半。不是就他家有电视机的，他家那还是一个14英寸的黑白凯歌电视机，只是屏幕前套了块彩色塑料板而已。我表示反对，还特意把他刚才唱的歌词大声念出来，这明明是杏仙在嘲笑桃花李花梨花。我与陈元庆打起来。我俩之间的架打得太多了，准确地说是哪天不打上一架，就手痒。眼见我们精赤上身，鼻孔里喷出白气，眼里凶光迸射，刘大贵还真急了眼，劝架，喊“元庆说是桃妖，那就桃妖了。又不会少你一块肉”。见我们不松手，又补充一句：“在桃树底下打架，小心命犯桃花。”这话把我们吓着了。倒不是害怕这事，而是觉得蠢不拉叽的刘大贵居然晓得命犯桃花这个成语，当然要打他一顿表示欢喜之情，而且打他一顿，说不定还真能早点命犯桃花，就算是桃花劫、桃花煞，我们也不怕。

我们去刘大贵家玩。

刘大贵是插班生，特别笨，倒不是积懒成笨，偏偏还非常勤奋，这就让他的笨令人难以忍受，初二了，连两位数的乘除都会搞错，还有那篇《明湖居听书》，老师让他在课堂上朗诵，念不利索，“羯鼓一声，歌喉遽发”，老师都给出正确读音，他再念，还是把羯字读成“羊”，把“遽”字读成“遂”音。结果一堂课就在这里来回车轱辘，大伙儿笑得厉害。

“还真是想打开他的天灵盖，看一眼传说中的糨糊都啥样。”陈元庆无限感慨，去拽刘大贵的耳朵。刘大贵读书不行，有一点好，听话，脸被拽变形了，还老老实实站着，还邀请我们去他家看桃花。桃花有啥子好看的，关键是有了这个由头翘课。我们马上出发。真没想到刘大贵说的桃花不是一棵两棵，而是十余里路，无数棵，接近∞。

桃花好看，刘大贵家太寒碜，山坳里卡着的两间破土屋，最近一户人家也隔了两三百米远。真是家徒四壁。他妈长得不错，就是操劳过度，额头上有几条很深的皱纹，整个人瘦得薄薄一层，说话也不大利索，身体里没有个魂魄。刘大贵没爹。还有个双胞胎的妹妹，去打猪草了，没见着，屋角见到她用桃木雕的一些木头人儿。我蛮喜欢，本想带个回家，可陈元庆说这玩意儿像历史课本里的木乃伊。又说，桃木这东西很邪，会吸人精魂，倒把我唬住了。土屋里四面来风，坐在屋前看山的青黛，桃林的灿烂，还有那阡陌田畴的寂静，真有点结庐在人境的意思。他妈悄无声息地摆出各种山果给我们吃，没到吃饭的点，就把挂梁上最后一块发绿的腊肉也洗净切好与春笋一起炒了，吃得我与陈元庆上吐下泻了好几天，但，没有丝毫怨言。真是太好吃了。哪怕他妈再端来一盆，我们也会立刻拿起筷子风卷残云。刘大贵没事，他只夹了几块笋。他这是谦让，所以有好报。这个道理我们懂。陈元庆去吓唬刘大贵，有气无力地挪到他身前，“你妈给我们投毒，要不要我去跟我叔说一声，让公安把你妈抓去?”

刘大贵眼泪快吓出来了，一个劲儿地说他妈不是有意的。陈元庆坏笑说：“我知道你妈不是有意的。不知者不怪。可我现在走不动路了，你说这事咋补偿?要不你给我当马骑?”刘大贵真的趴下身子让陈元庆跨乘其上，在山坡上爬了一个来回，脑门上的汗出了一层又一层。又让我骑。我弹他脑门，“刘大贵啊，你这样以后到了社会上会吃亏的。”刘大贵笑得跟个白痴一样，“没事。吃亏是福。我妈说过的，吃亏是福。”陈元庆来精神了，“那把你鞋底藏着的那五块钱给我们买麦乳精。”刘大贵立刻像是被枪打中了，眼神就像一条可怜兮兮的小狗，嘴里还有小狗挨打后那种尖尖的短促叫声，半晌，抖抖索索去脱鞋子，脸上有了一层极难看的青白惨色。

陈元庆这是与刘大贵在开玩笑。刘大贵平时有多么窘迫，我们看在眼里。这五块钱是他拖欠了很久的课本费。是他爸临走时塞他手里的。陈元庆再不要脸，也不至于动他这笔钱的心思，就是想看他会不会拿。他还真往外掏了。真是人善被人欺，哪天饿死街头也是有可能的。我们嘲笑刘大贵的傻笨，在草地上快乐地翻着跟斗，练起凌波微步与独孤九剑，刘大贵就扮被我们刺中的金轮法王。

我喜欢刘大贵，主要是喜欢去他家路上的那片桃林。“桃之夭夭，灼灼其华。之子于归，宜其室家。”这十六个字的意思我还是懂的。在这样一片桃林边住着的人，再坏也坏不到哪里去。陈元庆对此持相同看法，很快，我们三个人打得火热。陈元庆在校教工宿舍楼那边偷香肠萝卜干，慷慨地分给刘大贵一些，算是没白吃他妈做的那盘腊肉春笋。刘大贵给我们讲那片桃林里的种种故事。说民国期间有一个饥渴的外乡人到他们村，得善心人给了水与食物，临别时就取出一个桃核，扔到土里说是馈赠。大家没当回事，哪晓得第二天就见十里桃花。又说咱们县出的那个大名鼎鼎的黄将军，当年与鬼子打游击负伤逃到桃林里。那么多鬼子在桃林里搜来找去，愣就是没有发现眼皮底下的将军，这是桃林在保佑呢。还有什么附近十里八乡的单身汉若在月圆之夜，跑桃林里焚香祷告，隔不了多久就能有媒人入屋，喜结良缘，等等。

这些故事听上一遍还蛮新鲜，听上两三遍就索然无味。刘大贵的口才太差。陈元庆打着哈欠去拍刘大贵的同桌王小玉，“刘大贵说去桃花树下转，就能走桃花运。你要不也去龙泉寺前那棵红杏树下转几圈吧。”

王小玉与我俩同窗三载，胖，脸上有很多青春痘，是泼辣货。与老师吵架，能从台阶下滚到台阶上。吵架时的词汇量真多，跟蜇人野蜂群一样。成绩不错，中考时放了一个不大不小的卫星，考取师范学校。这算是小中专，属于干部身份，国家包分配。类似这种学校还有农校、林校等，全县考上的人总共才五个。以师范学校最好，最适合女生，念书时不用掏学杂费，学校还另外给几十块钱伙食补助。大家很羡慕，包括学校里没有正式编制的老师，以后王小玉就是吃公家饭的人。用陈元庆的话来说，这与我们这些将来的社会渣滓有了本质区别。

陈元庆说这话时，王小玉的爹，龙岗乡财政所的所长，在县上长征路德月楼摆了几桌，以为庆贺。连桌上发的香烟，都不是红梅，而是那十几块钱的玉溪。玉溪啊，那是只有县长这个级别才抽得起的牌子。我和陈元庆蹲在对面巷口，看着德月楼门里那些饱食之徒，闷闷不乐。陈元庆说：“你说她是不是抄的?”我白了他一眼，有本事你也抄啊。我安慰他，不管怎么说王小玉也算是为我们班争取了荣誉，作为班集体的一员，我们也与有荣焉。陈元庆爆粗口，说放屁。又说：“再过二十年，你是街头乞丐，我相信她从你面前路过的时候，会往搪瓷盆里扔一个钢镚儿。我也会扔，起码扔两个。”陈元庆的嘴太损。我们打成一团，嘴里大呼破剑式、破刀式，半晌又觉无趣，各自松开，异口同声叫道“少壮不努力，老大徒伤悲”，再捧腹狂笑，把这突如其来的让人心神恍惚的失落感抛开。少壮，那离我们还远着呢，我们不再是孙悟空与哪吒三太子，但还可以是令狐冲与韦小宝，是楚留香与四条眉毛的陆小凤。我们不知道未来有什么在等着自己，更不晓得时代与我们羡慕的这批人开了一个多大的玩笑。当年县里五个考取小中专的，除王小玉一人外，另外四个人现在都过得不好，属于典型的无产阶级。

我有二十年没见到刘大贵与王小玉了。不是故意避开，算阴差阳错。我让陈元庆发来他手机里的照片。陈元庆找半天，没找到，还是我提醒他用百度关键词图片搜索，在本地论坛找到一张。不知道是谁拍的。刘大贵基本没变，算是“又黑又瘦又矮”的岁月沧桑版，穿着一套不合身的名牌西服，一只裤管高一只裤管低。可能是因为刮了胡子后的那个铁青下巴，还有点威严感。让我吃惊的是王小玉。一袭浅蓝色的碎花高领旗袍，性感，身材也好，有妇人之丰腴，又颇有点女性知识分子的气质，光丽艳逸，五官神态里一点也看不出陈元庆说的不堪。如果说王小玉这个年龄段的妇人之美有十分，她起码有七分半。刘大贵为什么没有与他老婆王小玉离婚？这张脸能说明部分问题。一个人四十岁以前的脸是父母决定的；四十岁以后，是自己决定的。倒是他俩身后那个东张西望的小伙子，眉宇间满是嚣张与不耐烦。这是刘大贵的儿子，年轻、帅气，按陈元庆的说法，在县公安局上班，最擅长的就是以谈恋爱的名义勾引那些长得很漂亮又很穷的姑娘，再与她们分手。

陈元庆唉声叹气，“知道吗？老子有天在茶馆闲坐无聊。这个短命鬼一个上午分别约了三个姑娘进来谈分手，愣就把分手这种狗血剧情提升到艺术层面。真是大开眼界。”陈元庆想不通刘大贵这个笨蛋咋生了这样一个能说会道的儿子，说肯定是隔壁老王下的种。陈元庆这是发癫。白痴也能在刘大贵与他儿子这两张脸上看出遗传基因的强大力量。还有，刘大贵若真是笨蛋，他也发不了这么大的财。他只是没有读书考试的才能罢了。天晓得陈元庆与王小玉有多少恩怨过节。我往喉咙里倒了一杯酒。陈元庆的手指头在屏幕上指指点点，“看见了王小玉没，瞧瞧，刘大贵像她牵着的一条泰迪犬呢。”

陈元庆这个比喻过分了。再怎么说，刘大贵脖子上又没有套一根铁链子，还有，泰迪犬哪有这样神情木讷一脸愁苦的，松狮犬还差不多。我点开P图软件，一番修饰加工，几分钟后发回给他。陈元庆笑得打跌，“你丫还是这样蔫坏。”我哈哈大笑，又与他促膝谈了一些陈年话题。我每次回老家，都喜欢与陈元庆吃饭聊天，但今天有点不适，神思恍惚。陈元庆可能也发现了什么，“受风寒了？要不要去泡泡温泉？给你推荐几个好技师，手法真是没得说。”

我谢绝了，起身告别，离开德月楼。

天空中有灰色黑色紫色白色……是牛奶白，还有牵牛花状的淡蓝色，牛奶白浸在淡蓝色里慢慢涸散。这些奇妙的色块恍若生命体，在这个黄昏的下午，按照某个不可知的意志构成了若干个接近于阿拉伯镶嵌画那些复杂而又对称的精美图案。图案在旋转，又犹如梵高笔下的星辰旋涡，幸好它们只是须臾，否则望见这瑰丽之景的人多半要迷失其中，忘了自己的肉体，童年记忆，时代变迁造成的纷纭万象，数十年辛苦学习到的知识，被一种接近神圣的静默所攫，无法言语，不能思考。更严重者还会浑身都颤抖起来，如同得了伤寒，如同我。

幸好不远处的街头有张长木椅。

这种街头木椅是县里近年才出现的事物，木椅背靠嵌有一行广告语，“永福木艺，美好生活”。永福木艺是刘大贵搞的厂，一共在县里的主要街道上安装了四百张。这事还害得两个副县长在县常委会拍桌子吵架。分管工商与城管的，说这是室外广告，要征收费用；分管民政与县财政的，说民营企业家自掏腰包为群众办实事。老百姓们各种点赞。政府赚了面子，还再收钱，这就说不过去。这是打击民营企业家造福乡梓的积极性。这事就不了了之了。但陈元庆现在是工商局的副局长。这件事估计他与王小玉之间有过不愉快。

有件事我一直没对陈元庆说。当年那次去刘大贵家不久，我又独自去了。纯粹就是喜欢那片桃林，没坐班车，偷骑我爸那辆“永久”自行车，早上踩着露水出发，到那片桃林时，露水还在花瓣上。我一个人在桃林里蹦呀跳呀唱呀，把平时在陈元庆面前藏起来的酸腐气尽皆吐露，面对空荡荡的林子，学在某本破书里看到的神仙，握掌成杓，“以杓酌取花色，作倾泻状”，附庸风雅，一口气背了几首与桃花有关的诗，觉得天地有大美，就差花萼里钻出来一个美貌桃仙，携手同游。还打醉拳，踉踉跄跄，一脚踏空，差点摔成脑震荡。那时的我浑以为这片桃林是属于自己一个人的舞台，根本没发现林子里还有一双眼睛。见我跌得狼狈，这双眼睛的主人扑哧笑出声。我开始还真以为世间真有神仙，转念一想，哪有桃仙穿得这样破烂。长得真好看，巧笑倩兮，美目盼兮。是刘大贵的妹妹。后来才晓得她叫刘小花。我很难形容那个中午在桃林里的心情。从来没有一个同龄异性对我如此温柔相待。见我额头流血不止，刘小花把桃花放唇齿间嚼碎，敷上，再从袖口扯下一块布，细心包扎妥当。说桃花泥可以止血。又笑得前仰后合，说我就像一个大马猴子。

刘小花知道我是她哥哥的同学。那天她打完猪草看到我们在，没好意思进来，在屋后面一边雕木头人儿，一边听我们说话。又说，知道我喜欢她雕的木头人儿，高兴坏了。还特意雕了一个桃木观音，想看哪天再送给我，让观音菩萨保佑我耳聪目明，以后考上大学。

把刘小花比喻成山林里的精灵显然不妥。她像一个梦，让我每天早上醒来皆坠入梦境，唯有在她身边，才觉得世界的真实性。我不知道这算不算初恋。反正用我妈那时的话来说，是神经不正常。我问刘小花为什么不去念初中。刘小花很勉强地笑，转过话题，念起我背诵过的“去年今日此门中，人面桃花相映红”，说她有时会拿刘大贵的课本看，又说小学课文那篇《田忌赛马》好多错误，比如“齐威王”是后人封的，生前哪可能这样叫呢。又比如这篇文章最大的毛病就是对比赛规则的不尊重，说好马分上中下三等，要上马对上马，中马对中马，下马对下马，哪可能随便篡改规则呢。

我听得目瞪口呆。

课本怎么可能错呢，但我又无力反驳。我只能辩解说书里这样写肯定还另有深意，只是我们年龄还小，不懂得其中的微言大义。又问她，是不是有人教她。刘小花摇头，说是自己瞎琢磨的。刘小花只念过小学，她怎么就能说出这些让人头晕脑涨的话，难道真有桃花女仙附体？那时的我还根本不清楚她的这些三言两语，就如同火，让我在未来的求知生涯里，渐渐明白了白纸黑字写着的，未必就是真理，同样可能是欺骗与谎言。如果说我如今的魂灵是一团风暴，那她即是肇始之因，是源头，是世界的重启。

我是到了三十岁之后才知晓了刘小花对我的意义。等到我知晓后，我已经找不到那个曾经视若珍宝的桃木观音，那个每天晚上搂在怀里睡觉的桃木观音，那个通体温润、眉如新月的桃木观音。它被我扔火里烧了。

某种意义上，刘小花是我害死的。

初中毕业那年，龙岗乡出了一件事，两个女孩子跑到山上玩，其中一个坠崖了。坠崖的那个女孩没摔死，醒来后一口咬定说有人在她身后推了一把。当时在她身后有两个女孩，一个是乡财政所所长的女儿，也就是后来嫁给刘大贵的王小玉，她俩结伴同行的。另外一个就是刘小花。

刘小花是在山上摘野果子碰到她们的。摘的野果子她会拿到集市上卖。最好卖的是一种俗名青龙果的，价钱也好，多半长在悬崖边的石头缝里。

刘小花说她提醒过这两个疯疯癫癫的女孩儿山顶危险。刘小花说她确实看到王小玉推了那一把，不是有意，是王小玉拍完照跳下山顶巉石时，身体失去平衡。刘小花说，王小玉的爹找来，让她自承无意推了那一下，就给她一笔钱。刘小花说，她拿不定主意是否要答应下来。刘小花还说了很多。我那时都不想听，说实话，我都很意外她来找我，又是怎么找到我家。我们的关系从初三下学期开始后，渐趋冷淡。我很不耐烦地说："这种事你自己看着办。"那时的我根本不晓得这笔钱对她来说意味着什么，也不清楚这事的后果。总之，她跑到我家时，我没多加搭理。我是恨她的，也不能说全是恨，还有羞恼与诅咒，一种极复杂的情绪。那年早春寒假的第二天，我赶了几十里路，本想给她一个惊喜，却于一片雪色狰狞里，于门缝间隙亲眼看见她与刘大贵光着身子抱在一起，还在断断续续抽泣——这个可怕的秘密我发誓要带到棺材里去。

那时的我是她唯一可商量的人。她是那样信任我，而我辜负了。她走了，对人说是她无意推了那一下。那个坠崖女孩儿的兄长在路上拦住她，拿锄头在她头上敲了一下。就一下，她死了。

刘大贵没上高中，他没考上。刘大贵的妈就不应该让他念初中。刘小花告诉我，她妈捏了两个纸团让他俩抓阄，抓着"上"的就继续念。她妈让刘大贵先抓。她抢先抓了。她事先没偷看，但她就是相信两个纸团上面写着的都是"上"。她妈很聪明，她对我说。她不想让她妈再编瞎话。她妈编瞎话的样子看着太难受了。她抢先抓了后，直接扔嘴里。后来，借口上茅房，把纸条吐出来看了，她是对的。她的聪明是她妈的N次方。我都听过她全文背诵课文里的

《明湖居听书》，连标点符号都没错。如果是她来念书的话，别说考高中，就是考北大清华也有可能。她亲手葬送了这种可能性。

刘大贵去了浙江东阳学木雕。这事我很多年后才知道。在外闯荡数年后回乡办厂，办的就是桃木木雕厂，刘大贵把桃木观音像卖到东南亚，他是靠这个起家的。他亲手雕的观音像法相庄严，有慈悲相。真是好，还在国际上拿奖。大家都说王小玉有眼力，在刘大贵还像条狗的时候，这个师范学校毕业的姑娘毅然委身下嫁，但我知道，她这只是还债。

我还是想去见下刘大贵。二十年没见了。倒不是想不通他为什么不与王小玉离婚。这样维持着就挺好的。不是怕财产分割之类的麻烦事，就是“挺好”本身。就是想见一见，更不会多嘴去问什么，比如王小玉在他心里是不是他妹妹的替身，等等。我没那么无聊。也许我只是想近距离地看一下刘大贵那张脸，看看能否在上面找到一点刘小花的痕迹。

很多事“想一想”就够了，想与行之间还隔着十万八千里路。我从兜里摸出一根烟，是玉溪，当年县领导们才够级别抽的，如今也就是打工仔回乡时抽的，还是那种混得特别不好的打工仔。这个国家的变化真快啊。真是一眨眼，路上跑的北京吉普变成丰田霸道。再一眨眼，刘大贵的那个儿子就从丰田霸道车里跳出来，准确地叫出我的名字，还喊：“叔，在这里打望美女啊？”

刘大贵的儿子叫刘思源。

刘思源说知道我与他爹是同学，说知道我是作家，说是我的铁杆粉丝，读我写的小说特别来劲，还买了好多本送人。再总结陈词，说要与我谈一谈。我一声不吭。我在业余时间写过那么几本书，可并不觉得自己够资格被称为作家。我示意他坐下，有什么话就在这里说。刘思源是人精，自来熟，本来已掏出一包软中华，见我递来一根玉溪，马上接来抽了，还吐出几个烟圈，作无比惬意状，“小时候偷我爸的玉溪烟，那是我抽的第一根烟。真的，现在抽起来，就像是初恋的味道。我爸这人多好笑啊，自己不抽烟，兜里随时揣着两包，一包是玉溪，一包是中华，是分人散的。中华烟，每晚回家还要数一下根数。你说好笑不好笑。对了，叔，你是啥时学会抽烟的？”

刘思源是打算雇我写本他爹的传，一本民营企业家的白手奋斗史。他爹再过两年就要过五十岁大寿。他想用这个做生日礼物。现在他爹不缺啥了，缺的就是“进入历史”。而他眼里的我，就握着这样一根笔。这样重要的事我当然干不了，虽然他开的十五万，如他所言，的确是行情价。

“叔，你嫌钱少？要不，我再加五万。叔，我爸光屁股的那些事，你一清二楚，都不用虚构，照实写，肯定有血有肉有震撼力。叔，你放心，我不是要你写那种屌丝逆袭的传奇，那不真实，是写我爸这个人。他就是中国改革开放四十年的一个片断、一个缩影。你写这本书，以后说不定可以拿茅奖的哦。”

刘思源还知道茅奖与鲁奖，晓得鲁迅的文学地位比茅盾高，所谓鲁郭茅巴老曹，但鲁奖的分量是比不上茅奖的。这小子为了搭讪文学女青年，下了一番功夫。我的脸部肌肉虽然还保持着在德月楼时的僵硬酸疼，心情却慢慢好了起来。他们这代年轻人确实具有行动力，敢说敢做，不兜圈子，不拧巴，而人生的意义（如果非说一定得有的话），就在于行动。

“为什么不让我写你妈呢？我与你妈也是同学。如果没有你爸，县里就没有永福木艺，但多半还有别的木艺厂。但永福木艺若没有你妈的胆魄与智慧，或者说如果没有你妈对政商关系的梳理，对市场机遇的把握，对公司战略的制定……恐怕今天还就是一个小作坊吧。换言之，你妈才是这个你刚才说的片断或缩影的关键所在。”

我这是在偷换概念，是在给这对夫妻档的创业者挑拨是非。说的也是事实。王小玉嫁给刘大贵后不久，即停薪留职，全身心地投入桃木木雕厂，风里雨里酒里眼泪里。一个女人打拼有多难，我们都知道。陈元庆那么讨厌王小玉，也不得不承认她在跑市场、搞管理上有一套。她就是一个天生的企业家。我想听刘思源是怎样回答的。我不喜欢那种抹稀泥打哈哈的说法。刘思源没让我失望，没说“你写我爸的时候，肯定要写到我妈”或少谁都不行之类的话，而是眉毛一提，双手一摊，“叔，我承认你说得对，我妈是贡献大。但我们不是在一个父权社会里吗？再说了，是我爸过五十大寿，又不是我妈。”这话是对的，但既然他把说服我的关键词落在“改革开放的片断”上，其逻辑是不充分的。

我的玉溪烟很快抽完了，接着抽他的中华烟。

我们的话题不知为何渐渐偏离了主题，变得危险起来。

刘思源问他爹这辈子是否值得。这个问题我回答不了。他的意思我明白，替他爹打抱不平。但我觉得刘大贵这辈子就王小玉这样一个女人也没有什么不好。刘思源没有提他妈王小玉。他对那些风言风语肯定早有所耳闻，大概率还是童年阴影。用陈元庆的话来说，王小玉的那些破事是路人皆知，是大家这几十年来最津津乐道的下酒菜。

我没想到他突然提起刘小花。刘思源的口气有点迟疑，像牙疼。

“我姑姑死前写了一点东西，前几年我在我妈柜子里找到了。是写给你的。说真的，我爸说我姑姑只念过小学，可我觉得她写的字真是好。你肯定知道宋徽宗自创的瘦金体，就是那种铁画银勾的味道。”

这句话把我的肩膀压得往下一沉。沉入水底的沉。我不清楚他都知晓多少事，更不清楚刘小花在信里说了什么。整个人顿时被魇住，在塌陷，又或者说心脏处蓦然一空。这空的颜色迅速黯淡下去，从灰白到黑也就是弹指刹那。是黑洞了，那种时空曲率大到连光都无法逃脱的神秘天体。我不得不用手掌撑住额头。刘思源走了。丰田霸道车真是不错。远去的声音像是蟋蟀的鸣叫。我想起来了，刘小花死后的那个秋天，我又独自去了桃林。还没有完全成熟的果实压弯树枝。我在桃林里一直待到深夜，也没有看到一个桃仙，耳边只有蟋蟀无休止的鸣叫声。

刘思源送来刘小花三十年前写给我的一封信。当年我在门缝里看到的“鸳鸯交颈”，是刘小花用自己的身子替刘大贵取暖。刘大贵被雪冻僵了，他是在找他妈的路上冻坏的。他妈在寒假快开始的一天忽然失踪，没有给她的双胞胎儿女留下片言只语，三十年了，生不见人死不见尸。而这件事我选择性遗忘了。

我回了南京。把自己关在房间里，啥事也做不了，房间里的桌椅皆如惊涛骇浪。

几天后，陈元庆给我打来电话，骂过我为什么不辞而别后，咯咯怪笑。说刘思源找他，想请他帮忙说服我来写本他爹的书。说刘思源这小子还是蛮有点孝心的，还打算灌醉他爹，再为他爹叫上两个去过海天盛筵的外围女模。我没吭声，异常烦躁。陈元庆又用一种极可笑的口吻转述，说刘思源委婉地问过他爹，为什么不与他妈离婚。“你猜刘大贵是怎么说的？”陈元庆笑得快喘不过气来，说刘大贵告诉他儿子，说他喜欢她哭。还记得初中课本里那篇《明湖居听书》吗？说听王小玉哭，就像听白妞说书。“刘大贵真变态啊。我喜欢。对了，你知道吗？刘鹗笔下的那个白妞是艺名，其原名就叫王小玉，山东梨花大鼓艺人，1867年出生，死于1900年，死因不详。我百度过了。”

陈元庆在微信里迅速发来一段他写的字，说是让我这个大作家鉴赏下。

“王小玉一屁股坐倒，早就憋得不耐烦的泪水，伴随着一声长号，犹如溃堤之水。流量堪称可怖，在这汹涌中，隐约可见一只鳞甲裂开的异兽，一口就把那个原本有着精致妆容的女人吃掉了，边吃还边磨牙。异兽有着惊人的肺活量。干号几声过后，开始有板有眼，一咏一叹，渐入佳境。哭声初不甚大，传入耳中，五脏六腑里，便似针尖扎过，无一处耸立；三万六千个毛孔，更像涂过一层沥青，无一个毛孔不难受。唱了十数句之后，渐渐地越唱越高，忽然拔了一个尖儿，像一线钢丝抛入天际，刘大贵暗赞一声，以为这嗓音也就到此为止。哪知这声音于那极高的地方，尚能回环转折。几转之后，又高一层，接连有三四叠，节节高起，恍若一个特牛逼的登山运动员，山愈险，劲头愈大；劲头愈大，山愈险。这嗓门爬到极高的三四叠后，陡然一落，千回百折，如一条飞蛇在黄山三十六峰半中腰里盘旋穿插。顷刻之间，周匝数遍。从此以后，愈唱愈低，愈低愈细，那声音渐渐地就听不见了。刘大贵屏气凝神，没敢动。约有两三分钟之久，仿佛有一点声音从地底下发出。这一出之后，忽又扬起，像东方明珠塔上放出的那朵烟火，一个弹子上天，随即化作千百道五色火光，纵横散乱。这一声飞起，即有无限声音俱来并发。一时间乌雷滚动，寒光闪烁，雪峰崩了顶，海底开了裂，千万丈狂澜恶狠狠迎向小船，百十头猛鹭凶煞煞盯紧麻雀。刘大贵听得是眼花缭乱，一时间恍恍惚惚，耳边忽听霍然一声，王小玉不哭了，两只眼睛里递出两把刀子，狠狠地剜过来，‘我跟野男人睡，怎么了？不睡，哪来这个幸福的家？’”

我挂断陈元庆的电话，眼泪夺眶而出。

（原载《钟山》2020年第4期）

去听他的演唱会

◎林　森

“去不去?”

“什么?”

“演唱会。”

“谁的?”

“躲山里了?张学友啊。”

隔着电话，隔着大半个海岛，信号没被风吹弱、没被太阳晒化、没被山林阻挡，小孟几乎看到了曾翔脸上的鄙夷，看到他竖着标志性的中指，看到他嘴角没变而眼角一跳一跳，像是里头潜着一只迷路的虫。小孟不知道怎么答，最近，微信朋友圈热闹得很，连门口卖农家猪肉的油漉漉大叔、修电动车的非主流小弟或者有着标准发型定制表情的公务员同学也都沸腾了，张学友演唱会开始售票的消息让很多跟“粉丝”两字不搭边的人纷纷涌出，朋友圈阵阵神仙混战。就更不用说小孟那个小圈子里的人了，海南岛上，搞原创音乐的就那么几个人，一听说“歌神”降临，恨不得拎着香烛、纸钱、鞭炮和一只泛红油亮的烧猪去膜拜。小孟又没瞎、没聋，他在朋友圈的发言是越来越少，可偶尔还是会用拇指刷一刷的，每看到一条相关的消息，耳边就响起“一路上有你”“你知不知道知不知道”什么的，赶都赶不走。这种感觉特别恐怖，尤其是在编曲的时候，张学友这病毒般的旋律毁了他所有的努力——本来想出一段极好的旋律，哼着哼着就跑偏，拐到“一路上有你”“你知不知道知不知道”上去了。这段时间，每到写曲之时，他只能关掉手机。照目前这形势，关机的时间会越来越长，因为他接了一个活儿。他的一位高中师兄，目前官运亨通，成了省城一个区的区长，前几天约他见了一下，准备叫他写三首宣传歌曲：一首反映这个区的历史文化，一首献给青年志愿者，一首定位广场舞神曲——让大妈们轰得蚊虫失魂落魄、轰得大爷们心神不宁。无论如何，张学友的声音，对他那三首还处于构思阶段的歌曲都是一种毒害，对曾翔邀约一同买票，不好直接拒绝，他只能甩锅给基站：“现在信号不好，听不清，挂了。”

小孟不知道自己还能不能叫“小孟”——喊“老孟”为期尚早，但那个“小”字也让他心有戚戚焉。黑发辞别镜子，白发不约而至，而且荒漠化形势严峻，发际线迅速后移，若在清代，已经不需给前半球剃发了——这情况还能叫“小孟”？有一次，跟陈慕喝茶，陈慕望着他的头，以新闻主持的腔调念道：“我们一次次追逐，不过追逐满头稀疏的落雪。”小孟后来回想多次，“满头”“稀疏”“落雪”，这些词全是恶毒讽刺，却讽刺得诗情缓缓，比较高级。没办法，很多时候，他还得跟陈慕见面。陈慕嘴巴恶毒，人却很好用，早些年，每当小孟和曾翔出了新歌，陈慕都是最先而且唯一一个给他们写乐评的。陈慕常说：“我给别人写文章几块钱一个字，给你们白白写了几万字，相当于送你们一间小户型首付了。”陈慕的“好用”不在写乐评，而在写歌词，小孟接了什么“任务”，一筹莫展的时候，找上陈慕，他往往能写出最合客户心理的歌词——他的尖刻里有着可怕的洞察力。别看他讽刺别人头发白也能说出“我们一次次追逐，不过追逐满头稀疏的落雪”这样愁肠百结的话，他正能量起来，是标点符号也符合社会主义核心价值观的。小孟能忍受陈慕，还有一个隐藏的原因，他没跟别人说过，那是属于他自己的彩蛋。大学刚毕业回省内的时候，他跟曾翔一块儿租房住在一个城中村的旧房子里，两人把各自的音乐设备一凑，成了一个简易的录音棚，工作之余便是埋头写曲编曲。那时他内心慌乱，估计曾翔也一样——虽然曾翔把心事隐藏在两撇不知何时又冒出来的小胡子背后，像一个发福版的陆小凤。在那兵荒马乱的时间里，陈慕有时过来串门，看出了点什么，临走时，不经意冒出些话来：“海南小地方，也有小的好，无论做什么，熬着熬着，就跑到前面去了。很多事情，排队也会排到我们。”这毒鸡汤让小孟很多次展开手指尖的白发时，还能洗洗脸，挺着黑眼圈出去见人。

——这话当然也在某种程度上，害了他。

想起来，小孟跟曾翔认识很早了，那还是网络论坛时代。读大学时，有大把时光需要挥霍，两个从海南岛到不同省份读书的人，在网上遇到了，都有玩音乐的爱好，竟然远隔重洋，合作写歌。现在回听，那些歌当然是幼稚的——现在可能也成熟不到哪里去——但那打发了他们很多不眠之夜，消耗了大量多余的荷尔蒙。配乐设备买不起的，就在网上找各种破解软件，模拟各种乐器的声音，歪来扭去，竟也编出了一首首曲。两人毕业回海南，在一个城中村租房住一块儿，接过不少商业歌曲的活——比如一些房地产的歌，整天在电台上播放，他在公交车上听到前奏响起，猛地站立，差点跟乘客们宣布："这……我写的！"租住的城中村全是村民的自建房子，街巷犹如迷宫，走着走着，就回到一片荒野——很多次，小孟还在那村里发现一片巨大的菜地，菜地边上有茂密竹子、啃草的牛，这一次次篡改他的时间感和空间感。小孟和曾翔，窝在房间里写歌，在一个桌上吃饭，就差睡到同一张床上了。陈慕过来后，眼神怪异地看着他俩，说："我要写篇小说，《两个男人的城中村》。"

小孟没想到，很快地，他和曾翔都搬离了那个城中村。曾翔到省内一个门户网站上班，而他，先是到电台去，在一个工作室负责录音；后来他跟人合股创办了一个专门推广农产品的文化公司，这文化公司解散之后，他成立了个工作室，拍起了短视频，接一些宣传片的活，档期空闲的时候，他把人拉出去练兵，拍一些行将消失的人与物——所谓的"记录民俗与文化"。而曾翔依靠家里的支持，凭借在媒体工作的敏锐嗅觉，在海南房价飙升之前，买了好几套房，当起了寓公。曾翔目前最大的兴趣，就是查询东南亚的各种旅游路线，时不时在微信上晒出他晃荡在那些国家的身影。小孟也在匆匆之中结婚、买房，有一次开车路过那个城中村，看到那里已在城市建设当中沦为一片废墟，心有所动。他停好车，专门去寻找了当年的菜地和竹丛，那被轰炸过似的工地，掩盖了一切。回到车上，他想起当年陈慕那篇《两个男人的城中村》。里头一些陈慕胡说八道的虚构，有时会入侵他的记忆，让他记不清哪些真实发生过，哪些又属于小说家的不怀好意的冷笑。比如，小说中，住在城中村的两个男人，曾有过四手联弹——小孟想起来，他们根本没有钢琴，哪来这么矫情的联弹？可小孟又迷糊了，钢琴没有，便宜些的电子琴倒还是有的。小说的结尾，其中一个人走丢于城中村的那个菜地，被茂密竹子遮盖，另一个遍寻不见，这无疑是小说家的故弄玄虚——可小孟仍然有些迷糊，他当年确实走进去过那片菜地，被竹子隔开了一个真实世界，确实有蒸发的错觉。

视频工作室成立后，他第一时间就想起去拍那个城中村，可面对那片工地，村民四散了，唯有一间空荡荡的旧祠堂无人光顾，落满灰尘，遍布蜘蛛网和各类蚊虫，没法下手。他只好带着队伍去拍了另外一个被规划、即将被拆迁的城中村。片子倒是拍完了，也在公众号上发了出来，引来了一些怀旧者的掌声，可他却备感尴尬。按照之前的政府规划，这个村是很快就要被拆迁完的，可传言并没有最终落实，抓了几个负责拆迁的官员之后，赔偿款一直没落实到位，那个断手断脚的村子还顽强地不肯断气。这就让小孟的片子，失去了某种力量——他所有的表达，需要一个城中村的消失来垫背。

小孟不是一个会应酬的人，那天师兄叫他去见面，安排在一个环境安逸的咖啡厅，他还是觉得不自在，又不得不去。视频工作室折腾了一年多，停掉之后，他干回老本行，跟一个朋友合开了一家音乐工作室，给人写商业歌曲、办儿童的音乐培训。培训班只能保证不饿死，还得接一些商业的活儿。这个成了区长的师兄，张口闭口正能量、价值观，小孟极力想跟上他的思维，发现并不同频，只好放任自己胡思乱想。师兄的精神倒也不难领会，他们要求写的那三首歌，曲是没什么好审核的，曲子不会有什么不得体的表达；而歌词，则要给他们看，上会通过后，就可以谱曲了。这师兄不知道是在练铁砂掌还是什么的，说两句就拍拍小孟的肩膀，离开的时候，小孟觉得自己矮了三厘米；一会儿又觉得不对，应该是高了三厘米——肩膀肿了。跟师兄的会面，让他一直走神。他得在脑子里回想某些旋律，才能从师兄的口沫横飞里坚持下去。

县城的KTV里，空荡荡的。人都走光了，只剩他一个。一起来的，都是舍友。他们住的，不是学校的宿舍——这座县中学，竟然没建学生宿舍。很多家不在县城的学生，只好寄宿在校园周边的民房里。有些民房能塞下三四十号人，像一个大的养猪场。这一次，是一个爱买彩票的舍友中奖了，请舍友出来唱歌。唱到一半，那些人鼓动着，离开了KTV，找地方按摩去了。就剩下他一个，面对着所有人点下的二十多首歌，一首一首往下唱，像开一个人的演唱会。

他从未这么奢侈过。

一种人去楼空的奢侈。

——这是独属于他自己的回忆，可在一次闲聊之后，陈慕就把这一段刻录了，塞进了那篇《两个男人的城中村》里。当然，后续的事他没说，陈慕也就虚构不出来：他隐隐约约记得自己唱了半个小时后，就被返场的舍友拉走了，强行把他塞进KTV隔壁的按摩院味道暧昧的小隔间里。在舍友们的起哄中，一个衣着暴露的女子在他身上抚摸起来。女子还问了一句能不能把牛仔裤脱了，裤子太硬，没法按。隔着衣物，他整个身体，在女子的手指尖摁掐下绷紧。他忍不住痒，说了一句让舍友喷饭多年的话："你能帮我按按鼻子吗？我有鼻炎……"这话一出，相邻床上，一位已经褪下裤子，陷入某种癫狂之境的舍友从迷醉中笑场，几乎要摔到地上。

他们四手联弹，他们的手指在琴键上跳动的时候，不会撞到一起。他们的手总是在最适宜的缝隙里穿插，他们带起空气的震颤。有停顿，在迟疑，像忽然涌上岸来的潮水，像一声又一声的叹息——他们是在那时那刻暂时屏住了呼吸吗？昏暗的房间里，并不存在的第三者，似在期待他们的手握在一起。就像并不存在的第三者，在期待着，他们一起走入城中村中间那片菜地，消失于一个迷雾重重的早晨或一个晚霞落满的傍晚。或者是，在一个漆黑的夜，如一点雨掉入长河。

——当年陈慕把这篇小说丢给他们两人看的时候，他们恨不得把陈慕捆起来，丢到城中村那片鱼塘。可静下来的时候，小说里写到的一些画面，时不时冲上来，搅乱了小孟的脑子。陈慕文字里的带偏能力，让小孟后来在搬离那个城中村的时候，几乎是迫不及待——好像急于证明他跟曾翔特别清白。

……

小孟得不断在脑海中重复这些画面，师兄的口沫横飞与洋洋自得才能被拒绝与屏蔽。师兄的每一句话，都应该在庄严会场的主席台上讲出，都应该是对着日报记者的采访才说出……这并没有什么不对，只是容易被带偏的小孟，需要在心里修建一个充满弹力的世界，才能保证自己在听师兄讲完后，他仍是自己。小孟说："师兄，我回去做个方案，发你看看，你认可了，我们就开始？"师兄伸出肉乎乎的手掌，又给了小孟肩膀狠狠的一击："你啊，什么都好，就是话少……这样，对你拉业务很不利啊。"小孟苦笑："所以，还得请师兄照顾啊，不然得饿肚子。"

——师兄走后，他最迫切的一件事，是找个药店买瓶跌打油，抢救被师兄拍残的肩膀。

歌词是陈慕写的。师兄那边，召开了会议，讨论了歌词的初稿，提出了修改建议，需要把很多政策性词汇塞进去。陈慕呵呵呵冷笑，花样吐槽喷往小孟的师兄，有的庄严肃穆，有的荒诞滑稽。小孟说："能不能少说两句？毕竟是我师兄，就算不是师兄，也是客户，得根据人家要求来交货嘛……"陈慕嘴上带刺，该做的修改，他毫不含糊，改到最后，他总结道："我明白了一个道理，改到我不愿意署写词的是我，肯定就通过了。"前后折腾了两周，师兄终于发来两个字："通过。"小孟长舒一口气，所有压力都转到他头上来了，他得给这些词套上旋律——望着那些磕磕绊绊拔苗助长的词，他不得不承认，无论是阅读还是哼唱，修改后的歌词都不太顺畅，像给高速路铺设了减速带——陈慕嘴贱，得理不饶人，确实是因为他"得理"。陈慕真的不愿署本名了，他取了个笔名"小力"。

如何给"小力"的词套上旋律？小孟哼唱、哼唱、哼唱……无论如何哼，最后都以一句张学友结尾，小孟把额头撞到墙上。小孟怀疑自己的音乐工作室迟早也干不下去。早先的农产品包装设计公司，没做多久就解散了，后来总结经验，他发现并不是做得不好，而是一些理念太超前——他想把农产品当文艺产品来卖，可海南岛上有这种品牌意识、品牌影响力的公司还不存在，包装很好，宣传也很精准，可产品就是卖不出去，急得那些老板拉来一箱箱产品，堵在他们工作室门口。关门三四年后，类似的包装和营销倒是越来越多，甚至形成了某种风气，而那时，小孟正拉着自己的视频工作室在拍片。小孟发现，自己把视频工作室也经营得不像在做生意，闲暇时候，把队伍拉出去拍摄一些关于民间技艺的纪录片，花费在自娱自乐的纪录片上的时间比拍广告片的时间更多，视频工作室倒闭也就成了必然的事。之后一年多，很多微信公众号开始流行各种小纪录片，带动流量的同时也有了不少的广告收入——他又抢跑，被判出局。重新做回音乐后，陈慕刻薄地嘲笑他："你以为你之前老失败，是因为理念太超前？不是，是你太文青，或者说太假文青，生意不当生意做，偏要玩情怀，该死。"——所以，他咬着牙，也得把师兄那三首歌里的个人想法摒除，顾客至上嘛。

可，怎么又胡乱想起了张学友？

“歌神”张学友的巡回演唱会每到一处，之所以会引起轰动，不仅是因为他的歌唱得好，更是因为几乎他每场演唱会，都有各种逃犯在现场被逮。这种“神迹”，在互联网引起了奇怪的效应，很多人点开相关的新闻，不是看他唱得好不好，而是关注又有什么逃犯被抓住了。小孟想过何以会出现这种逃犯效应：当年张学友的歌曲环卫工人般横扫大街小巷的时候，卷走了多少人的听觉记忆，这其中也包括后来成了各种逃犯的人。当张学友全国巡演，那些逃犯也忍不住要去一睹少年时的偶像——即使网上传出各种逃犯被抓的消息，也未能掐死他们的愿望。甚至，越是警察出没，有些人越是怀着赌博般的快感——本来不一定要去的，更得去了。小孟因为接了师兄的活，害怕被张学友的旋律洗脑，有意排斥听觉干扰，可越是闪躲，关于演唱会的消息越是袭来，张学友的声音越是阴魂不散。他一坐在工作室里，面对着那堆乐器，张学友就闭着眼睛、翘起兰花指、喉结抖动：

“你知不知道，你知不知道……”

当年住在城中村，经常有些圈内的朋友来看小孟和曾翔，有不少人还邀他们登台跑场。数学好的还给他们算过，坚持一两年，可以赚下多少多少钱。小孟和曾翔也不是没动过心，两人花了很长一段时间，把省城的娱乐场所都跑了一遍，就是想看看哪里更适合。谁知道这一阵跑下来，两人越来越沉默。曾翔问：“接不接？”小孟说：“不是太想……”曾翔说：“虽然我们没身价，也觉得跑这些场有些掉价儿。”两人便没再想过这事。也不乏当年一块儿玩的哥们儿，有后来大红大紫的，或者是参加了国内的某个选秀，或者是在网上踩中某个点成了超级网红。最神奇的，是有一个家伙，参加一个节目获奖之后，小孟发短信祝贺，那边回了俩字：“谁啊？”这人声名鹊起之后，开始卖弄叛逆人设，几乎每场表演都砸吉他甩头发，后来在网上发布一首涉嫌地域歧视的歌曲，被相关管理部门重罚不说，还吊销了他的表演资格。他最低潮的时候，小孟在几个酒场上见过他，他总是眼睑乱闪。小孟低声告诉他身边的朋友：“看好他。”没过多久，那家伙还是酒后开车撞天桥，虽没伤到他人，但酒精度太高，还是把自己赔进去了。出来之后，那人脑子就开始不太正常，圈内朋友都躲着，偶尔谈到，都心照不宣地跳过。那人最崇拜的歌手就是张学友，之前在KTV里，把张的每首歌都唱得几可乱真。小孟有时心想，他会去看张学友吗?

最让小孟觉得惊奇的，是H也随着张学友的演唱会出现了——小孟想起她都不敢直呼其姓其名，只敢用陈慕所命名的H来代替。其实，H和他已经有好些年处于失联状态，失联的原因小孟都难以启齿。两人在高中时候，相处过一段，大学天各一方，各有际遇，分手是自然而然的事。有一年暑假，H和他约好，各自从学校返回海南之后，两人见一见，把事情好好谈谈。H先回到的省城，订好了酒店，他半夜匆匆赶到，忙完所有杂事之后，两人躺在床上，他竟完全没有跟她更进一步的欲望。是的，两人都赤身裸体，一左一右四眼相对，却谁都没有下一步动作，太怪异了。他准备跟H好好谈一谈这事，一直没开过口。也就是从那之后，两人再未联系过，不知多久后，手机号码也删了。

当H加他微信，他花了很长时间去想她的脸，徒劳，想不起……他只能想起两具相对无欲的身体，疑惑那晚漫长的尴尬到底是如何度过去的。H在微信上发了个笑脸表情，说："我买了张学友演唱会的票，两张，要不要一块儿看?"小孟愣了好久，手指在表情符号那儿东奔西跑，也没选中合适的。她又说："如果是别的人，我也不去听了，张学友，就想叫上你一起。"他想起了高中时候的事：她父亲因病过世，几乎把她击垮，她很长一段时间精神状态很差，班里很多人轮流盯着她，他只是其中一个。可自从有一回她抱着小孟痛哭之后，一切都不一样了，两人经常用同一个随身听听磁带，张学友的歌声，就是那个时候，通过一条耳机在两人一边耳朵响起。每次拔下耳塞的时候，他都觉得那只耳朵是麻木的，他当时没在意，心想那就是青春。这些回忆扑来的时候，他也就没法拒绝了，摁动键盘上的"H"键，出来的第一个字就是"好"，他发送了过去。

很快回一个字："嗯。"

小孟就没法安心给师兄的那三首歌编曲了，无论怎样，张学友不断回响耳边——而且，只是当年听耳塞的左耳。他终于忍不住，跟H约了个地方见面，本来挺正常的事，他却心跳加速，地点换了两三回，就有了偷偷摸摸的紧张，还是把地点放在市郊的海边。车停下之后，他远远就看到了她，好像多年没变，却又那么陌生。不知道怎么打了招呼，两人在沙滩上逛了十几分钟，他说："上车吧。"她默默跟在身后。他驱车驰骋，几分钟后，速度降了下来，他指着一座雄伟的建筑："张学友的演唱会，应该就是在这里开吧？"她说："嗯。"他说："叫我看演唱会，你不后悔？"她说："可能会。但不叫肯定更加后悔。"他不说了，呆呆望着那座运动场，好像可以看到一周后，熙攘的人群把那里塞满，灯光从运动场的顶上射出，把夜空割得破碎。

提前预演这画面的时候，小孟有些怅然。两人钻进车里，H握住他的手，两人在椅子上靠得很近，小孟闻到某种气息，车厢的封闭让气息瞬间膨胀。小孟准备向前，准备靠近，想象了某种进入……他眼前有些恍惚，是不是当年那一晚的按兵不动延续到了眼前这一刻？跳跃的时间感，撩拨着他的呼吸，他指尖的动作加快，像是编曲时弹奏电子琴的黑白键，他正要用力……他知道，这力气一旦使出，洪水便会决堤。水位即将淹过警戒线，她浑身触电，猛然缩身；小孟也一震，像是酒醒了，停住了……被撩拨起来的欲望瞬间退潮，当年那晚的无动于衷的倦怠感又再次出现。在此时，让人兴奋的气息也成了某种不好闻的腥膻味。他赶紧坐到驾驶位，来不及整理衣衫，把车发动，车子渗入夜色。两人无话，直到下车，她才问了他一句："演唱会还看吗？"他望着她，好久之后才说出一句："微信上回你。"可几天了，他没回，她也没问。那几天里，小孟在家里看到妻子，内心愧疚，好像自己出轨已成事实。

陈慕满脸瘀青出现在小孟面前，小孟没想到那竟然是他。陈慕虽说不会把自己收拾得油光可鉴，但他有些轻微的洁癖是毫无疑问的，他常常翻着书，就去洗一下手；聚餐时，上来三包纸巾，最后发现全被他扯出来擦拭，在对面堆成一座小纸山。而眼前的陈慕，显然已经无暇顾及脸上形象，或者说这已经是他打理后的最佳形象了：左嘴角和右眼角黑黑一团，额头正中央还有一个鼓起来的包。小孟还没开口，陈慕就说："知道你想问……这是被打的。"小孟更好奇了："被打？"陈慕说："有个写东西的，说我一篇小说里影射他，找我理论，我解释说不是也没用，最后就动手脚了。不过，他脸上黑得不比我少。"小孟笑出来："你们文人……干脆叫武人好了……"陈慕说："猪脑袋，我都说了写的根本不是他，他认死理……"小孟说："你真的没一点影射人家的意思？"陈慕憋了好一会儿，把话咽回去了。小孟说："老实说，我也不信，毕竟，你是有先例的，当初你写《两个男人的城中村》，我和曾翔也想把你装麻袋，丢鱼塘里喂塘虱鱼。”陈慕眼睛圆了起来：“你们也较真?”小孟说：“主要是很诡异，我和曾翔两个大男人，本来没啥，被你写之后，见面都有些尴尬……用现在的话讲，本来挺直的，被你掰弯了。”陈慕笑了：“我看不是掰弯了，是把你们拆散了。”瘀青在陈慕的笑脸上绽放，小孟恨不得一拳头挥上去，给增加点灰度。心中闪过陈慕那小说的一些片段，小孟有些惆怅，他竟中毒般地念念不忘：

> 巷子曲折，即便住了三个月，返回这个村子的时候，他还是会迷糊，常有没法穿越迷宫的烦恼。无计可施时，他只能拨打电话。话筒里传来熟悉而略带嘲讽的声音：“又要带路?”接着，那声音会问他，左边或者右边竖立着石头还是竹丛，再之后，就很简单了，电话里的声音是精准的语音导航，让他几步左拐几步朝右，最后，笑嘻嘻地说：“往三点钟方向看，对，看到那面墙没有，断了一半的那墙，走过墙，就是巷口……”看向那堵不知道修建于哪个年代，又不知道倒塌于何时的断墙，好像电话中发出声音的那张脸会笑着从断墙的缺口处浮现出来。

——他真的有几回在那些巷子中迷路，打电话给曾翔问询过，并被在饭桌上谈笑。也就是说，陈慕并非全是虚构，但那张从断墙中浮现的脸是什么意思？恐怖片还是爱情故事?

时间不是均匀流淌的，而呈块状——假若不是这样，往事被回想时，便不会磕磕绊绊，一件事跟另外一件事之间相隔好久，得跳跃着才能接上。

他想起上次同学会见到H的情形，她躲在一群欢腾的人的背后。是的，无论是在什么样的学校读过，无论哪个班级几个人，总会产出一两个特别热衷组织聚会的人，他们像渔网一般，有本事把散落各地的人捞出来。若是知道H会来，他会不会还有勇气来？但还是来了，他想起两人那次躺在一块儿却没有任何进一步动作的画面，尴尬滚雪球般变大。他的屁股不断位移，在同学们的鬼哭狼嚎中，他接近她。她当然看到了，身子象征性地晃了晃，并未移动。他从啤酒味飞扬和杂音交错之间穿过去，和她一起靠着——他返回了旧日子。

临近高考的那一段时间，校园里发生的任何事，都有可能引爆敏感的他们。比如说：初中部的一群学弟，冒着夏天的雷雨，在操场上踢足球，雨水的冲刷让他们激情燃烧更旺，他们的喊叫在绵密的雨的缝隙里穿梭，可一道闪电劈下来，把南边守门员劈成一块黑乎乎的炭，所有的声音也被劈没了。之后几天，守门员的家人在操场上烧香点烛，把那当成了坟地，学生们又是悲伤又是后背发冷。比如说：和他初中一个班的J，终于还是疯了——J被世纪之交横扫神州的邪教所蛊惑，暗地里悄悄地研习功法，自称某大神转世，夜里在宿舍的床头摆上自己照片焚香跪拜，舍友夺门而逃。J被父母用一辆三轮车推回家了——他说所有的双数车轮，都来自恶魔之眼。比如说：高考前最后一次模拟考的时候，全校的高中生都上街了，他们举着横幅标语，抵制当时从国内各省蜂拥而至的“高考移民”，同学们的声音响彻县城的上空……由于高考逼近，这些事在他心中一次次引爆，在H那里，更是这样。击垮H的，是高考前一个月，她父亲病逝了，那段时间里，班上的同学轮流盯着她。又轮到他盯着她了，正是同学拥上街的那天，他按捺不住，眼神注视着人流，这或许是他这辈子离某种“传奇”最近的日子。口号从同学们口中决堤而出时，他却只能盯着她。她看出了他的蠢蠢欲动，说：“你去吧，我没事，我不会寻死。”他几乎是逆反般地说：“你怎么知道我想去？我才不去。”她说：“那，你就好好看我吧！”两人在三楼教室的窗边，看着校园里涌动的人潮——他忽然觉得，没去也很好，至少，除了他俩，没人以这样的角度，见过这场景吧？再之后呢，已经是高考之后了吧？聚餐后集体唱歌，四大天王的歌是热门，尤其张学友，他的《吻别》被好多同学点，被唱了好几回了吧？他和她是什么时候吻上的呢？是在张学友的歌声的催发之下吗？嘴唇轻触，他想到那个被雷电击中的学弟——原来，通体触电是这样的？

……

——他靠着她坐下来，这些块状的记忆此起彼伏。这是他在和她那次无欲的尬躺之后的再一次相见，他想了好久，不知道第一句话该说什么。他的嘴唇挣扎许久，只说出：“我住××村，你知道那地方吗？”声音那么吵，也不知道她听清了没有。他再次想到那城中村里的迷宫小巷，那从博尔赫斯小说里拎出、铺设到这里的分岔小巷，尽头是一堵断墙，断墙边上竹林生风。谁的笑脸等在断墙的缺口处？

——这些段落让小孟差点拎酒瓶去找陈慕，他怎么能把一些喝酒时讲的胡话，添油加醋写出来了？而且，这并非草稿，是发表后的样刊，一种白纸黑字的确证，一种经过编辑、校对、排版和印刷的郑重其事。她当然不叫H，她有她的姓名，可自从被陈慕写下之后，她就不能不是H，她怎么可能不是H呢？即使小孟喊着她的名字，心中还是一愣一愣地想到“H”——这被陈慕的文字重新建构的H。现如今，也没几个人读文学杂志了，她大概率不会读到这故事，可一想到这些段落已在一本杂志上出现，那永远是一颗埋而未爆的雷，他如坐针毡，万一，她真的读到了呢？万一别人读到了，传给她听呢？更为可怕的是，本来，陈慕写的这些，有着大量的虚构，可小孟已经越来越没法分辨哪些是事实、哪些是虚构，他变成了没法从虚构里挣脱而出的人。小孟不得不对着陈慕的鼻青脸肿叹气：“她约我看演唱会了？”

“她？”

“H。”

“哦？这事还有下文？续集啊……”

“我跟你说，不能再编这事了，否则……我让你没法敲键盘。”

“你们……你……你也是搞音乐的，艺术的虚构，你分不清了？”

“是你分不清。”

停了一会儿，小孟问：“对了，曾翔最近怎么样？好久没他消息了。”

“你没听说？”陈慕吐出的字、皱起的眉头，意味着某些事已把小孟远远抛弃。是的，曾翔已经有好一段没出现在朋友圈了，他那些满世界跑的照片也好久没更新了。曾翔出国不少，可跑的都是东南亚，他说那些灰秃秃的热带城镇里，抵达的时候，不是在异域，而是返回了海南岛的二十世纪九十年代——曾翔的出游，是时间旅行，是和以前的自己相遇。

陈慕说：“他最近麻烦很多，处理不好，就会引火烧身。”

“啊？”

“这两年市里很多地方不都在改造嘛，他老婆那边一个舅舅，有一栋房子处于被拆范围。据说赔偿没谈好，一直处于僵持状态，他舅舅的茶馆老有人来砸场什么的，曾翔的老婆让他出面，他没法子，拍了照片、写了文章，利用自己的媒体人身份，把这个在网上曝了出来。事情闹得不小，不少自媒体更是瘟疫一般传播，失控了。因为这事，他被单位停职了，据说他的照片和文字，很过激——我也没看——反正给区里、市里带来很多麻烦……他的事怎么处理，不好说……”

“啊，我怎么不知道?”

“你闭门写歌嘛。”

小孟忽地一跳：“曾翔舅舅房子在哪个区?”

陈慕苦笑，沉默好久，说：“不是冤家不聚头，你师兄当领导那个区。”

想到曾翔身陷泥潭，而他还得给师兄写欣欣向荣斗志昂扬的歌，小孟浑身燥热——耳边响起当年曾翔在电话里为他指路的声音。陈慕看出了小孟的心事：“你只是编曲而已，歌词可都是我写的。我乱取了个笔名，但总还是出自我之手。我总觉得我是叛徒，背后给插了一刀。接个活不容易，大家都得先活下来，我脸皮厚，无所谓。这活你接的，后面要不要继续做，你决定。真要做，你最好也取个笔名……”

陈慕掏出一瓶跌打药水，倒一点在掌心，就往自己脸上的瘀青涂抹，紫黑色的瘀青上，覆盖了一圈的深棕色。这药水味道刺鼻，可呛到一定程度，又变得很好闻了。陈慕也不像是在涂抹了，一掌一掌，是对着脸上的瘀痕下狠手——那张脸若不是他自己的，他就有谋杀的嫌疑。有几句什么话涌到小孟的嘴边，又退回去，他不甘心，翻箱倒柜，想把这几句话再找出来，可它们越过围堵消失无踪，他唇边只留下空荡荡的颤动。小孟和陈慕点了满屏的歌，都没拿起话筒，任由歌手在那哼哼哼，“背景音乐”成了“主唱”，撬开的啤酒也没喝几口，没一会儿，冰凉消失，酸涩加重。

从什么时候开始，主旋律的歌和流行歌曲之间，出现了重大的裂痕？——小孟不是音乐家协会的领导，不是某个大型音乐公司的高管，可他有时也会蹦出这样的疑惑，更可怕的是，他竟然还冒出某个妄念：这两者能弥合吗？比如说，给师兄那个区里写的三首歌，是不是能借鉴一点张学友式的流行曲风呢？在为那三首歌谱曲的时候，他忍不住，再次刷起了朋友圈。H没有再主动联系他，曾翔也未再出现，陈慕则是时不时晒着文学杂志的封面和目录——那是他的样刊，那些从他眼前闪过的人，都会在他的眼睛里留下剪影，被他揉捏、变形，成为某篇小说里的人，在一个由文字组成的世界里重生。张学友的演唱会只剩下两天了，“歌神”在朋友圈的热度再次升温，他携带着那些金曲和旧时光，让以往一有公共事件就撕裂的朋友圈，出现了和谐共处的感人画面。

手中的那张票是那天H下车时留下的，她当时落荒而逃，像后头跟着一只鬼，高跟鞋也没能减缓她奔跑的速度。在车里看到她跑得像醉酒客，小孟苦笑不已，何苦要出来把残存的好感全都打碎呢？

这张票摆在手心，他不能不在演唱会开场前出发——他没有跟H确认要不要去。保留悬念吧，直接凭票进场，到时相邻的位置有人站着还是空荡荡，便成了薛定谔的猫。其实，他是担心，一旦确认了，无论她亲口说出“去”或者“不去”，都会熄灭他前往的勇气。前往演唱会现场的路，远远地就各种管制，小孟打开了手机导航，计算着和目的地的距离，只要在步行范围内，他就停车，走过去——他不会把车开进那黑压压的人山人海，天旋地转。

车停好，沿着海岸线向前，随着灯光的变亮，人越来越拥挤。当然还是年轻人多一些，可若细看，人群中其实散落着不少中年的面孔，他们肌肤松懈面色暗沉，可这一切都被藏在夜色里。“……我们一次次追逐，不过追逐满头稀疏的落雪……”他几乎是哼唱出这句陈慕的嘲讽，他给这句话谱了曲、录了音，他的嘴角时不时会自动滑出。排队安检之时，他想到了网络那些逃犯在张学友演唱会上落网的消息，今天会有逃犯被逮吗？他想：那些逃犯，挺可爱的，冒着那么大风险，也要来见偶像，也要在旧日金曲中返回当年的街头……这些逃犯，也是多情的人啊！他故作轻松，眼神却四窜，想打捞H的身影。朋友圈里那些晒票的人，曾满屏满屏地冲刷他的眼，而此时呢，全是陌生面孔。前面的队伍猛地乱了，一群人围聚，传来阵阵争吵，不知道发生了什么。

不少人要硬挤上去，潮水荡漾。

凭票找到位置，右边还空着，那便是H的位置吧？她还会来吗？小孟觉得有些荒诞，到底是什么，让她曾残存某些幻想？而到底又是什么，让她幻想破灭，再次逃开？——这其中一定有什么不怀好意的细节决定着这一切，可到底是什么呢？有什么事情就发生在眼皮底下，却又全被忽略了呢？耳边全是喧闹，眼前全是人影，不少人还领了荧光棒，开始挥舞，也有点亮手机屏幕来挥舞的，甚至有人打开了手机的“手电筒”，一束束光，切割着运动场的上空。小孟一直注视着右边那个空空的位置，一有人要挤过来，他就凑过去：“不好意思，这里有人坐的。”挤过来的人，眼神狠狠，闪开了。小孟一直没留意演唱会是怎么开始的，除了开场时安静了一会儿，可以听到张学友的开场白，后面就被杂音给淹没了。

前奏开始，张学友开唱了，那些歌太熟悉了，观众们没有不懂的，全都跟随着喊。这就苦了小孟，他只想好好听歌的——倒也是听到了，只不过是鬼哭狼嚎的大合唱。张学友卖力地在台上演唱，音响也好得出奇，可没办法，大合唱就在耳边，张学友被消音了。听不到也就罢了，前头的人都在摇来摆去，灯光闪烁的舞台上，张学友的身影也被遮挡了。他干脆拿出手机，刷起了朋友圈，网络拥堵，好一会儿才进去。朋友圈里已经满屏全是这个演唱会的现场——那些“朋友们”躲藏在眼前这些陌生人里面，用照片、视频和文字，直播着眼前的一切。

有曾翔，他没有多说话，就拍了一张舞台上的灯光，也不配文字。——他又发微信了，他的麻烦解决没有？

有陈慕，他传了一张门口的拥堵照，文字是：“逃犯出现了？”

甚至也有区长师兄，他的照片明显要清晰得多，舞台上的张学友，也拍得比较大，他的文字是：“位置不错。”

甚至有那个酒驾后就精神不太正常的岛上歌手，他发出来的照片分辨率不高，配仨字：“见偶像。”小孟在他的照片里找半天，也没找到他的偶像在哪。

……

他翻看好久，没看到H的朋友圈出现，他不甘心，点进去看，原先的信息也没有了——他被屏蔽了。H忽然出现，给了他一张票，继而彻底消失了。他不得不在记忆中翻检，那天两人见面，到底是哪个细节，让她要把他剔除殆尽？他倒不是还对她有什么想法，只是单纯觉得，自己一定有某种失败透顶在她面前完全暴露了，他得找出这“失败”。张学友又唱又跳，那不是卖力，是卖命——网上传言他股票大亏，所以才用那么多场全国巡演来“续命”，倒也不是没有道理啊。

全场忽然就沸腾了起来，本来的大合唱，变成了阵阵欢叫——原来，舞台上的大屏幕，正播放着现场观众台上的画面。摄影师把镜头对准了一对对情侣，当情侣们发现自己出现在大屏幕上，又是错愕又是惊喜，情侣们很快地互动起来，他们拥抱、接吻甚至流泪。画面切换着一对对貌似“情侣”的人，接吻一次次在大屏幕上呈现，每一次拥吻，都激起现场的欢呼。此时，张学友正在唱着《她来听我的演唱会》，这首歌成了现场情侣们“发情”的催化剂。也有害羞的，互相盯着好一会儿，亲不下去，镜头就一直不移开，直到他们终于在全场观众的见证下，亲到了一起。小孟不得不望着自己右手边的空荡荡，望着H留下的空无——如果她在，镜头会不会扫到这里？如果镜头对准，他们会不会拥吻？

他忽然想到了那一直没给师兄完成编曲的三首歌。在此时，曲调一点一点冒涌，抗衡着张学友的哼唱，也抗衡着现场的闹腾。他起身，说：“抱歉，让一下，我出去一下啊……抱歉……”演唱会现场最热闹的时候，他直接退场。背后是燃烧的人海，眼前则灯光渐暗、海风渐强，他走向自己的车。他等不及了，掏出手机，打开录音，哼唱起来，不是唱张学友，是陈慕改了无数遍以至于满是补丁的歌词。此时，这些歌词缠绕成曲，从他口中争夺而出。在此前，他为这些歌词配过无数种曲子，可怎么唱都有一些词过于碍眼，像是粉嫩的脸上的一颗弹珠大的黑痣；现在，他好像找到了安放它们的旋律。走到车前，也没开门，他倚着，对着手机唱，声音虽低，也是在开演唱会。

——歌词满是口号和大词，而他唱得缠绵悱恻。

停车处灯光暗淡，演唱会现场则像一颗巨大的光球，夜风把张学友的声音轻微地送过来——在此时，张学友的嗓音压住了所有的杂音，只为他一人演唱。倾听张学友，果然还得一个人。风从海上来，咸味在此变弱，他坐到车内，打开了内灯，从左车门内侧翻出了一个信封。从信封里掏出一本杂志，书页翻卷，是吸了水又晒了光后的不平整。这是陈慕丢给他的一本样刊，上面就有陈慕把小孟、曾翔和H揉碎、注水、重塑而写下的那篇《两个男人的城中村》。他有时恨陈慕恨得牙痒，这杂志倒一直没丢，翻到熟悉的页面。小说开场，陈慕写下：

物流车抵达村口，巷子太小，没法再开。就地卸下，行李竟堆积了那么多——毕业典礼后，东西能卖的卖、可丢的丢，剩下的竟还有这么多。他轻松地乘飞机回来，这些纸箱慢慢颠簸而至，可他终究要把省下来的力气，在此时全都挤出去。这个市中心的村子，建有祠堂，每有一点水泥覆盖不到的缝隙，就有竹子长出，气焰嚣张。他开始犯晕。没办法，得打电话叫一同租住的哥们儿来帮忙了。此时的他，知道自己将会很累，可他满怀信心，纸箱里有他买的一些音乐设备，都是心爱之物，他将用它们奏响乐曲，走到灯光聚焦的舞台中央。

（原载《十月》2020年第5期）

壮　游

◎项　静

一

暮色瞬间来临，积雨云被风吹散。微弱的犬吠声从一排排空洞的房子中间泄露出来，引起街巷尽头另一只犬无力地呼应，好像被夕阳吞没了。微风拂煦，白杨树叶哗啦啦一阵慌乱，刘月清嫌恶地扫了一眼树梢，前不栽柏后不栽柳，门外边不能栽拍打杨。政府绿化部门并不理会她那一套道理，清一色的速生杨，站满了马路两侧，随着道路延伸。骤起骤停的阵雨过后，泥土混杂着潮热的气流盘旋在街上。她斜挎着一把竹藤椅子，安置在门道里，先是在门口左右打望了一下，路上没人，也没有一只狗、一只鸡，一红一白两辆汽车开过，惊起了田野里的麻雀、乌鸦，它们呼啦啦振翅向高空飞去，变成黑色的星点越滑越远，汽车消失在公路拐弯处。远处的山峦树木在闷热中些微晃动，渐渐跟绛紫色的天空混为一片。

最后一班公交车在下客亭处刹车。刘月清摇着蒲扇走过去，下来的是村医信运，他是个小儿麻痹症患者，腿脚自小不灵便，父母为他将来打算，费尽心力让他上了培训班，做了一名赤脚医生。人在限定中往往没了其他心思，坐堂问诊，打针开药，就像一日三餐，常年累月，他成了本地的名人，没有人不认识瘸子医生信运。售票员李凤英先跳下车来，司机在上边送他和拐杖踏上第一级台阶，他的身量宽大，几乎把李凤英盖过去。刘月清凑到边上跟着捏一把汗，“慢点慢点，哦，哦，好了！”每个人都松了一口气，趁着李凤英扶着信运过去长椅的空档，老人爬上公交车拉着栏杆往里看了一眼，司机闫刚说：“没人了，我马上在这里掉头回去。”老人问：“今天有没有一个十八九岁的小伙子上车？戴一副黑边眼镜，背着黑色的大背包。”司机说：“这我还真没注意到，问问李凤英，一路上也没几个人上来呀。”他朝女售票员指了指。

李凤英把信运从车上拖下来，累了一身汗，安顿信运在长椅上坐下，她伸了伸腰，来回捶打着自己的肩胛骨，回头朝刘月清说："今天没有年轻人上车，不是周末，车上一个学生都没有。"信运一边掏电话一边问："六奶奶，你在等谁？"还没等刘月清回答，他的电话先通了，他告诉老母亲快到家了，可以开锅做饭了。刘月清说："你赶紧回家吧。"信运说："我再歇一会儿。进城一趟，全身检查了一遍，除了早就坏掉的，其他一个零件都没坏。可还是觉得浑身散架了，再歇息一会儿。"

"医生也要进医院看病哦。"

"医不自医啊，您还是神仙呢，不也去医院？"

"别混说了。除非你信教了，不吃药不打针哪行呀。"

昏黄的街灯亮了，村道两旁染上一道淡黄的光影，成群的蜉蝣一只一只地撞过去，翅翼的嗡嗡声散发出傍晚的焦躁。刘月清伸长头往北方的路上打探，习惯性地扭转头往南方看一遍。信运问："你在等令箭？那丫头以前打都打不走，她多久没来了？"

"令箭做生意呢，没空过来。她卖磁疗床垫，你可以买一个用，让身体减轻疲劳，我用着挺好的，你有空去家里瞧瞧。"

"我不用那种新鲜玩意儿，我这个身体早就散架了，能保持住外形不塌就行，它可经不起新科技。"

"你用过磁疗神奇围巾吗？听说对脖子有疗效，我想着你天天坐着颈椎不好，可以试试？"

"我买不起那个，太贵了。"

"今天车上怎么这么空？城里有什么热闹事拦住他们了？我坐了半天了，也没看到什么人回来。"

"能有什么热闹事啊，彩票每天都开，他们未必有那个福气能中。看广告上说商场这两天打折，也不是所有商场都打折啊，城里跟以前一样。今天陆房和金槐一带有查酒驾的，堵了挺长一段路。"

"我总觉得出什么事儿了，我眼皮一直在跳。"

"那真说不定，您跟天上有关系，说不定提前透露给你消息呢。"

"越说越混账。你赶紧回家吧，你老娘等不到你该着急了。"

“兰青高速修路，修到进城必经的路线了，原来的路改道儿，要绕镇级公路走。”

“兰青高速是做什么的？”

“兰州到青岛，这两个地方我都没去过，挺远的，兰州到咱这里三千里地，听人家说那地方离天更近些。”

“咱们这里的人去那么远的地方干吗？好好在家待着就行了。”

“搞运输呗，钢材、水果、粮食、煤炭、肉蛋都可以运过去。”

“哦哟，那是挺重要的。运吧运吧。”

刘月清双脚离开地面，像是泡在小河里，并在一起，一上一下地踢蹬水花，就像回到从前一样，彼时她尚未出嫁，在河边浆洗衣服，洗完衣服坐在石阶上戏水，如果有过一些出神的时刻，就是那个时候，她想沿着河水到尽头去看看。结婚之后，富村周遭都没有河流，她也就再没有动过这样的念头，路的尽头总还是路，坚硬而敦实，车马经过扬起漫天的灰尘，让人一点念想都没有。刚结婚那一阵子，丈夫被征召去修铁路，她心里一百个不乐意，一走就是50天，她觉得自己像一只山羊落入陌生的绵羊群，她谨小慎微、小心翼翼地退缩着，周遭没有一个熟悉的可以贴己聊天的人。早上听到第一遍鸡鸣，即刻起来摸黑儿梳洗，一开始她点过灯，映着红色的窗花，房间里有一股暖热感。但被早起解手的公公发现，教训了她一顿，埋怨她不知节俭浪费灯油。梳洗完就去做一家人的早饭，一手递柴火，一手拉风箱，中间禁不住瞌睡，瞌睡虫一来，头就失重一般朝下跌落，触到火苗燃到齐眉穗，惊出一身汗。饭菜停当，她才进屋预备好洗脸水和毛巾，请公婆起床，再踅到西厢房和东厢房依次叫小姑小叔起床吃饭。在他们起床和梳洗的间歇里，她短暂地获得了一个人的安宁，坐在八仙椅子上，双脚离地交合在一起，悬在空中，想象着她还未曾熟悉的夫君，在铁路上沿着黑色的钢轨、簇新的枕木往北走，她不知道那条路通往一个什么样的地方，津浦铁路从天津到南京，这两个城市她哪个也没去过，但从报纸上看到过这条铁路的消息，钢轨、枕木给她一种神奇而熟悉的感受，那两个城市好像带着她男人的血汗气息。

信运无声地坐在那里，仿佛欣赏着傍晚的虫鸣蛙叫。他清了清嗓子，才把刘月清从回忆中惊醒。刘月清问：“你母亲还能给你做饭，回家有口热汤，也是你的福气。”信运说：“她哪一天走了，我就孤家寡人了。”信运最近脑子里经常想到的就是这件事，虽然没有任何迹象表明他母亲马上就要去世，上半年政府组织了集体体检，母亲一切正常。父亲走后，他和母亲单独生活在一起二十年了，家里的一切都是母亲在操持，他想象过自己接手，重新规划一下生活，但终于有心无力。他想象过母亲有一天摔倒或者以任何一种意外而不能自理，他自己无法给她洗澡、翻身、喂药、喂饭，可能被迫要把母亲送进养老院。而那以后他会怎么办呢？一个人住在四室宽敞的大房子里，客厅里全部摆上自己搜集的医药书和瓶瓶罐罐，把父母从年轻时代带来的家具全都丢掉，墙上的画册、写字台上假花、挂历、领袖照、抽屉里码得整整齐齐的账单，可能还有床单被罩、碗碟，或者都放置到母亲现在住的那间房子里封存。想象着母亲的离去让他充满忧伤和心痛，但有时他又似乎期待着母亲的离去给他带来某种新生的可能。这种想法让他觉得羞愧，很明显，虽然生活让她备受挫折，她仍不愿意离开。

体检结果出来，通知村民去诊所拿体检书。明知道信运可以自己把体检书带回家，母亲还是早早地去诊所等着，排队坐在门口，跟几位老人攀谈，他们说最近在吃降压药，日常如何搭配食品，交流着纾解颈椎和腰椎疼痛的动作。轮到她时，大家还起哄，万一有不好的病，儿子会欺瞒她的，因为她不识字。当着几个人的面她让信运给她大体解释了一下体检书，血液、血压指标正常，视力、听力是正常的机体老化，不是病灶。六十岁的吉发被检查出来患了胃癌早期，信运私下通知了他在外地的儿子，跟老爷子只说有点小毛病，让他先回家等着，吉发惴惴不安地转身回家，从他走路的姿势，人们知道他心里似乎明白了大半。信运的妈妈目送吉发的背影离开，直到他消失在胡同拐角处，她才揣好体检书回家，那天她特地绕道到公路上，沿着公路南行走到致富桥那里，桥的两边无遮无碍，风吹乱了她花白的头发，从那里可以看到桃山上亲人的坟茔，她感谢先人们给她机会可以再照顾儿子几年。沿原路返回，她又到菜园里转了一遭，看了看自己栽种的蔬菜花草，回到家把垃圾分类整理好，认认真真地丢进垃圾站的分类桶内，心中充满了躲过一劫的幸运感和再活十年的豪情。

刘月清说：“你母亲身体真好，看不出是七十多岁的人。样样都是好的。”信运说：“比前几年还是有变化，现在经常忘事儿，冰箱里的东西放了一个多月她都想不起来吃，我们家经常吃过期的食品，如果我发现不了。液化气都不敢给她用了，上个月我加班回家晚了，煤气把锅都烧干了，炖的排骨黑乎乎地贴在锅上，我折腾了半天才洗干净。她想想就后怕，不敢一个人再用液化气，现在我不在家，她就得退回到烧柴的时代。”刘月清突然想起高压锅里还在炖着一只鸡，那是她早上让熟食店的老板帮忙现杀的，给了他五块钱的辛苦费。那是她四只鸡中最老的一只母鸡，动这个念头的时候她真舍不得，不过杀了也就杀了，就像她的大儿子，死了也就死了，她好多年没有梦到过他了。刘月清加快步子往家赶，信运在后边打趣她：“出不了事儿，高压锅又不会爆炸，会自动跳到保温的。”

二

刘月清一路小跑回家，她真正担心的是梁帆，说不定他错过了这班车的时间，另搭乘其他的汽车到达邻村，晚点会一个人走回家。之前有一次，梁帆跟父母闹矛盾，晚上自己跑回来了，从后门爬进来敲她的窗户。她紧紧抱住他，她知道一定是受了天大的委屈，那么胆小怕黑的一个孩子，才肯跑二十里地回家找她。她重起炉灶，给他做了一个炖蛋，看着他稀里呼噜喝完，起身给他收拾床铺，他父母的婚房改成了梁帆的房间，他们再也没回来睡过，即使是除夕十二点他们都开车回自己的家。梁帆半夜爬到她的床上，他一米六了，腿脚顶到床头，她抱住他的头，他把脚蜷缩起来，搭到她的心口上，他小时候一直喜欢这样。

梁帆自从出生到五岁，都是在她身边长大的。那时候大部分人都还在村里安居乐业，令箭在读小学，她能吃能睡，学习成绩一般，但乖巧懂事，是个生活小帮手，她带着梁帆玩尽心尽力，不会让弟弟离开她的眼睛半步。小女儿还没有出嫁，她有一头乌黑厚实的长发，街上的人都说她的头发如果剪掉能换一辆新自行车。小女儿每次洗头都要大动干戈，满满一桶热水，需要她拿着水瓢帮她一缕一缕地冲洗，洗完擦干她悠闲地坐在大窗户前把头发晒干，房间里充溢着洗发香波的清新味道。有一个外乡人推着自行车进到院子里，他们都站起来盯着这个陌生人，等着他开口，他问：“这是刘月清老人家吧？”那时她一个月都要被请出去几次，帮夜间惊悸和夜哭的小儿收惊，那些歌谣她永远都忘不了："床帮神，床帮神，小孩没魂你去寻。远的你去找，近的你去寻，遇山你答应，隔河你应声。"这些是怎么学会的，是她母亲传给她的，五月端午节午时对着太阳跪念，老祖传排令，金刚两面排，千里拘魂症，快如本性来。如是108遍，日后再用，念一遍即可，结束叫一声"疾"和孩子的名姓。大年夜她对着王母娘娘发誓，以后传女不传男，传贤不避亲。她本来想传给儿媳妇，儿媳妇扭扭捏捏地说，这些歌她唱不出口，刘月清觉得儿媳妇上不了台面，没有公众缘。后来想传给富村的妇女主任，她更有公众缘，负责着接生和妇女工作，但是她说自己的身份学这个影响不好，彼时她正运作调往计生站工作。刘月清立时觉得年轻人精怪，心口不一，孩子亲人有问题还会来私下找她问询，让她念念法，看看关碍，并不妨碍他们去找医生，他们是宁可信其有不可信其无。先去诊所找信运，信运不管用就去大医院，中途找个神婆看看，多少也是助力。现在找她的人渐渐少了，也不是完全没有，经常是从城市里来的，听了婆婆或者母亲的话，顺道路过，作为医院治疗的一个补充。刘月清不拒绝，也不积极，她也懈怠了。

小儿子在城里开了一家书店，专供附近学校的参考书和试卷，先是一个人经营，扩大规模以后，把老婆也带过去打理，孩子由刘月清管着。梁帆读完幼儿园的时候被带走的，小儿子说城里的小学教师好，学校也正规，可以尽早改掉他的乡村口音，不然进了中学他的土话发音会遭人嘲笑。周末妈妈看店，爸爸会带他回家吃一顿午饭，下午回城，如果周末父母没时间，梁帆会跟着公交车回家，交给熟识的售票员一路看顾，这条线上只有周末人多一些，但也不会满员，刘月清在村口的车站等他。

有一两年，他们维持着这种周末的约会，好像他们两个之间的一切事情都不需要交谈，都可以非常顺畅地传情达意。她知道梁帆的一切爱好，他喜欢的口味和咸淡，他喜欢什么颜色的床单、拖鞋，明天要穿什么衣服，看哪些课外书，在他到达之前，她已经准备停当。梁帆代父母拿来每月的生活费，满心欢喜地等着这里迎接他的一切。后来这个节奏被打断了，他需要去辅导班，参加同学的生日聚会，一起去郊游野餐，有时候他也赶不上回家的这一班车。刘月清为此失落过，他们给她配置了移动电话，装上了网络，他们能在视频上聊天。每次聊天，梁帆都跑到自己的阁楼上，让她看看自己的房间，有时候还让她看看窗外的天空、街道和公园里跳舞的人群。她也去小儿子家住过半年，所以她能认出大部分的场景。梁帆父母闹离婚的那半年，她觉得自己就是穆桂英，被邀请去坐镇他们家，威慑住了分裂的势力，等一切风平浪静，她又觉得自己是多余的，立时要求回家。

刘月清想给梁帆打个电话，问一问他到底有没有坐车回来，如果回来了，会不会粗心大意坐错了车，那么到底去了哪里。如果想改天回来，为什么都没有再打个电话说一声，他是个细心的孩子，这不像是他的做事风格。他自己保留着儿时的玩具，分门别类地装在纸箱子里，连小时候的画作都用防潮薄膜覆盖起来。她在沙发上摸索了一遍，手机不在笸箩里，也不在收音机旁边，她找了找早上披过的外套，口袋被她拉出来甩了甩。她心里一阵懊悔和寒凉，梁帆肯定打了她的手机，一直打不通，才取消了这次回家。刘月清很少用座机打电话，座机就是个摆设，很多人家这两年都拆掉了，她不想拆掉，她担心有人找她，而手机又没电了，这会让儿女们非常着急。但她的视力让她从电话本上找寻一个号码，并且准确地按键变得非常艰难。手机上只有家人，儿子、媳妇、梁帆，两个女儿和令箭，女婿和其他外孙都没有存到手机上，即使是语音电话簿她依然怕太多了弄混。她觉得手机是一个好物件，就像一个遴选装置，没有加入进来的，几乎就没有必要了，她的世界也承载不了更多人事了，她在做减法。

三

没有人告诉她梁帆生病的消息，但她知道的。梁帆有整整一年没有回老家了，也没有打过电话。虽然她的耳朵不是很灵敏，但是还是听到了一些只言片语，她听到两个女儿在堂屋里说到梁帆的名字就叹气的声音。生活费都是儿子开车送回来，吃饭的时候他心不在焉，跟她说，梁帆考完大学再回来看她，儿媳妇一年都没有回家过一次。刘月清在心里跟自己打气，一定要忍住，那是梁帆教给她的生活经验。刚去城里读书的时候，梁帆回家过周末，刘月清忍不住拉着他的手哭了。梁帆说，奶奶，我们以后都要忍住，变成习惯就好了，痛苦就不那么痛了。

村里有人说他得了抑郁症，有人说他神经衰弱，有人说他疯了。这个字眼特别扎人，她去商店买酱油的时候，听到别人说到梁帆的名字，还有那个字眼，她假装没听到，她不相信，别人也以为她没听到，毕竟她耳朵有点背。刘月清跟着大女儿去过儿子家一趟，梁帆看起来没有异样，一样吃饭、看书、写作业，还拉着她的手出门到公园里转了一圈，跳广场舞的老人们增加了新的光电设备，像个露天的百乐门。她克制着没有问任何一句多余的话，这时节她只想在心里默念平安。第二天早上准备回家，她去梁帆的房间看了一次，一切如常，加了一张床，他们说梁帆夜里有时候害怕，可以过去陪着他。窗户上新加了栏杆，别人家也都是同样的配置，都是同一个门窗师傅做出来的，看出去的风景隔断成格子形状的。

刘月清回家以后，每天夜里都念“床帮神”“老祖传排令”。高中考试结束，梁帆终于有时间回来住，在家休养了两个月，他脸色红润，身形胖了一圈，刘月清暗暗得意，或许是自己的诚意起效了。整个村庄没有同龄人，梁帆每天躲在房间里打游戏。傍晚吃过晚饭，他们出门散步，沿着公路往南走，从大桥附近向西折，沿着新建的樱桃园一直走，田野里的风吹起他们的头发，钻进衣服里，舒爽而安逸。越过淀粉厂、太阳能发电工作站、鸭子养殖场，空气中有一股刺入肺腑的恶臭味儿，他们快步穿越，通常是梁帆走得更快，刘月清不得不加紧步伐，额头上冒出丝丝汗意。终点站是大坝，他们在大坝上坐一会儿，刘月清出嫁的路就经过这里，摇晃得让她头昏，跟轿的媒婆大声喊，过坝了，她条件反射一般伸手到布袋子里，抓一把硬币撒出去，叮叮当当，硬币撞击着大坝上的石阶，她听出了一些欢乐和迷茫。那时候她还没有现在的梁帆大呢，她十七岁，谁也不知道她当初的那种心情了，好像悬挂在天堂的边缘，担心掉下来又想看看上面的风景。

天边涌起大块大块的白云，鳞次栉比的平房看起来像是未来的墓地。停业的砖瓦窑上，高耸的烟囱就像一尊生锈的大炮，孤独地对望着天空。十八岁的梁帆穿着肥大的白色运动套装，他伸开双手，风吹起他的衣服猎猎作响，远远地看过去像一个穿运动装的神仙。小时候带他经过这个大坝，梁帆带着恐惧，坝头上有一个龙王庙，里面的神仙面目凶狠，对孩子一点都不友善。后来她带他进去祭拜一下，保佑风调雨顺，一切平安。参拜的次数多了，就成了朋友，梁帆上去抚摸过他僵硬的胡子和裂开的泥塑脑袋，冷冰冰的，但已经不可怕了，像一个憨乎乎的老爷爷。

“奶奶，我想当医生。”梁帆跟她说大学的志愿，刘月清不懂，她说：“好呀好呀，医生好，像信运一样，风吹不着雨淋不着，是个好工作。”“我不要像信运一样，只会打针、开感冒药。我要做大医院的医生，能治疑难杂症的。”“大医生也要从头学起，没学会走光想着跑，你去他那里先学学吧。”“在他们那里能学什么?”“看看医生是怎么回事也好呀。”

梁帆被刘月清赶出了房间，诊所里三个男医生一间诊室，一个女医生单独用另一间诊室。梁帆遵嘱坐在门口的桌子前，信运开了药方，他看一遍，心里默记一下，一个人开药，另一个就去取药发药。夏天上午特别繁忙，都是中暑发烧的，来了之后坐在椅子上静静地等待量体温和医生问询。女医生主要负责妇女儿童，她一上午跑出去几趟，给生病在家的儿童打点滴。没有病人的时候，他们喝茶、看报纸、聊天，梁帆看手机。三个医生梁帆都认识，他们聊天的时候总是带到他。他们说今年夏天的温度超过了四十度，就问梁帆，有没有觉得今年特别热?梁帆说热都差不多。他们就说小孩子都不细心，他们都是有记录的，今年室外超过45度了。信运接着说，报纸上说印度的室外温度超过50度，很多没有空调的穷人都会热死。他们唏嘘一片，梁帆下意识地去搜索一下那个新闻，浑身有一种燥热和恐惧。

中午梁帆回家吃饭，下午没有病人的间隙，他们四个人打牌打升级，信运跟他一家，他们配合默契，信运算牌非常准。一旦要他扣牌，他总能稳准狠地拿到底牌，握着一把分牌。一开始打空牌，后来他们给输牌的一方脸上贴纸条，用医用胶带粘在额头上。信运开始厄运连连，记忆出了几次错，打得不顺，病人进来的时候，他昂起脸上挂着的白色纸条，像被风吹起的门帘。诊所里传出放浪的笑声，夹杂着梁帆无声的笑容。

一个年轻的小伙子代妻子来问诊，他说妻子这两天鼻音很重，体温自己量过了，温度没有超过38度，他央求信运给她开点药，防止感冒恶化。信运一边听他描述，一边记录。等他说完，信运抬起头说：“先暂停，你们刚结婚没多久吧?”小伙子不好意思地腼腆低下头。信运邪魅地朝他一笑，“药就不开了，过几天观察看看，万一怀孕，吃药有危险。”梁帆心里一紧，他记住了那个笑容，他知道信运一直单身，这个地方不会有女人愿意嫁给他，这里最缺少的就是年轻女人。两个多月的时间，梁帆间歇性地去诊所待一两天，有时候他们会打电话叫他来打牌。信运给他开过安定，他知道他失眠，却不知道安定根本没用，他把药片丢在回家的路上，被来回的车辆碾成粉尘。暑假之后，梁帆的精神状态好转，梁帆的父母私下开玩笑说，也许老母亲的通天之力不是假的。

刘月清不愿意打电话给小儿子问一下梁帆有没有在家，其实她几乎不打电话给任何人，她只愿意接电话。小儿子一直不能谅解她对自己婚姻的干涉，七十岁以后，小儿子当着所有人的面郑重地跟她谈过一次，想让她过去一起住。但她看得出来他希望她拒绝掉，她坚决地拒绝了，大家都舒了一口气。他应该下了很大的决心才在四十五岁的时候，决定离婚，她的坚决不同意毁了他幻想的一切，她搬到儿子家住，监视着他每天回家吃饭，周末陪着孩子和老婆。而梁帆的病则生硬地把破裂的家庭再次黏合在一起，虽然没有再次离婚的迹象，但她知道儿子心里跟他疏远了。如果事情发生在现在，她应该不会参与的。她不知道什么让一个好孩子生病了，她也不会去问，即使想问也不知道问谁，她只相信菩萨。

她走进东厢房间，灯还亮着，蓝色格子的被罩床单，还是自己折叠的样子。她打开衣橱，都是自己多年不穿的衣服，拿起一件连襟上衣，口袋里硬硬的，她掏出来一叠白色的干瘪餐巾纸，落了白色粉末碎屑到裤子上。她折叠起暗红色的围巾，理顺了边缘处的流苏，放回到原来的地方，她翻了翻挂着的长款衣服，她不知道还要找什么。粉色的台灯昨天刚擦拭过，有一种脆生生的干净，静静地矗立在床头桌上，跟陈旧的桌面形成刺目的对照，桌子还是儿子们小时候用过的，她没舍得丢掉。她还买了一些红彤彤的小油桃放在被窝里，等他掀开被子，看到这些他小时候喜欢的水果，一定会开心地尝一下，她重新捡起来，封在白色方便袋中。

今天不来，也许是他没说清楚，明天或者下一周，或者近期他肯定会回来的。刘月清这么想着，听到电话铃声。她心里紧张起来，几步路都让她气喘得不均匀了，电话是信运打来的。他说："我打电话看看你有没有在家。"她顺了顺气说："早就回来了，在看戏曲频道，今晚这出戏热闹。"

"你想出门旅行一趟吗？今天有人塞给我了旅行度假的广告。"

"我一个老太太，哪里敢出门旅行。"

“旅行团上门接送的。你以前出门旅行过，有经验。顺便带着我母亲，我给你们报一个老年人的旅行团。这么多年，她从来没有离开过我一天。”

“我们年纪太大，出门多麻烦，人家哪敢带我们去啊。”

“有体检证明，签署安全责任书就可以。”

“我想想。”

“你想想吧。就是在农家乐和度假村住几天，路都平稳，他们给我解释过，都是休闲，走走看看，去的也都是老人，人家开门做生意心里有谱儿的。”

刘月清放下电话想了一阵，她从来没想过自己会出门旅行。年轻的时候想出门，父母拦着不让，她羡慕姐姐跟姐夫去支边，也羡慕哥哥一个人出门闯世界。结婚以后被家庭和孩子拴住了双腿哪里也去不了，大炼钢铁的那年夏季，男人妇女们一起上阵，她被动员去泰安运煤炭，用独轮车、马车和抬着扁担，长长的队伍，妇女自由组合两人抬着一筐，白天忙炼钢，太阳一落山才出发。那时节她什么都不懂，就像被裹挟在人群中，只顾迈大步就可以。穿过村庄，犬吠一阵连着一阵，恶犬还一路叫嚣着跟着跑，被男青年掷石块才能阻止它们。路过康王河，他们先灌满了水壶，然后卷起裤腿下河冲洗，男青年故意走到女人们一边，泼辣的妇女高声骂他们下流胚子，捧起水洒到他们头上，一人洒众人推，男青年们只能躲得远远的。在穆庄寨底下，有人提议垫垫肚子。司务长解开包袱，拿出干硬的馒头、煎饼，信运的爸爸生起火，等到余烬，用树枝插进馒头放在火上翻转着烤，焦香味弥漫在空气中。妇女们唱“姑娘好像花儿一样，小伙儿心胸多宽广”，男青年接“为了开辟新天地，唤醒了沉睡的高山，让那河流改变了模样，这是英雄的祖国，是我生长的地方”。队伍走了整整一夜到达矿山，迎着天空泛白的方向走，最高的山头就是泰山，葱绿遮挡不住褐色的沙砾，像半秃的人头。楼房在雾蒙蒙中显得清新，走近了又觉得灰暗单调。那时候她跟信运的妈妈组合，一人担一会儿空筐，天亮以后队伍沉默了很多，好像太阳把欢乐没收了。她们两个年轻的妇女心里略有遗憾，她们一开始拘谨着，笑也不敢大声，更不敢参与，刚刚适应气氛，欢乐已经接近尾声。肚子发出咕咕的叫声，脚底下却依然能生风。那时节她们一同劳动一起吃饭，晚上一处纳凉，冬天一处做活。这几年她们都说不上话了，年轻人都是真忙，她们两个老年妇女，也不知道在忙什么。孩子们陆续成人，侄子结婚，大女儿陪着她去一趟陕西看她的哥哥，小女儿送孩子读大学，顺道带她去秦皇岛看了一趟姐姐。远处跟自己生活的地方真不一样，她的世界大概就这么大了，她也没觉得有什么遗憾。

刘月清忘记问一句旅行团到底是去哪里，去兰州，去济南，去青岛，还是去附近的哪里？她想等明早天一亮，就跟小儿子、女儿们打电话，告知他们这件事。他们会同意吗，还是炸开了锅。大女儿会不会跟着她一起去，还是出于安全考虑，劝说她放弃这个计划。小女儿脾气急，她要是知道了，中午就得赶过来跟她理论一番利害关系。不管他们同意不同意，她都要去，就像她们年轻的时候那样上路，这次她主要是帮着信运达成心愿。如果能成行，要五天以后回来，他们一定会去车站等她，或者在家里日夜等待她的消息，有没有不适应，能否安全回来。让他们等待她一次，也蛮好的，刘月清怔怔地想着，看到他们一行人登上旅游大巴，在柏油马路上奔驰，满满一车人，挤满了褶子和皱纹，大巴两侧都打开了窗户，有人伸出手去挥舞着小红旗，步调整齐地唱《我的祖国》，真是一次壮游。

电话铃再次响起来的时候，电视屏幕已经跳到一场足球转播。一群穿着红色运动衫和短裤的青年男子，跟另外一队穿着绿白相间运动服的男人们，精力充沛不厌其烦地来回奔跑，下半场的后几分钟表情寥落，腿部乏力，他们继续在屏幕上跑动，又是传球又是踢球，分数一直维持在零比零的状态，解说员唉声叹气，说他们是互送鸭蛋。刘月清按下外放键，是梁帆的声音，夹杂着呲呲啦啦的信号干扰声，他说："我交了个女朋友……今天忘了回家……下周末会回家看您……带着她……"接下来是嗯嗯啊啊的声音，他应该喝多了酒，趴在阁楼的沙发上，脸朝下。她无法叫醒他喝一杯蜂蜜水，也没办法给他盖上毯子或者擦一把脸，电话里重复着嘟嘟嘟的声音，她缓缓地挂断了电话。电视屏幕上那一群青年男子正在疲惫地散场，有人把毛巾盖在头上，有人边走边脱比赛服，他们背对着镜头，驼背弓腰，无精打采地朝休息室走去。散场完毕，屏幕定格在绿色的足球场上，足足有十秒钟，满目的绿色一动不动，像春天寂静的原野。

刘月清啪的一声按掉了电视遥控。坐在黑暗中。

（原载《文学港》2019年第11期）

刺猬，刺猬

◎文　珍

刺猬的刺有多硬，肚子就有多软。

通常刺猬的故事，都和朋友有关。但筱君记得高中时妈妈和她讲过一个关于刺猬本身的故事。

那年她十四岁半，刚上寄宿高中。学校是刚成立的区重点，离S城市区三十多公里，从她家坐车过去单程要一个半小时，每周只能周六回去，周日晚上再归校。妈妈自然百千万个不放心，但也是筱君自己考的，考上了也就只好将错就错地让她去读。后来妈妈回想起那三年，第一反应竟然是庆幸：幸好你高中不在家里住，那时家里太乱了。

所谓的乱，自然不在于东西多，而在于人多。筱君妈妈面软心善，从县城到S城打工的老家亲戚基本都在筱君家里落脚，颇有几分县城驻京办的意思。问题是筱君家那时也只租了两室一厅，在一个老小区的一楼，加上筱君的父母、奶奶、外婆，以及一对住了至少一年多的母女，一个筱君的表叔——爸爸失业的姨表弟，常住人口七个，再加上从老家过来找工作的亲戚，鼎盛时期家里最多容纳过九个人，统统挤在那不到九十平方米的出租屋里，连沙发上都没法坐——从早到晚躺着光膀子的一百八十五斤的表叔。等筱君回来正好凑成十个，够两桌麻将还多。S城是沿海特区，夏季差不多有十个月之长，加上又是一楼，整年燠热得像蒸笼。所有人都在那小屋里辗转腾挪不开，爸爸又被人忽悠得辞了国企工作下海，结果很快和老板彻底闹翻，失业了一年多，天天在家里玩386电脑上的扑克游戏，也算是后世"家里蹲"的先驱了。——又因为他天天在家，没法开源只好拼命节流，为省电不开空调，这样造成的效果，套用一个现成熟语，就是"摩肩接踵，挥汗成雨"。

高一暑假，筱君在家里天天给爸爸做饭。做完中饭做晚饭，连早饭都要她一早起来去小区的早点摊子买油条豆腐脑。而这还好，给家里无所事事的男人们洗衣服才是更苦的差事。明明都不出门——出门也没钱花——不知一个两个都从哪里蹭得一身油汗。家里用的还是房东不要的旧式双缸洗衣机，每次洗完要动手拿出来放到另一边甩干。整个过程中筱君被迫接触到许多陌生的男人的内裤、衬衣、外裤和袜子，只能一边用指尖小心翼翼地拈起来一边恶狠狠地发誓：将来只给自己的男人洗衣服。

但这是一个十分柔弱的誓言。

家里面到处是浓重的人味儿，偶尔没人的时候，就充斥着接近回南天的霉味儿和赶不尽也杀不死的蚊群。以至于不管过去多久，筱君只要一回想起那气息，立刻就被拘回了那狭小阴暗的小房间。

后来她才明白，那不是别的，就是一种城市贫民别无出路的气息。

那么多人住在家里当然不是长久之计。慢慢地都走的走，散的散，找到出路的一个两个头也不回地离开，事后也从不感激筱君的妈妈。有些人老死再无往来——往好里想，大概是都不愿意面对生命里曾经最落魄的日子，比如筱君那个光着膀子在沙发上躺了半年多的表叔。他本来在机场开大巴，没结婚前挣的钱都买了各种吃食。后来不知怎的也和司机队队长闹翻了——这简直像是筱君父亲那边男性亲属特有的天赋——在筱君家躺了大半年后才终于不甘心地回了老家。此后二十年杳无音信，回老家扫墓时再见面，已经是一个十几岁高中生的父亲，几乎和记忆中完全一模一样，只是从一个年轻的胖子，变成了一个中年的胖子。据说依旧没工作，白天在祖屋二楼睡觉，吃饭时才下楼和筱君一家打个照面，立刻冷淡地调开眼睛，开始用最刻毒的家乡话骂自己儿子不长进。

要是筱君妈妈早知过二十年还是如此，她当时还会不会答应收留他、帮他？

当然也有混得好一点的，比如那对母女中的女儿一直借住到读完音乐学院的函授博士，再设法攒钱送礼打通关节，留在了S城唯一的高校教书，隔几年会来筱君家打一次麻将。尽管如此，她妈妈仍永远盯着筱君家日子有没有过得比自己现在过得更好。从这个层面上看，又的确非常像亲戚才有的做派——但她们其实和筱君家任何一个人都没有血缘关系，只不过就是同乡。

当年在这样人挤人的情况下，还永远明里暗里摩擦不断。谁用了谁的东西。谁说了谁一句不好听的。几乎所有人都在找筱君妈妈诉苦、告状，既然她是这个家里唯一的养家者，是绝对的一家之主，最权威的仲裁者。

很长一段时间，妈妈也是筱君小小神龛里唯一的神。

筱君读高中的那段时间，表舅也过来了。他原本在老家化工厂里当技术员，九十年代刚下岗，就在厂子对面开了一家小吃店，据说味道不错，书记也经常过来吃早点——当然是赊账而且永远不还。后来终于开不下去，来S城投奔表姐。起初在筱君家附近几公里的城中村借钱开了一家小饭店——叫“好再来”饭店，其实也就是大排档。租不起好地段，就开在市区一个立交桥桥洞附近的农民自建房里，看似是干道掉头必经之地，门口却根本没地方停车，也少有人步行经过，客人即便觉得“好”也难再来。因此撑不到一年就宣告倒闭，投资——其实是借钱——失败的筱君家则多了无数盘、碟、碗、筷，以及一种奇怪的不锈钢食盆，不知道原本是做什么用的，造型简陋却坚固非常，用了十几年都毫发无伤。

小吃店倒闭了，筱君妈妈又想办法让表舅在郊区开了一家文具店，为图房租便宜选址再次失误，离最近的学校也有两站地，没一年也倒了。筱君家里随即又多了无数涂改液、胶水、自动铅笔和签字笔，够她从高中一直用到下辈子博士毕业。

那么多人靠过来，就像蚂蟥一样附在人的手脚上，甩不脱。就在如此狼狈的境地里，筱君妈妈却每天看上去都兴高采烈，每天下班都会带一点新鲜的时令菜，有时还会买一种蛋糕边回来——家附近的西饼店一到傍晚，就会处理掉白天切剩下的蛋糕边，装满一袋子以远低于正常市场价格卖掉，看上去其貌不扬，却非常好吃。

每当有蛋糕边的日子，就是筱君秘而不宣的节日。

塑料密封袋里有戚风、奶酪，也有巧克力蛋糕，边边角角，形状不一。有的苦，有的甜，有的加了薄薄的杏仁片和巧克力碎屑，有的甚至还有水果罐头。就像筱君当时还想象不到来得更富足也更复杂的成年人生。

那时候筱君妈妈才四十岁不到。筱君再长大一点，才意识到其实那正是妈妈最快乐也最自信的时光。她喜欢自己被很多人需要，喜欢照顾很多人，喜欢人人都说她好，甚至对别人说丈夫配不上自己笑而不语。其他来求助的都是过客，只有她爸才是唯一的，让人嫉妒的永恒受益者。

而筱君从学校回来只能往自己的小房间一躲了之——不管家里塞了多少人，不到八平方米的小房间永远是她神圣不容侵犯的个人领土，这是筱君妈妈唯一的执念：即便客厅里睡满了人，也不能染指女儿的房间。而筱君也不是不争气的。高一上学期还是年级一百七十多名，第二学期就猛地开了窍。期中考试前的五一假，她躲在小房间里没日没夜地复习四天再回校，一跃而至年级第一。而且这第一的含金量还非常之高，九门功课几乎门门第一，只除了英语——分主要扣在听力上。这不能赖筱君，她初二才随父母来S城，而这边小学四年级就开始学英文了。真要说吃亏，这就叫输在了起跑线。

但是，另一方面是不是也说明，所谓的起跑线其实也没那么重要？

她是怎么发奋起来的，起因不过是妈妈给她写了一封信。是寒假最后一天收到的，看上去很随便地放在她小房间的桌子上，压在一本书下面。字迹是一度很流行的毛体——妈妈毕竟是当过红小兵的妈妈，龙蛇走笔，又不失敢教日月换新天的潇洒。内容时隔多年却完全忘了，原件也并没存底，大概是说现在家庭情况如此如此，感到十分抱歉，但希望女儿能够尽量不受影响。无论如何，这封之后不知所踪的信当时的确发挥了奇效，足以让筱君明白要从暑假给爸爸和其他清客洗衣做饭的日子跳出来，只有好好读书。但她当时以为自己不过是不想让妈妈失望。

筱君妈妈那时候还没有叫筱君刺猬。

而筱君在日记里写：我最爱和最敬重的人，就是妈妈。我的愿望就是让她不再那么辛苦。

从没给她看过。但筱君妈妈当然知道。

接下来高一第二个学期，筱君每天早上六点就去教室自习。那时她宿舍还有另外一个女生一起用功。前一天晚自习到十一点半再洗漱，躺下差不多都十二点了，第二天不到六点，根本不需闹钟，两个女孩就会在熹微晨光里一前一后醒来，相差不会超过一分钟。再摸黑无声无息地拿毛巾牙刷洗漱，尽可能快地换衣服下楼。

一个大宿舍住十个人。也就是说，其他八个人都还在香甜的睡梦里，她们就已经开始暗自较劲地比谁更早到教室了。多数时候筱君不如人家快。偶尔第一个走进晨光中的教室，总有格外的喜悦。但随即那女生就无声无息地滑进来了。筱君坐在靠前的位置回头看她，清瘦的侧面平得像一张纸，只有鼻子嘴巴倔强地翘起。

筱君从来没有问过那个女生家庭情况怎样。某种意义上她们是战友。但战友当然也可以不熟。

她只渐渐发现起太早有一个明显的坏处：犯困。常年睡眠不足的她几乎在所有课上睡觉，包括体育课（边跑边睡）、物理课（边做实验边睡）。这样一个“特困生”拿了年级第一，拍成日剧大约会很励志，但对于她而言，却始终只欠一场好睡。

妈妈对她成绩飞跃当然是高兴的。这样的情况，女儿寄宿是唯一也是最好的选择。而不管多忙——忙着照顾一大家子人，忙着加班，忙着想挣钱门道和替亲戚想挣钱门道——到周日返校时间，她都会设法赶回来送筱君到小巴车站。从家到车站，走过去十分钟不到。在这十分钟里，妈妈会想办法和筱君聊聊最近看到的新闻。也不知道妈妈和她究竟是不是看的同一份报纸，为什么筱君看到的都是娱乐八卦，而妈妈永远能一眼瞥到最惊悚的社会新闻，什么割肾卖器官啦，女大学生被拐卖到山区啦……对此筱君基本上嗯嗯啊啊，左耳进右耳出。但偶尔，妈妈也会说一点让她动心的事。比如有一次就突然说，听说城管最近不小心打死一个卖西瓜的小贩。

这应该不是报上说的，而来自街谈巷议。小巴眼看快到站了，筱君背着鼓鼓囊囊的包蓦然停下：后来呢？

小贩吗？就被打死了啊。

城管怎么处理的？

话音未落，小巴已经进站了。筱君紧跑几步上了车，向妈妈招手的同时还在说什么。隔着巴士玻璃，妈妈明显地听不清，有点困惑地笑着，一直站在原地目送她离开。

筱君到学校第一件事，就是去小卖部给妈妈打电话。那时候都还没有手机BP机之类，只能用固定电话。

妈，后来那城管有没有偿命？

什么后来？哦，后来当然把城管抓起来了，杀人偿命嘛。

那被打死的小贩呢？

他一个人来深圳打工，也不知道他的家人朋友在哪里，尸体一直没人认领，也许就扔到护城河里去了吧……妈妈趁机教育筱君：所以我们还是要对家里那些亲戚好一点。万一他们出去也遇险了呢？

这明显的信口开河却导致很多年筱君看到护城河都有一种不洁之感，仿佛里面仍漂浮着若干无人认领的小贩尸体。而妈妈这些难辨真假的新闻播报，大抵都只为了起到具体的教化效果：不要在外面乱晃啦，不要太晚回家啦，不要多管闲事啦，等等等等。没想到这不小心激发了一个高中女生朴素的正义感。

就像小时候给筱君说故事一样，永远会被追问“然后呢”。但人生哪里有那么多“然后”？筱君猜想这才是妈妈最想说的话。

有段时间妈妈甚至发明了一个永远讲不完的故事，比筱君长大后看的米切尔·恩德还厉害：从前，有一只老鼠进了谷仓偷米吃……

没等说完，幼年的筱君立刻打断了她：老鼠偷米吃，然后呢？

然后啊，就开始偷。偷了一粒又一粒……

然后呢？

偷了一粒米，又一粒……

然后呢？

偷了一粒又一粒……

怎么老是偷了一粒又一粒？偷完然后呢？

别急呀。你想想，谷仓多大，一只老鼠多小？它一粒一粒地偷，可不要偷很久才能偷完？

听上去很有道理，筱君就不再说话了。又过了一会儿，妈妈发现她睡着了。

那时候筱君才三四岁。让人吃惊的是这个偷米的故事妈妈竟然讲了数月之久，而不再费心去找其他童话故事，这个故事本身就带有某种永恒的意味。的确，以谷仓之大，恒河沙数无穷尽，无穷无尽。她甚至都想不起来这个故事什么时候结束了。大概听的人不抗议，说的人也总归有厌烦的一天。有一天晚上筱君妈妈终于宣布米偷完了，老鼠回家了，偷米故事就此戛然而止。但其他更有内容的故事筱君却一个都没有记住。

是从这个无法称之为故事的故事里，筱君第一次理解了时间，无条件的信任，等等。

而整个高中时代，除掉城管抛尸的可怕故事，筱君记得的，就只有刺猬的故事。

那次是秋天。S城即便到了11月，天气闷热依旧。但小区门口的大妈也开始卖煮好的山东大花生了，煮时还加了八角大料和盐，闻起来很香，难免让路过的北方人生出莼鲈之思。妈妈送筱君去坐小巴的路上看到，就停下来买了两斤。那时候家庭条件不好，除了蛋糕边，其他零食几乎从来不买，而筱君从小最喜欢吃花生，忙着剥开一颗趁热吃了，果仁饱满，满满一花生壳汁水咸中带甜，好吃得让人心花怒放。

她立刻剥了一颗送到妈妈嘴边：你也吃。

妈妈挑剔道：咸淡还合适。

母女俩就这样边剥着花生边闲聊，时间大概是下午五点来钟，天色已渐渐地暗下去，是南国暑热未消的初秋，道旁的高树顶端也开始被西伯利亚吹来的风带得有一丝神经质的微颤。天还热着，但也许马上就要凉了。也许明天就凉。

上次……我在报纸上看到一个新闻，很好玩。

又是什么凶杀强奸的社会新闻？筱君已经有点不耐烦那些千篇一律的道德训诫了。

这次啊，和刺猬有关。

就在水煮花生甘甜的余味里，她讲了这个故事。

你知道伦敦吧。这事儿就发生在伦敦。你知道，伦敦郊区到处都是树林子。（筱君想：我不知道。但她什么都没说。）林子里有好多刺猬。那年冬天，不知道为什么寒潮来得特别晚，都11月份了还不冷……

就像我们这儿一样不冷吗？

对，就像我们这儿一样，完全不冷。刺猬们本来都在洞穴里面冬眠，结果外面越来越暖和，就慢慢地都醒来了，跑出来一看，怎么树叶子还绿着呢！就有胆大的刺猬想，是不是冬天已经飞快地过去了？它正好是一个年轻的刺猬爸爸，回去告诉刺猬妈妈以后，它们很快就生了一只小刺猬。其他刺猬一看，大概春天真的来啦，就都纷纷走出山洞开始生起孩子来……

然后呢？本来不抱期待的筱君被这个故事彻底吸引住了。

然后寒潮就突然到来啦。下了好大的一场雪，大刺猬们吓得飞快地回了窝，那些刚生下来的小刺猬就这样被光秃秃地扔在了雪地里……

这时候小巴士正好也到了。筱君这次比上次听社会新闻时还不想上车，但这趟小巴士半个小时才一班，她只能不情不愿地上去，继续向车下比手势：我一到学校就给你打电话！

到学校第一件事却必须去食堂吃饭。因为今天出门晚了，虽然吃了水煮花生，也不觉得太饿。通常周日食堂的晚饭菜式最简单，比平时少一半。她胡乱扒了几口，就小跑着到小卖部去。刚打通电话，第一句话就是：后来那些雪地里的小刺猬呢？

电话那头的妈妈哈哈大笑，仿佛早就知道筱君会追问这个。她说：后来啊，伦敦市民知道了这件事，就自发组织起来，集体去郊区捡那些被爸爸妈妈遗弃的小刺猬。

捡回去怎么养呢？还是交给它们原来的爸爸妈妈吗？这又怎么分得清小刺猬们谁是谁家的呢？

妈妈那边好像没想到筱君会继续追问，想了一下：大概就带回自己家养吧。

小刺猬能养活吗？

用牛奶……和小米粥，应该可以。妈妈这次肯定地说。

英国伦敦也有小米粥吗？筱君想。但已满十五岁的她决定不再像以前那样打破砂锅问到底了。在她的想象里，成千上万个英国家庭已都在用熬好的牛奶小米粥喂那些眼睛都没睁开的小刺猬。这太可爱了。她想她这辈子都会很难忘记。

筱君上大学后有机会上网了，还真的去查过刺猬的习性，竟然和妈妈说过的差不多。

“刺猬是一种性格孤僻的异温哺乳动物，刚出生时刺软目盲。住在灌木丛内，胆小易惊、喜暗怕光、视觉听力不佳，嗅觉灵敏。行动迟缓，昼伏夜出。杂食，有时会误食被杀虫剂杀死的虫子而中毒身亡。因为无法稳定地调节自己的体温，使其保持在同一水平，所以在冬天时有冬眠现象，体温会下降到6℃，在这种情况下，刺猬是世界上体温最低的动物；提前结束冬眠则有可能导致饿死。”

筱君因此还知道刺猬很难作为宠物豢养。到北方上学后，却发现这是常见的野生动物，甚至被北京人称作八大仙之一，主管财运。家宅进了刺猬，是吉兆。——倘若环球同此迷信，那么难怪伦敦人民要巴巴地把小刺猬接回家，就好比接财神爷。

而她自己只在野外见过刺猬两次。

有一次，那时她已经到了北京读研并且快毕业了，一个晚上和女友在校园里闲逛。突然发现草丛里一团蠕动的什么，立刻就反应过来：刺猬！

走过去，刺猬却并不跑，原来是要横穿过一个铁栏杆，因为太胖被卡住了。

筱君蹲下来，大胆地用手把它往外栏杆推。刺猬安静得像一只蹲着的鸡，任由她动作，没缩成一团，也没作势咬人。竟然就被她推过去了，这才突然猛醒似的，迈动短短的细爪飞快消失在灌木丛的尽头。

筱君这时已经二十五岁。从大学开始，她就开始和妈妈很厉害地顶嘴了。

从要不要考研，到恋爱对象的确定，到读完研后要不要回S城，总而言之，任何事都值得母女俩发生没有硝烟的战争。甚至吵到互挂电话。筱君家的过客们早就消失了，爸爸有了新工作，表舅也终于找到了挣钱的门路。最艰难的时刻早已过去，但筱君妈妈的神圣光环，却也悄然随之消失。

筱君开始和其他人一样批评妈妈对人太好。工作中容易被人欺负，生活中更容易被最亲密的人压榨。人善被人欺，“坏人都是好人惯出来的”。经过长年累月的观察，她如是斩钉截铁。如果采用这个逻辑，那么外婆、爸爸、表舅，乃至于她自己的脾气越来越坏就变得可以解释。这是妈妈向长大后的筱君诉苦得不到谅解的后果，也是筱君青春期必然发生的叛逆。仿佛一夜之间，妈妈就变成了一个脆弱的、会在半夜吞声饮泣的更年期失败者。在单位里被领导排挤，被下属恩将仇报。买集资房差几万块无人可借。一直以来尽量照顾老家亲戚，但斗米养恩，担米养仇。受过恩惠的亲戚们并不念好，只斤斤计较有什么事向之求助了却没有成功。

“这就是妈妈当滥好人的代价。拼死拼活帮过那么多人，到底有什么用？不害你就不错了。”

仿佛为了和未来可能同样绥靖的自己划清界限，筱君说话又快又急，句句戳心窝子。

妈妈有时候会辩解两句。有时候就笑：你是刺猬，不和你说。

刺猬这个名头就是那时候叫出来的。筱君从二十岁到三十岁，是属于刺猬的整整十年。有时候她想，也许就和那个刺猬的故事有关。妈妈讲故事时只觉得刺猬爸爸妈妈被骗好玩，却从没有想过那些被丢弃在雪地里的小刺猬怎么想的。长大以后，又会不会心生怨恨。

在青春期的尾巴梢，一直对原生家庭习焉不察的筱君这才猛醒过来，仿佛温室的玻璃罩子一下子被拿开了。记得高考前夕回家，妈妈说他们房间有空调，让筱君过来一起睡。半夜筱君发现空调被关了（一定是被爸爸关的）后热醒，打开灯，眼睁睁地看见三只蚊子以极慢速度从蚊帐外叮上睡床边的爸爸身上不同部位开始吸血，原本干瘪的肚腹很快就饱胀起来。像仍然在噩梦里醒不过来似的，她不知道应该先拍哪只，只能够一动不动地看，浑身如过电般起了一身细密的鸡皮疙瘩。三只蚊子最后都全身而退，一前一后地施施然飞走了。

筱君在发誓不再洗陌生男人衣服之后第二次立誓：长大以后永远不再住一楼。

以及她对自己都没有明确说出口的：永远也不要活得像爸爸妈妈。尤其后者。

不知是蚊子惊魂，还是睡了平时没机会睡的空调房，筱君第二天感冒了。这一病非同小可，直接导致了高考期间发高烧，没考上第一志愿。考砸后才知道原来早有一堆人等着看笑话。整整三年没说过话的同班女生，等筱君考上同一所省内重点才过来笑嘻嘻地说：这学校你说高二就能考上的你记得吗？我们都一直等着看你考清北，最不济也是复旦。没想到最后还是殊途同归。

筱君平静地看着这个女生。没有反唇相讥，没有哭，只默默转身走开。据说人有一种自动保护机制，遇到伤害和侮辱时就会开启。

她是又过了好些年才知道，其实第一志愿的学校来找过妈妈，说分数相差不远，交五万块择校费就可以了。妈妈以怕她上大学被同学歧视为理由，拒绝了。

但筱君一听就明白了，只不过就是那时家里并没有五万块钱。所以妈妈连让她知道的机会都没有给。如果不是要养表叔、表舅、外婆、奶奶……和那么多闲杂人等，如果不是爸爸常年没有工作，如果不是一年到头永远在外婆的压力下要给老家的亲戚寄钱……家里明明是有条件搬到稍好一点的楼层去的。也不至于一直买不起房，更不至于五万元都拿不出来。本科在第二志愿的第二专业——因为填了服从分配——她读得痛不欲生。

有些指责后来忍不住说出了口。有些则一直压在心底。那些年筱君动辄竖起浑身的刺，但刺不向外，只永远向着妈妈。

她有时也会心软，觉得自己不应该对妈妈太严厉。转念一想，“中国人你为什么不生气”？那还不是，“可怜之人必有可恨之处”。一切归因对方是最简单的，这样才能够永远立于不败之地。

又过了好些年，筱君毕业了，因为研究生学的是新闻，又因为北京是政治文化中心，或者别的比如渴望逃离原生家庭之类的理由，她顺理成章地留京，进了一家报社，到了适婚年龄，也和看上去最合适的人结了婚，只是一直没要小孩。这也许和她后来没那么崇拜妈妈了也有关系，她想。做一个像妈妈那样的人又有什么好？还不是从一开始渴望解救全人类的理想主义，变成后来满怀愤懑，甚至无法得到身边人认同的自顾不暇？那还不如一开始就自私自利一点，哪怕当精致的利己主义者呢，和周围人的界限划得泾渭分明，这样至少谁也不要想占谁便宜，也好过付出了一切又觉得不甘。

反正殊途同归。反正每个人最后都会厌烦做一个正确的好人。

筱君三十岁后的某一天，突然发现自己每天都顺路送同事到地铁站——因为自己是在北京限号前买的车，而周围同事大多没车，也摇不到号。开始对烘焙有兴趣以后，又经常做了蛋糕带到单位请同事吃，甚至还会根据每个人不同的要求改变甜度和配方。朋友聚会时也会主动承担起送最远的女生回家的责任，如果当天限号，也会主动问一句到家了吗。而对方经常过很久才回，却很少有人同样关切她。有时甚至也会送男同事。她好像从来都不觉得自己是需要照顾的那个人。而等她终于意识到这一点，起因是有一次下大雨。她又习惯性地问同事要不要去地铁站，隔壁办公室的人刚好都没有走，两个都是长辈。她心想，说是送去地铁站，要是一会儿雨还没有停，索性就送人家到家吧——反正都住得近。但她也不好意思明说，只能等人家上车再建议。就像每次在路上给乞丐钱，不知道为什么她每次都比对方更不好意思。同时还要严厉地质问自己：你是不是只是为了自己良心好过？你是不是假装自己是个好人？你是不是有一点像妈妈，先用道德绑架自己，又绑架别人？

但她已经习惯了。所谓习惯的意思，就是已成自然，无法可想。隔空喊了一嗓子，人家也都高高兴兴地答应了，说一会儿走的时候叫她们。然后筱君就开始自顾自地关电脑，去茶水间倒茶叶，洗杯子。回来的时候她看了一眼走廊的窗外，仍然大雨如注，步履遂轻快起来，觉得自己多少帮了人家一点忙。可能是雨声太大了，对面的同事完全没听到她回来了。她突然听见其中一个人对另一个人压低了声音说：你说曾筱君天天这么助人为乐的，到底图啥？

图人缘儿好呗，哈哈。又不是领导，没必要走亲民路线吧，难不成还让我们举荐她上“感动中国”？

那不成，这点儿事迹最多感动报社——不过咱也别以小人之心度人君子之腹了。这世界上什么样的人都有。大概就真的有这种人吧。

我不禁要问，这种人到底又是什么人？

——嘘。人家好像回来了。

筱君好像完全没听见似的继续在这边手脚不停，整理东西。自动保护机制似乎又开启了。她收拾好桌子，整理好茶杯，浇了花，还拖了办公室的地。又过了好一会儿，她才笑着问：能走了吗?

雨这时候其实倒也小了不少了。筱君平时怕她们淋湿，还会专门跑去停车场开到报社大门口来。但今天她没去挪车。但是同事们上她车的时候照样千恩万谢，在车上照例又聊了一会儿八卦。筱君一直没说话，她们似乎也没发现。是到后来她觉得有点太明显了，才勉强接了个话头，大家都立刻如释重负地笑了。

等她们下车后，她说：明天见。开走后自动保护机制才突然失灵。她也想问最后那问题：那么，她这种人到底是哪种人?

雨势又慢慢变大了。是五月春夏之交的暴雨，下得就像要把整个春天积累的不快一股脑儿丢下似的。她在雨里慢慢地开着，看到红灯就机械地停下来。看到绿灯就机械地往前开。等开到第五个路口才总算缓过来了一点。她到底是哪种人？不过就是，和大多数人不大一样的人。反正也不期待回报什么，反正也并不觉得真的是朋友。既然不是朋友，也就不必真的伤心了吧?

她这次连此后不再带同事回家的誓言都没发。她知道如果雨真下大了，自己做不到的。

又过了好一阵子。筱君发现自己的精神胜利法使用得越来越频繁。推荐其他部门的年轻人做什么，反而被人说成拉帮结派。有新同事来，觉得人家孤零零的没人搭理，稍微表示点好意，又被人说是小恩小惠收买人心。怕遭人非议，一直和新来的领导不怎么走动——又有人说，她是前领导的旧部，是对今上不满。又有人说她是故作姿态。

她知道有人始终不能明白自己——更不会喜欢。人总是不会喜欢那些和自己太不一样的人吧。一句话就定性了：太装。

回去和丈夫偶尔说起这些，他总是取笑她对人的心太重。她问心太重又是什么意思。

他说，有些人就是不值得你对他好。都是成年人了，都有防御心的。你对人稍微冷一点，保持安全距离就好。

不是这样的。筱君想。其实也不是对人有什么心，可能就是喜欢对人好。她当然知道职场也有所谓刺猬理论，即“刺猬在天冷时彼此靠拢取暖但保持一定距离，以免互相刺伤的现象。在管理学中，就是强调人际交往中的心理距离效应”。说白了就是《论语》里的“唯女子与小人为难养也。近之则不逊，远之则怨”。

但筱君一点都不喜欢这句话、这个理论。这与她喜欢的，所有伦敦市民集体出动去郊外树林子里捡小刺猬的温馨场面全然是两种画风。两个成年刺猬对峙，观望，小心翼翼地靠近彼此，只因为需要一点对方的体温——这太斤斤计较了一点。也太“大人”了。

倘若不提少数刺心的话，事实上她得到的善意友情也远较一般人为多。比如有一个和她年纪相仿的同事就说过：如果我们单位大逃杀，我只敢和你待在一起。

她明知故问：为什么？

因为相信只有你绝对不会害我啊。——不过还是算了。

又怎么啦？

你这种人一点自保能力都没有。和你在一起是不会害人，可也没什么用，搞不好还会冒傻气连累队友，死得比别人更早。

筱君窘道：是赵辛楣说方鸿渐的话——“你不讨厌，可是全无用处”吗？

那倒也不至于。那姑娘哈哈大笑：至少你会开车，能聊天，知道全北京最好吃的日料在哪，品位也不错。大逃杀什么的又不是每天都有！而且，不是最信得过的人还是你吗？

筱君就重新高兴起来。顺便又被提醒每年生日总会有满屋子人过来给她庆生。收到的礼物也最多。差不多整整一个月都在收礼物，各种同事、同学、朋友，甚至还有去了澳洲的发小千里迢迢寄过来。虽然大多数礼物都是“方鸿渐”，但是放在那里看看也是高兴的。

而与此同时，筱君妈妈也正在南方的S城一日日年华老去。因为一直想当老师却阴差阳错当了一辈子公务员，她退休后自己开了一家少儿教育培训机构，专门叫了表叔过来帮忙。奶奶去世了，而外婆还在，只是记性越来越差，经常逼着妈妈给老家亲戚重复打钱。也有亲戚想参股的，但没多久就嫌挣钱少，回去后又宣扬筱君妈妈管理不善。筱君妈妈一开始的雄心万丈，因为经验、资金和师资的多重缺失，投入无数却收益无几，就和曾资助表舅开过的餐馆、文具店一样经营惨淡。她经常挂在嘴边的话是：我真的没有任何私心……

筱君听不到也就算了。听到一定会冷冷地补一句：所以妈你根本不是做生意的料。

那你还不是？妈妈现在也会反唇相讥了。

所以我根本就不尝试啊。我们这样的人对钱没概念，怎么挣钱？你以为钱那么好挣？它也知道什么人真正喜欢它，才不会天上掉馅饼。

但筱君妈妈不为画饼，只为骑虎难下。最困难的时候她甚至企图拿筱君的高中成绩单做招生广告——也不知道她什么时候偷偷复印的，而筱君对此只有冷笑：拜托，一个排名老七的区重点十几年前的年级第一，又不是什么名人富豪，究竟有什么号召力？而且我当时成绩好和你们机构有什么关系？

但筱君一边嘲笑，一边暗惊地发现自己越活越成了妈妈的模样。妈妈是为了养活舅舅和几个比筱君还小许多的员工才退而不休，而她上班又为了什么？也只不过为了和谈得来的同事在一起，再互相打打新闻理想最后的鸡血，边笑边骂地一日日煎熬下去。她甚至想，要是自己有一天都不相信这一切了，别的人怎么办？

像她们这样的人，大概还是把自己想得太重要了。所有的好与坏，所有的骄傲与痴心，所有的目下无尘和不容于世，皆来源于此。

而她的高中过去多少年了？以为早远离了的家庭阴影此刻卷土重来，爱过的，恨过的，竭力划清界限却终于宣告失败的。此刻她正大步走在妈妈的老路上，重复同样的辉煌、危险、狂喜和虚无。——但再给她一次机会，恐怕仍然会犯和妈妈一模一样的错误。

妈妈六十岁生日那天的傍晚，筱君给她发了信息祝生日快乐。没回。又打电话过去，没打通。之前妈妈倒是问过她最近有没有可能来S城出差，她一口回绝了——也就只有对妈妈才能做到这样清坚决绝。她说，我很忙的！反正我回去你也总在忙你那些事！你不要做梦让我去给你那个机构讲课！

但她其实早早就订了一个巨大的红丝绒慕斯蛋糕。最好的品牌，足够十个人吃的，直接快递到她公司里去。她知道有时候妈妈也未必不虚荣——至少能理解虚荣这回事。筱君还在读书的时候，有一次赶上情人节，妈妈吃饭时突然笑着说：今年的玫瑰花肯定不好卖了。

筱君问为什么。

妈妈说：你没发现今年情人节是礼拜天啊？那些公司的女孩子肯定就不要男朋友买玫瑰花送到公司里去了呀，当天的花那么贵，两个人还不如省下钱来吃一顿大餐。

那也许是筱君漫长的后青春叛逆期开始之前，最后一次发自肺腑地钦佩妈妈。不，似乎还有另外一次。那年春节筱君已经读研究生了，那个借住过他们家的母女又来打麻将。那时候外婆的老年痴呆还不太严重，所有人给她的压岁钱一千两千的也都好好地收起来。但到了临睡前，她突然说少了两千块钱。大家开始一通乱找。那天家里偏巧还住了离婚后一直单身的姑姑，那妈妈知道只有自己母女俩是外人，急得赌咒发誓：这可怎么说得清！要不然你们来搜身！

妈妈就笑着说没事，肯定是我妈老糊涂不知扔哪里了。大家都洗洗睡吧。

到了第二天早上，外婆一打开衣柜门就喊起来：红包原来在这里。所有人都放下心来，皆大欢喜地吃了早餐。但筱君心里却有点疑惑：明明昨晚上她第一个找的就是外婆的衣柜。等所有人走了，她悄悄去问妈妈，妈妈笑道：我知道不管怎么样都会找到的。

筱君嗤之以鼻：妈你就这么相信人性？

我是相信就算是有人拿了，也一定会放回去。

那为什么不直接揭穿？太可恶了，都认识这么多年了。

那她以后怎么面对女儿？不过就是一时想了。刚好这段时间她家出了点事，又以为你外婆老糊涂了，没数。

又说：都过去了。你以后不要再提。尤其是你爸，他嘴上没把门的。

这件事筱君的确没有再提，但记了很多年。这简直就像“楚庄王绝缨”。但是她知道妈妈又不是要别人为她攻城略地，只是希望大家能面子上过得去，继续亲亲热热地来往。

这一天筱君因为打不通电话开始胡思乱想。大约是妈妈生她气了，人生有几个六十大寿，唯一一个女儿还不回来。又或者那蛋糕没及时送到她公司，她当着下属失了面子。还是遇到其他什么事了？她陡然间意识到这个熟极而流的十一位号码总是只要三声就接通，而那边熟悉的声音永远报喜不报忧。

她不安了几刻钟。到了晚上又打了一次，还是不通。到第二天早上依旧没信息，她终于真正紧张起来，一大早就拨通了爸爸的电话。相对于妈妈的而言，这是一个生疏得多的号码，虽然这些年她故意要气前者，经常格外地表示更理解后者：他这么胡作非为，还不是你惯的？……但父女俩终究是不够亲密的。毕业前夕，筱君有个大学舍友突然吞吞吐吐地问她是不是单亲家庭的小孩，她问为什么，舍友说：因为我发现你四年来几乎从来不提你爸。

对于爸爸，也许筱君的记忆永远停留在了那个一直给他做饭洗衣服的高中暑假，以及他永远在家里如同困兽般来来去去，却从不和女儿交流的低气压里。像小孩子一样被宠坏了的爸爸。像老顽童一样肆无忌惮的爸爸。永远和筱君一起争夺妈妈注意力的爸爸——还在想着，电话已经通了。筱君硬着头皮问：妈呢？

这也是她屡次打电话回家时如果爸爸接起，最常说的一句话。通常爸爸也会立刻告诉她妈妈在不在。这天他却格外多说了几句：你妈妈昨天向你诉苦没有？

没有，我发信息祝她生日快乐，没回。

昨天晚上她带你外婆提了好大一个蛋糕去舅舅家庆生。路上下大雨，她一直叫不到车，我又在修车子赶不过去，她后来说，这是她最不快乐的一个生日。

她为什么要去舅舅家过生日？舅舅干吗不来我们家？

她说舅舅家人多，你表弟又刚生了小孩，不要他们过来。那个蛋糕她说不给员工吃，一家人一起吃掉最好。

筱君悔之晚矣：早知我就直接写舅舅家地址了！那个蛋糕是双层，好重的。

所以后来在雨水里打翻了……

啊？

她一手要扶着外婆，一手还要提蛋糕。可能还有一些什么别的给你舅的东西，你知道你妈这人的，反正就是一辈子生怕占人便宜。最后蛋糕摔了，她骂了我一晚上没及时赶到。

筱君想，很好，这位女士脾气好了一辈子，终于也会骂人了。骂人就不会得癌症。一边说：摔碎了就摔碎了，没关系的。

哎你不知道她多伤心。她说，崽宝花好多钱给她买这个蛋糕。上面还有两个刺猬……

筱君订的蛋糕上的确有刺猬。被妈妈喊了这么久刺猬，两个人也吵了差不多十年，她也不是故意的，就是刚好看到有这图案。

你妈后来难过到关了机，任何人电话都不接。昨晚上翻来覆去的也没睡好。要不现在喊她起来?

筱君听见自己瓮声瓮气道：不要。你让她多睡一会儿。

哎好像已经醒了——

她赶紧挂断电话。

倒不是要酷，是没想到自己在哭。哭得根本没办法再说话。上次这样哭还是高中吧，家里人最多的那年，她有一次突然梦见妈妈死了。那次正好是周末在家，她从梦里哭醒，立刻光着脚去敲妈妈房间门。一开门就立刻扑到她怀里哭了。——这次就和那次一样，但自己早已是个成年人了。

像妈妈那样过一辈子也没什么。没办法，有些人对人世的爱就是过于充沛且不知悔改。还有些人天生只能从一些无聊小事里得到成就感，比如分发蛋糕边给家里住的所有人。比如被女儿当成超级英雄，编什么故事对方都信以为真，实际上却是一个无枝可依的疲惫的中年人。到老了，没用了，像同样帮了一辈子人的外婆一样，渐渐忘记别人，再被大多数人忘记。

但她快乐过，筱君十分确定她快乐过。就像自己这些年时常清楚知道的自己。

（原载《天涯》2019年第6期）

敬　告

辽宁人民出版社“太阳鸟文学年选”系列已经出版了二十二辑，从第二十三辑开始，书名中的“最佳”字样正式改为“精选”，但内容的品质不变，希望读者朋友们一如既往地支持我们。

由于编选时间仓促、工作量大，未能及时与所选作者一一取得联系，请见谅。现仍有部分作者地址不详，为及时奉上稿酬和样书，请有关作者与责任编辑高丹联系，我们将尽快为您办理，谢谢您的理解和支持。

联系方式：

电话：024—23284306

E-mail：12274210@qq.com

微信号：15640369577

辽宁人民出版社

2021年1月